Das Amulett der Ewigkeit

Neue Bücher entdecken, in Leseproben stöbern, tolle Gewinne sichern und Wissenswertes erfahren in unseren Newslettern für Bücherfans. Jetzt anmelden unter www.thienemann-esslinger.de.

Du findest uns auch auf:
www.facebook.com/thienemann.esslinger

FSC www.fsc.org MIX Papier aus verantwortungsvollen Quellen FSC® C006701

Glanzner, Susanne und Springorum, Björn:
Das Amulett der Ewigkeit
ISBN 978 3 522 20213 8

Einbandgestaltung: Tina Agard, Grafik & Buchdesign, unter Verwendung der Fotos von Getty Images (Chris Ladd), iStockphoto (duncan 1890) und shutterstock (Alexandra Lande)
Karte: Roman Lang
Innentypografie und Satz: Kadja Gericke
Schrift: Candida, Goudy, P22 Dearest, Sketchetik
Byron-Zitat aus: *Lord Byrons Werke in sechs Bänden,* übersetzt von Otto Gildemeister, Reimer Verlag, 1866
Reproduktion: HKS Artmedia GmbH, Leinfelden-Echterdingen
Druck und Bindung: CPI Books GmbH, Leck

Susanne Glanzner
Björn Springorum

Das Amulett
der Ewigkeit

Thienemann

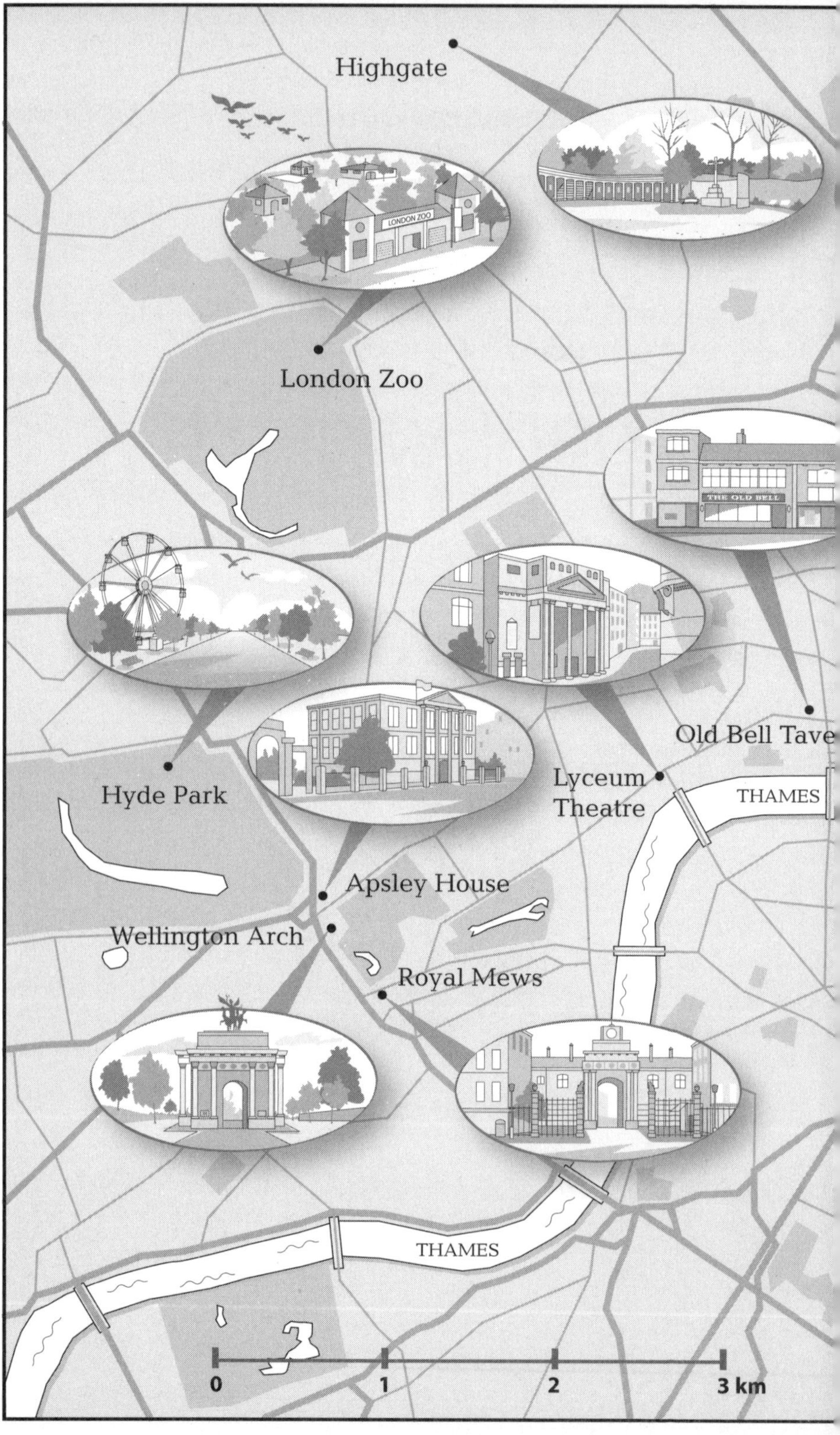

Highgate
LONDON ZOO
London Zoo
THE OLD BELL
Old Bell Tave
Hyde Park
Lyceum
Theatre
THAMES
Apsley House
Wellington Arch
Royal Mews
THAMES
0
1
2
3 km

Die Karte des Verborgenen
St Paul's Cathedral
Bank of England
The Monument
Tower of London
THAMES
LONDON
N
Deptford Station

Für Janni.
Das hellste von Millionen Lichtern in unseren Herzen.
Bis bald.
(Susanne Glanzner)

Für Naseweis.
Du weißt schon, am zweiten Stern rechts.
(Björn Springorum)

Prolog

Dunkelheit. Dunkelheit und der Geruch von vermodertem Holz. Sie umfingen ihn, hüllten ihn ein. Und da war noch etwas. Etwas Fauliges. Wie der Hauch aus einer lange verschlossenen Gruft.

Ihm war das einerlei. Er war nicht hier, um sich eine gemütliche Tasse Tee zu gönnen. Er war hier, um sie zu treffen. Und wenn man, wie er, wusste, was sie war, dann erwartete man keine Vorhänge, keine Polstermöbel und keine dampfenden Teetassen, neben denen diese kleinen Kekse lagen.

Wenn man Asmodea traf, erwartete man das Schlimmste.

Der Weg in die Unterwelt ist kein Spaziergang.

Langsam bewegte er sich vorwärts, setzte einen bedachten Schritt vor den anderen. Etwas raschelte. Angst verspürte er nicht. Man empfand keine Angst vor etwas, das man länger kannte, als man sich erinnern konnte. Es war eher eine Art Ehrfurcht, durchmischt mit Unbehagen, Neid und langsam, aber stetig gärendem Hass. Doch er musste sich fügen. Noch.

»Hast du es endlich?«

Wieder einmal hatte er ihr Auftauchen nicht bemerkt. Wo war sie? Vor ihm? Hinter ihm? Über ihm? Er konnte es unmöglich sagen. Genau das war es, was ihn ehrfürchtig, neidisch und hasserfüllt machte. Sie war besser als er, stärker als er, entsetzlicher als er.

»Nein, Herrin.« Er zwang sich zur Ruhe. »Doch ich habe endlich eine Spur. Ich habe Aufzeichnungen gefunden, in denen …«

»Papierkram!«, zerschnitt sie zischelnd die modrige Schwärze. Für einen Moment konnte er glimmende Augen in der Dunkelheit vor ihm erkennen. Etwas Schuppiges blitzte kurzzeitig auf, erzitterte in den Schatten. Er rührte sich nicht. »Was haben dir Aufzeichnungen, Bücher, Pläne und wertlose Blätter jemals gebracht? Ich werde ungeduldig. Und du weißt, was passiert, wenn ich ungeduldig werde.«

Er schluckte. »Ja, Herrin.«

Die Stimme war jetzt ganz nah. »Und was passiert, wenn ich ungeduldig werde?«, fragte sie gefährlich leise.

»Du gehst zu jemand anderem.«

»Und möchtest du, dass ich zu jemand anderem gehe?«

Er schüttelte hastig den Kopf. »Nein!«

»Nein, natürlich nicht. Wir wissen doch beide, was für dich auf dem Spiel steht. Es wäre doch wirklich zu schade, wenn du weiterhin dieses mickrige Dasein in meinem Schatten führen müsstest, oder nicht?«

Er schwieg.

»Besorge mir endlich dieses verdammte Amulett und finde diese Menschen! Finde sie und ich werde dich reich belohnen!«

»Und dann? Was geschieht dann … mit der Welt?«

Ein grässliches Lachen erfüllte die Dunkelheit. »Dann werde ich über sie herfallen wie eine Spinne über eine Fliege!«

Ihr Lachen klang noch in seinen Ohren nach, als er diesen schrecklichen Ort längst verlassen hatte. Es gab viel zu tun!

Christopher

Der Schatten kam näher.

Christophers Schritte hallten über das Kopfsteinpflaster.

Er rannte, so schnell er konnte, doch der Verfolger ließ sich nicht abschütteln.

Es war merkwürdig. Es gab eigentlich niemanden, der sich in London so gut auskannte wie Christopher. Er wusste alles über die Straßen, Gassen, unterirdischen Passagen und versteckten Schleichwege dieser Stadt. Und doch holte der Schatten auf.

Schritt für Schritt für Schritt.

Christopher blieb ruhig. Es war nicht das erste Mal, dass er verfolgt wurde, und er war noch längst nicht am Ende seiner Kräfte. Er schlug Haken, durchquerte Innenhöfe, kletterte eine Leiter hinauf, rannte einen kurzen Weg über ein Dach. Hier gönnte er sich eine kurze Atempause und blickte über die größte Stadt der Welt. In der Ferne sah er den halb fertigen Glockenturm der Houses of Parliament, dahinter konnte er schemenhaft den bulligen Tower of London ausmachen.

Eine Bewegung hinter ihm ließ ihn herumfahren. Der Schatten stand am Ende einer Balustrade. Obwohl sie nur ein paar Meter trennten, konnte Christopher weder Gesicht noch Formen erkennen. Außerdem hatte sein Verfolger beim Erklimmen der Metallleiter nicht das geringste Geräusch verursacht. Derart leise war nicht einmal er selbst! So albern der Gedanke auch war: Es schien, als würde er tatsächlich von einem Schatten verfolgt. Sicher, es gab jede Menge dunkle Gestalten auf Londons Straßen. Mörder, Grabräuber, Körperdiebe … doch das hier war anders.

Keine Zeit, dich zu wundern. Denk nach!

Er rutschte eine Regenrinne hinunter und eilte eine dunkle Gasse hinab. Wie immer bereute er das ein wenig. Von oben gefiel Christopher die Stadt stets am besten.

Los, schneller!

Er drückte das Paket fester an sich. Er wusste nicht, was es enthielt. Er wusste nur, dass man es ihm anvertraut hatte. Und dass es offensichtlich ziemlich begehrt sein musste. Sicher, es konnte durchaus vorkommen, dass man schon für ein schönes Stück Schweineschinken durch die Straßen dieser Stadt gejagt wurde. Aber das hier war anders. Das hatte ihm schon der Antiquar Thurgood gesagt. Und er hatte es einmal mehr gemerkt, als sich dieser Schatten kurz hinter der Liverpool Street Station von einer Hauswand gelöst und sich ihm an die Fersen geheftet hatte.

Christopher wusste also weder, von wem er verfolgt wurde, noch, wofür er gerade durch die Straßen gejagt wurde. Er wusste nur, dass er einen Auftrag auszuführen hatte. Und er führte jeden Auftrag aus!

Er hatte das Päckchen bei einem mürrischen alten Goldschmied abgeholt, der seine Werkstatt im Hinterhof des Britannia-Pubs eingerichtet hatte. Er hatte vorher noch nie von diesem Mann gehört, doch allein die Lage des Pubs verriet ihm, dass es sich nur um einen äußerst dubiosen Geschäftemacher handeln konnte. Oder um einen ziemlich dummen. Niemand von gutem Ruf würde sich freiwillig in Spitalfields niederlassen. Und wenn doch, so würde er es meist nicht lange überleben.

Christophers Auftrag lautete, das Paket ohne Umwege zurück in Thurgoods Antiquariat auf der Piccadilly Road zu bringen. Es war nicht der erste brisante Auftrag, den Christopher in letzter Zeit für den liebenswerten alten Büchernarren ausgeführt hatte. Es war nicht das erste Mal, dass er dabei von schlimmem Gesindel aus den Slums der Stadt verfolgt worden war.

Neugierig war Christopher nicht, dennoch fragte er sich jetzt, warum er unbedingt jeden Auftrag annehmen musste. Natürlich, ein guter Bote führte seine Arbeit aus, ohne Fragen zu stellen. Und Christopher war der Beste. Dennoch: Selbst er hätte wenigstens dieses eine Mal Nein sagen können.

Letzten Endes hatte die versprochene Entlohnung nachgeholfen. Wie immer. Das Honorar löste die Bilder von den dunklen Gestalten, Dieben und Mördern aus Spitalfields auf wie die Sonne den Nebel auf der Themse.

Christopher brauchte das Geld, wenn es mit seiner Theaterkarriere jemals vorangehen sollte. Er war schon 17, es musste also endlich mal etwas passieren! Und jetzt, da der große John Ryder sich bereit erklärt hatte, ihm gegen ein gewisses Entgelt Schauspielunterricht zu erteilen, durfte er nicht länger warten.

Doch jetzt verfluchte Christopher seine Gier. Es war zum Verrücktwerden: Sein Verfolger schien immer schon vor ihm zu wissen, welche Richtung er als Nächstes einschlagen würde. Und so ungern es Christopher zugab: Langsam aber sicher gingen ihm die Ideen aus. Die kalte Londoner Nachtluft brannte ihm in der Kehle, und er war mittlerweile ein ganzes Stück vom direkten Weg abgekommen. Leise fluchte er vor sich hin.

Vom Britannia-Pub zu Thurgoods Antiquariat war es bei seinem normalen Tempo kaum eine Stunde. Jetzt hastete er seit bestimmt zwei Stunden durch die verlassenen Gassen der schlafenden Stadt.

Die Bettler hatten sich längst in ihren Verstecken verkrochen, für die Straßenverkäufer war es noch zu früh. Es waren die wenigen Nachtstunden, in denen tatsächlich Ruhe auf Londons Straßen einkehrte. Und gerade jetzt hätte sich Christopher nicht über ein wenig Gesellschaft beschwert.

Immerhin regnete es. Das machte den Gestank ein wenig

erträglicher. An heißen Tagen hielt man es in gewissen Vierteln der Stadt kaum noch aus. Vor allem in Flussnähe roch es in einem Sommer wie diesem erbärmlich.

Christopher orientierte sich kurz. Gut, er war in der Nähe von St. Pauls und damit direkt an der Themse. Das erklärte auch den Geruch. So weit war er also doch nicht vom Weg abgekommen. Da vorne war die Fleet Street, die musste er einfach in westliche Richtung nehmen und dann ...

Der Schatten tauchte vor ihm auf. Mit weit aufgerissenen Augen schlitterte Christopher ein Stück und kam zum Stehen.

Wie war das möglich?

Zur Abwechslung könnte ein wirklich guter Plan jetzt nicht schaden.

Er könnte natürlich – nein, das war zu gefährlich! Er wusste nicht, wer sich zu dieser nachtschlafenden Zeit in den Tunneln unter der Stadt herumtrieb. Womöglich gab es dort auch noch mehr von diesen Schatten. So langsam wurde ihm die Sache unheimlich

Reiß dich zusammen! Ein Christopher Blackpool schreckte vor nichts zurück! Auch nicht vor gespenstischen Verfolgern. Er atmete tief durch und rannte weiter. An dem Schatten vorbei, nach rechts in eine kleine Seitenstraße.

Er sprintete am brandneuen British Museum vorbei, sprang über einen Zaun, legte einen kurzen Spurt über den fein säuberlich geschnittenen Rasen hin, verließ den schützenden Schatten des imposanten Gebäudes, tauchte in einer Seitengasse unter – und stellte nach einem kurzen Blick über die Schulter befriedigt fest, dass er den Schatten zumindest vorübergehend abgehängt hatte. Doch wie jeder Bewohner dieser Stadt traute er dem Frieden nicht.

Er näherte sich dem Antiquariat nicht von der großen und selbst um diese Uhrzeit belebten Piccadilly Road. Lieber verschaffte er sich von der Rückseite Zutritt – dort, wo die Kutsche mit dem Thurgood-Emblem auf ihren nächsten Liefereinsatz in den königlichen Palast oder zu den betuchten Bürgern der Stadt wartete. Ein geübter Sprung, und Christopher konnte sich an den kleinen Fenstern des Obergeschosses hochziehen. Bevor er das stets unverschlossene linke Fenster nach oben schob, lauschte er angestrengt in die Nacht.

Sollte er diesen Schatten wirklich losgeworden sein? Leise, ganz leise öffnete er das störrische Fenster – nur so weit, dass er sich hindurchzwängen konnte. Christopher wusste, dass es immer dann erbärmlich zu knarren begann, wenn es ganz geöffnet wurde. Fast so, als würde es sich dagegen wehren. Doch er war schmal und wendig, das spielte ihm nicht das erste Mal in die Karten.

Einmal mehr staunte er über die unglaubliche Menge alter Bücher, die sich im Antiquariat zu allen Seiten auftürmte. Es roch nach vergilbtem Papier, alter Tinte und noch älterem Wissen. Kein Wunder, dass dieses Obergeschoss geheim war. Diese Bücher mussten ein Vermögen wert sein.

Auf Zehenspitzen schlich er über den Dielenboden. Er spürte die lockere Stelle sofort. Vorsichtig löste er die verwitterte Holzdiele. Darunter kam eine kleine Vertiefung zum Vorschein. Auch Christopher hatte erst vor wenigen Tagen von diesem Versteck erfahren. Feierlich hatte ihn der Antiquar vor diesem Auftrag mit ins Obergeschoss genommen.

»Dies ist meine bislang wichtigste Lieferung. Vielleicht wirst du wieder verfolgt werden … sehr wahrscheinlich wirst du wieder verfolgt werden. Halte nicht an, setze dich nicht zur Wehr und lass dich auf gar keinen Fall auf irgendetwas ein. Bringe das Paket in das Antiquariat und verstecke es genau hier. Es geht um Leben und Tod, Christopher«, hatte der Antiquar ihm im Widerschein großer Kerzen eingeschärft.

Was trage ich da nur bei mir?, fragte sich Christopher zum wiederholten Mal.

Ganz gleich, was es auch war: Auch diesen Auftrag würde er zu Ende bringen! Mit Ausnahme des zu spät zugestellten Liebesbriefs eines Dandys aus Carnaby und eines zerbrochenen Krugs Wein für eines der leichten Mädchen in Whitechapel hatte er immer alles pünktlich und unversehrt übermittelt.

»Hast du es bei dir, Junge?«

Die Stimme aus der Dunkelheit erschreckte Christopher zu Tode. Nur mit Mühe unterdrückte er einen Aufschrei, dann erst erkannte er den Antiquar. Er hatte sich hinter einem hohen Bücherregal versteckt und lugte argwöhnisch hinter den alten Büchern hervor.

Christopher streckte ihm das Päckchen entgegen »Ja, hier ist es.«

»Nein, nein, nimm es weg«, zischte Aelfred C. Thurgood, als würde ihm Christopher eine giftige Schlange ins Gesicht halten. »Ist dir jemand gefolgt?«

»Ja.« Christopher nickte. »Es war merkwürdig. Es war ein ...«

»Pssst, sprich es nicht aus!«, unterbrach ihn der Antiquar. So aufgelöst hatte Christopher den höflichen alten Mann mit der runden Brille noch nie erlebt. »Ich hatte es befürchtet. Wenn sie mich hier finden, ist alles verloren! Ich versuche, sie abzulenken. Bring das Amulett in Sicherheit«, flüsterte er aufgeregt und packte ihn an der Schulter. »Und dann«, sagte er ernst und beugte sich ganz nah an Christopher heran. In seinen Augen blitzte die nackte Panik auf. »Dann bringst du dich in Sicherheit!«

So schnell es sein Alter zuließ, hastete der Antiquar die Treppe hinunter. Christopher hörte ein Knarzen, dann war es totenstill. Er sah aus dem Fenster. Thurgood humpelte davon. Auf einmal schälte sich ein Schatten aus dem Nichts und nahm die Verfolgung des Alten auf. Christopher wollte schreien, mit den Fäusten gegen das Fenster hämmern, seinen väterlichen

Freund warnen. Doch damit würde er sich verraten und die ganze Mission aufs Spiel setzen.

Was war das nur für ein Himmelfahrtskommando? Schatten, die einfach auftauchten und verschwanden, mysteriöse Lieferungen, zwielichtige Schmiede; was sollte das alles?

Konzentrier dich, Christopher!

Er hatte keine Zeit zu verlieren. Er konnte nichts für Thurgood tun, außer seinen Auftrag auszuführen. Und im Gegensatz zu Christopher hatte Thurgood anscheinend gewusst, worauf er sich einließ.

Er legte das Paket vorsichtig in das Versteck und verschloss die Diele sorgfältig. Am Fenster horchte er in die Dunkelheit.

Alles ruhig.

Christopher atmete tief durch. Jetzt nur noch nach Hause! Lautlos ließ er sich aus dem Fenster fallen und verschmolz mit Londons Nacht.

Christine

Das Gewitter trieb Christine durch die engen Gassen Londons. Sie boten kaum Schutz vor den wasserfallartigen Regenschauern, die von einem beinahe unheimlich anmutenden, düsteren, grau-gelben Himmel fielen. Sie hielt ihren Parka wie einen Schirm über den Kopf, während sie ihrem Ziel entgegeneilte, doch als sie das Antiquariat erreichte, war sie bereits durchnässt bis auf die Haut.

Christine riss die Tür auf. Das helle Bimmeln der Glöckchen darüber schenkte jedem, der den verstaubten Buchladen betrat, ein wunderlich sonderbares Gefühl von Wärme und Heimeligkeit, das in beinahe groteskem Gegensatz zu dem stand, was einen erwartete: ein dunkler Raum voller Bücherstapel, so hoch, dass man sie umrunden musste, um dahinterzusehen, verstaubte Lampen und schmutzige Fenster. Doch Christine liebte diesen Laden und seinen manchmal etwas griesgrämigen Besitzer, Alfred C. Thurgood.

»Weißt du, kleine Miss ...«, pflegte er zu sagen, »... dieser Laden ist seit so vielen Jahrzehnten ... ach, was rede ich ... seit Jahrhunderten im Besitz meiner Familie, dass mich der Gedanke schmerzt, der Letzte zu sein, der all das gesammelte Wissen dieser Bücher, all diese Schätze und all die damit verbundenen Geheimnisse kennt und an geeigneter Stelle weitergibt oder bewahrt.«

Meistens seufzte er dann tief, setzte sich in seinen zerschlissenen Ohrensessel, zog eins der alten Bücher aus einem der Stapel und öffnete es so behutsam und liebevoll, wie es nur jemand konnte, der sein ganzes Leben mit Büchern verbracht hatte und wusste, welchen Schatz er in Händen hielt. Christine liebte diese Momente, obwohl sie sie ein wenig traurig stimmten. Meist waren sie jedoch die Einleitung für spannende Geschichten, die der Alte zu erzählen begann. Geschichten aus früheren Zeiten, Überlieferungen, Sagen, Märchen, Fantastisches und Reales.

Christine konnte das eine nicht immer vom anderen unterscheiden: Mister Thurgood erzählte so lebhaft, schmückte jedes Detail so aus, dass es schien, er sei mitten in der Geschichte, die er gerade erzählte.

An solchen Nachmittagen tauchte Christine in andere Welten ein, verlor sich in den Erzählungen des Alten und vergaß für einen Moment ihr reales Leben, diese graue Stadt vor der Tür, ihre Sorgen, die Schule, ihre Eltern oder die üblichen Themen, die ihre Freundin Alexa und die anderen Mädchen der Schule interessierten. Sie tauschte ihr Leben gegen jene Welt ein, die der Antiquar ihr bot.

Auch heute schlüpfte sie durch die Eingangstür des schummrigen Ladens, in der Hoffnung, dem Trubel ihres Alltags für einige Stunden entfliehen zu können. Christine hörte die schlurfenden Schritte des weißhaarigen, alten Mannes, der, während er die hohen Bücherstapel umrundete, ein altmodisches Monokel aus der Brusttasche seiner ausgebeulten Weste zog und in sein linkes Auge kniff.

»Aaah, Christine, kleine Miss. Das ist ja eine schöne Überraschung. Beinahe zwei Wochen habe ich dich nicht gesehen. Ich dachte schon, sie haben dich in der Schule eingesperrt, weil du ungezogen warst.« Der Antiquar strahlte über das ganze, faltige Gesicht und steckte das Monokel zurück in die Brusttasche seiner Weste.

Christine lachte. Sie mochte es, wenn er sie »kleine Miss« nannte. Irgendwie hatte das etwas von der Romantik des Wilden Westens, als es noch Cowboys und Gentlemen gab.

»Hallo, Mister Thurgood«, antwortete sie. »Keine Sorge. Heutzutage wird niemand mehr eingesperrt, weil er ungezogen ist. Aber in der Schule war so viel los und dann hatten wir diesen Wettkampf mit Sondertrainingseinheiten … ich kam zu Hause nicht mal zum Lesen.« Sie seufzte.

»Jetzt bist du ja hier, kleine Miss.« Der weißhaarige Antiquar lächelte. »Und du bist pitschnass, um Himmels willen. Komm, zieh die Jacke aus. Meine Güte, sogar deine Schuhe sind durchtränkt. Was machen wir da nur, was machen wir da nur …?«

Er murmelte vor sich hin, wie immer, wenn er überlegte und dabei mit sich selbst sprach.

Christine lächelte. Sie mochte den kauzigen Alten, der ihr anfangs ein wenig Angst gemacht hatte mit seiner schrulligen Art. Doch sie hatte schnell gelernt, ihn so zu nehmen, wie er war, und damit offensichtlich sein Herz erobert.

»Ist schon in Ordnung. So nass bin ich auch nicht geworden. Wenn ich darf, hole ich mir im Hinterzimmer ein Handtuch für die Haare und hänge meine Jacke zum Trocknen über die Heizung.«

»Natürlich, natürlich. Ein Handtuch …« Thurgood nickte, während er noch immer auf Christines Schuhe starrte, als überlegte er, ihr seine eigenen, abgetretenen Hausschuhe anzubieten. Sie ließ ihn stehen, holte sich ein Handtuch aus dem Schrank im Hinterzimmer, begrüßte Lancelot, den alten, grauen Papagei in seinem Käfig auf dem Tisch und rubbelte sich die Haare trocken, während sie wieder nach vorne in den Laden lief.

»Mister Thurgood?«, rief sie. »Wo sind Sie?«

»Ich bin hier oben, Christine«, hörte sie die Stimme des Alten aus dem ersten Stock.

»Okay, dann warte ich hier unten«, antwortete sie.

»Nein, nein, komm nur herauf. Ich denke, es ist an der Zeit, dir etwas zu zeigen.«

Christine traute ihren Ohren kaum. Zwar wusste sie, dass der Antiquar sie ganz besonders ins Herz geschlossen hatte, doch ins Obergeschoss durfte bisher nicht einmal sie. Dort bewahrte er seine ältesten, wertvollsten Bücher auf und der Einzige, dem er Zutritt in seine Schatzkammer gewährte, war er selbst.

»Sind Sie sicher?« Christine war verunsichert, während sie vorsichtig die ersten beiden Stufen der knarzenden Treppe nahm.

»Natürlich«, bellte der Alte. »Ich bin nicht senil, kleine Miss. Wenn ich sage, komm herauf, dann meine ich auch, dass du heraufkommen sollst.«

Christine schmunzelte und nahm vorsichtig Stufe für Stufe. Sie achtete sorgsam darauf, an keinen der Bücherstapel zu stoßen, die sich auf jeder einzelnen davon befanden.

Oben angekommen sah sie neugierig um die Ecke. Was sich ihr bot, war ein Anblick, der für Menschen wie Christine nur eins bedeuten konnte: ein Paradies, eine Oase in der grauen, tristen Welt der Realität. Hohe Regale erstreckten sich über den ganzen, riesigen Raum und waren bis unter die Decke gefüllt mit Büchern. Im Gegensatz zum unordentlichen Laden ein Stockwerk tiefer schien hier alles fein säuberlich geordnet und katalogisiert zu sein. Überall hingen kleine Lampen an den Wänden zwischen den Regalen, kein Staubkörnchen war zu sehen. In der Mitte des Raumes standen zwei riesige Ohrensessel und zwischen ihnen ein Tischchen, auf dem sich Teegeschirr befand.

Christine stand sprachlos in der offenen Tür, als Thurgood sich umdrehte und sie angrinste: »Da staunst du, was? Das hier ist meine Schatzkammer. Sie kostet so viel Mühe und Zeit, dass ich keine mehr habe, um sie damit zu vertrödeln, unten aufzuräumen. Unten, wo es ohnehin nur Bücher gibt, die gänzlich ohne den Zauber der alten, magischen Zeiten auskommen müssen.« Der Antiquar murmelte vor sich hin, als er ein wunderschönes, in dunkelgrünes Leder eingebundenes Buch, bestückt mit aufwendigen Ornamenten, zurück ins Regal stellte.

In diesem Moment klingelten unten die Türglöckchen und der Alte sah Christine eindringlich an, als er sich anschickte, die

Treppe nach unten zu steigen. »Nichts anfassen, kleine Miss. Ich bin gleich zurück und zeige dir das eine oder andere meiner Schätzchen.«

»Alles klar, Mister Thurgood. Ich werde meine Hände bei mir behalten. Auch wenn es mir schwerfällt.« Christine hob ihre Schwurfinger und lachte den alten Mann an, der zufrieden nickte und die Treppe hinabstieg, um die Kundin zu bedienen, die bereits im Laden auf ihn wartete.

»Ah, Miss Carter, Ihre Bestellung ist eingetroffen«, hörte Christine seine gedämpfte Stimme, als sie staunend die endlos scheinenden Bücherreihen entlangschlenderte. Hier gab es Bücher, die weit älter waren als sie selbst, wenn nicht sogar älter als Mister Thurgood und das wollte etwas heißen. Sie sah Bücher, die offenbar ganze Jahrhunderte überstanden hatten, Bücher, die so aufwendig verziert, geschmückt und gebunden waren, dass Christine vor Ehrfurcht der Atem stockte. Sie traute sich, ganz sanft und sehr vorsichtig über den ein oder anderen Buchrücken zu streichen, und war fasziniert von der Vielzahl unterschiedlichster Materialien, in die die Bücher gebunden zu sein schienen. Leder, Leinen, Papier, einige waren mit Metall beschlagen, andere mit Edelsteinen verziert. Es gab kaum etwas, das es nicht gab.

Sie wanderte ehrfürchtig an den Regalen vorbei und sog die Eindrücke auf wie ein Schwamm das Wasser.

»Autsch ... Scheiße.« Christine stolperte über ein lockeres Dielenbrett, das einen guten Zentimeter über seinen Nachbarbrettern aus dem Boden ragte. »Was ist das denn für ein Mist? Hier kann man sich ja den Hals brechen.«

Christine versuchte, das Brett mit ihrem Eigengewicht zurück nach unten zu drücken, damit der Boden wieder eben würde, aber es war, als würde sie auf einen Widerstand treffen.

»Du blödes Ding.« Sie bückte sich, um nachzusehen, wo die Diele klemmte, hob das Brett ein klein wenig an und sog den

Atem ein, als dieses sich wie von selbst aus dem Boden löste und den Blick auf einen Spalt freigab, in dem ein kleines Päckchen lag.

»Was zum Teufel ...« Christine verstummte und griff automatisch nach dem Päckchen. Es sah aus, als hätte es einiges hinter sich, war an zwei Stellen eingerissen und wirkte irgendwie – alt.

Sie öffnete den Knoten der Schnur, die das kleine Paket umschlang, und löste das Papier.

Eine kleine Schatulle kam zum Vorschein, wunderschön verziert und beinahe so prunkvoll gearbeitet wie die alten Bücher in den Regalen hier oben. Christine öffnete das Kästchen vorsichtig und ihre Augen weiteten sich vor Erstaunen. In dem kleinen Etui lag ein Amulett.

Es war prachtvoll gearbeitet, mit filigranen Details, die erst auf den zweiten und dritten Blick erkennbar waren. Geschwärztes Silber unterstützte das Strahlen des rosa schimmernden, erstklassig gefassten Edelsteines in der Mitte und schmale Silberstege schlangen sich wie Rosenranken rechts und links davon ineinander und ergaben die Außenform des Amuletts. Zwischen den Stegen erkannte Christine verschiedene, erhabene Symbole, von denen sie jedoch nicht allen eine Bedeutung zuordnen konnte: Eines sah aus wie eine Uhr und war merkwürdig verschlungen mit einem Herz und etwas, das aussah wie eine Brücke oder ein Torbogen.

Christine nahm das Amulett aus der Schatulle, um es bei dem diffusen Licht, das hier oben herrschte, genauer betrachten zu können. Sie bemerkte, dass es auf der Rückseite merkwürdige Aussparungen hatte, an den Rändern gezackt, als würde es auf Zahnräder passen.

Zuerst dachte sie, sie bildete es sich ein, doch plötzlich ließ sie das Amulett zurück in die Schachtel fallen: Es war heiß geworden in ihrer Hand. So heiß, dass sie es loslassen musste.

»Aaaaah ... verdammt, was ist das?«, murmelte sie. »Das hab

ich mir doch jetzt eingebildet, oder? Das Ding kann doch nicht allen Ernstes heiß geworden sein. Christine, reiß dich zusammen. Du bist auch schon plemplem.«

Sie schloss gerade den Deckel des kleinen Kästchens, als sie hörte, wie Mister Thurgood seine Kundin verabschiedete. Christine wollte die Schatulle zurück in den Spalt unter der Diele legen, doch irgendetwas hielt sie zurück. Es war, als würde ihr jemand ins Ohr flüstern: Bring es morgen wieder her, auf einen Tag kommt es nicht an.

Sie war hin und her gerissen. Sie hatte das Gefühl, den alten Mann zu bestehlen, jedoch war sie sich gleichzeitig nicht sicher, ob er überhaupt von dem Amulett unter dem Dielenboden wusste.

Sie sah sich um und ihr Blick blieb an dem Tischchen zwischen den beiden Ohrensesseln hängen: Neben dem Teegeschirr lagen ein kleiner Block und ein Bleistift. Als wäre sie ferngesteuert, sprang Christine auf, ließ sich auf einen der beiden Sessel fallen und schrieb mit eiligen Fingern:

Sorry. Konnte nicht anders. Will es nicht stehlen. Bringe es morgen zurück.
Versprochen.
Christine.

Sie riss den Zettel von dem kleinen Block und stopfte ihn in den Spalt im Boden. Dann setzte sie das Dielenbrett wieder ein und richtete sich gerade auf, als sie Mister Thurgoods langsame Schritte auf der knarzenden Treppe hörte. Mit zitternden Händen stopfte sie das Kästchen in die Beintasche ihrer weiten Baggyjeans.

Der Antiquar bog um die Ecke. »Nun? Hast du dich ein bisschen umgesehen in meiner Schatzkammer?«, fragte er sie augenzwinkernd.

»Ja … ich … oh ja … die Bücher sind … Wahnsinn.« Christine stotterte und hatte das Gefühl, am ganzen Leib zu zittern. »Ich muss jetzt aber dringend los.«

»Was?« Mister Thurgood schien enttäuscht. »Du bist doch gerade erst gekommen.«

»Ich weiß.« Christine wand sich unter seinem Blick. »Ich hab total vergessen, dass ich bis morgen noch ein Referat vorbereiten muss. Ist mir gerade eingefallen. Aber wenn ich darf, komme ich morgen Nachmittag wieder und dann zeigen Sie mir die Bücher hier oben, okay?«

»Nun gut«, antwortete der alte Mann. »Wenn die Pflicht ruft, geht das natürlich vor. Obwohl ich ja nach wie vor finde, man bürdet euch jungen Leuten zu viel auf. Referate, Schularbeiten, Trainingsstunden … Wo bleibt denn da Zeit für das Studium des Lebens? Du bist sechzehn Jahre alt … früher, als ich so alt war wie du …«

»Mister Thurgood, ich muss wirklich los«, unterbrach Christine den Antiquar.

»Ja. Natürlich, natürlich, Kind. Da komme ich immer ins Plaudern, ich alter Kauz.« Er schien verwirrt.

»Ich komme morgen wieder, ja?« Christine war bereits auf dem Weg zur Treppe.

»Ja, natürlich, Kind. Morgen. Komm morgen wieder. Ich bin hier, wie immer.« Der Alte winkte.

Christine lief die knarzende Treppe hinab, übersprang die letzten beiden Stufen bis zum Boden, schnappte sich ihre Jacke, die noch immer über der Heizung hing und zwar noch nicht ganz trocken, aber zumindest warm war. Dann verließ sie beinahe fluchtartig den Laden, denn sie hatte einerseits ein schlechtes Gewissen und war andererseits schrecklich neugierig darauf, das Amulett genauer zu untersuchen.

Sie fühlte sich wie in einem Abenteuerroman, während sie durch den Regen, der mittlerweile nur noch nieselnd vom feuerroten, mit grauen Wolken durchzogenen Abendhimmel fiel, nach Hause lief. Ja, sie war sogar so aufgeregt, dass sie sich schon wieder einbildete, das Kästchen in der Tasche an ihrem Bein würde sich erwärmen.

Christopher

Von den Schatten fehlte jede Spur, als sich Christopher auf den Heimweg machte. Alles blieb ruhig, sogar der Regen hatte nachgelassen. Dennoch wurde er das Gefühl nicht los, aus der Dunkelheit heraus beobachtet zu werden. Immer wieder schnellte er herum, sicher, einen Schemen in einem Hauseingang oder eine Bewegung auf einem Dach wahrgenommen zu haben. Doch da war nichts. London schlief wie ein unschuldiges Kind.

So gerne er es auch wollte: Er konnte die Geschehnisse nicht aus seinem Kopf verbannen. Und das war überaus lästig. In der Regel dachte Christopher nie über einen Auftrag nach, nachdem er ihn ausgeführt hatte. Doch das hier war etwas anderes. Das spürte er.

Er ließ die prächtige Kuppel der St. Pauls Cathedral hinter sich und überquerte die Themse auf der Blackfriars Bridge. Das war jedes Mal wie eine kleine Mutprobe. Längst zirkulierten Wetten unter Londons erfahrenen Boten, wann das alte Ding einstürzen würde.

Heute trug sie ihn sicher über den Fluss, seine Gedanken blieben jedoch auf der anderen Seite. Bei Thurgood. Ob es dem alten Mann gut ging? So aufgelöst hatte Christopher ihn noch nie erlebt. Sonst war Thurgood durch absolut nichts aus der Ruhe zu bringen. Solange sich niemand an seinen Büchern vergriff, natürlich.

Er schob die beunruhigenden Gedanken beiseite. Gleich morgen würde er bei ihm im Laden vorbeischauen und den Alten sicherlich wie immer über seine Bücher gebeugt vorfinden. Er würde die andere Hälfte seines Lohns abholen und dann auf direktem Weg ins Theater gehen. Es würde schon alles gut werden. Wie zur Absicherung griff er in seine Hosentasche. Das Pfundstück lag schwer und beruhigend in seiner Hand. Damit waren die ersten Wochen Unterricht gesichert.

Die Dämmerung kroch fahl über den Himmel, als er Lambeth erreichte. Hier, nicht weit von der Bethlehem-Nervenheilanstalt, bewohnte er das Dachgeschoss im Haus einer gebrechlichen alten Dame. Auch diese Wohnung hatte ihm Thurgood verschafft. Wie so oft seit Christophers Ankunft in dieser Stadt hatte ihm der kauzige Buchhändler aus der Patsche geholfen, ihm Aufträge verschafft und ihn sehr bald ganz offiziell unter seine Fittiche genommen.

Christopher war heilfroh, aus seinem Kellerloch herausgekommen zu sein, das er sich im Old Nichol mit Müh und Not geleistet hatte. Eine wirklich miese Gegend, deren schlechter Ruf ihr nicht mal ansatzweise gerecht wurde.

Jetzt mietete er das Dachgeschoss eines Hauses, das Miss Barnacle gemeinsam mit einer kolossalen Menge alter Bücher über Magie und die Geisterwelt, ihrem Aberglauben und ihrer Haushälterin bewohnte. Thurgoods beste Kundin war zwar mehr als nur ein wenig merkwürdig und schien sich von nichts zu ernähren außer Büchern und Tee, dafür bekam Christopher das Zimmer aber zum Spottpreis.

Gut, er musste Miss Barnacle hin und wieder zu einer Séance oder zu einem der vielen Magier im West End begleiten. Aber immerhin war das derzeit der letzte Schrei. Und das hieß, dass in Hinterzimmern und Theatern immer einiges geboten wurde. Christopher hielt nichts von diesen Geisterbeschwörungen und den Scharlatanen dahinter, die Magier boten aber immerhin eine gute Vorstellung voller Rauch und wundersamer Dinge.

Im Gegenzug für das preisgünstige Zimmer erledigte er kleinere Arbeiten im Haushalt und sorgte dafür, dass der konstante Bücherstrom von Thurgoods Antiquariat direkt hinein in Miss Barnacles Bibliothek nicht versiegte. Eine faire Abmachung. Wenn der Wind ungünstig stand, hörte er zwar hin und wieder Schreie aus der Anstalt, doch gegen das, was jeden Tag auf den Straßen von Old Nichol passierte, war Lambeth das reinste Paradies.

Ein letztes Mal sah er sich um, dann betrat er das Haus. Niemand war ihm gefolgt.

»Wer sollte mir auch folgen? Einem Boten ohne Ware?«, sprach er mit sich selbst.

Der Hausflur war dunkel wie immer. Christopher verzichtete auf das mühevolle Entzünden der Öllampen und tastete sich im Dunkeln vor. Er erreichte den Treppenabsatz, stieg nach oben ...

»Grundgütiger!«, rief er aus und wäre fast rückwärts die Treppe hinuntergestürzt. Am oberen Absatz war urplötzlich eine geisterhafte Erscheinung aufgetaucht. Wallendes Weiß, ein Kerzenleuchter ausgestreckt wie eine Waffe ... Miss Barnacle!

»Miss Barnacle, Sie haben mich zu Tode erschreckt!«, entfuhr es Christopher. Wieso erschreckte ihn in dieser Nacht eigentlich dauernd irgendwer?

»Du bist es, Junge«, drang ein brüchiges Stimmchen aus der greisen Dame. Der schwere Kerzenhalter zitterte in ihrer Hand. »Ich dachte, ich hätte etwas gehört.«

»Ja, das war wohl ich«, grummelte er, obwohl er wusste, so gut wie kein Geräusch verursacht zu haben. Doch er konnte Miss Barnacle ohnehin nie lange böse sein.

Sie lugte argwöhnisch hinter ihm die Treppe hinunter. »Und da bist du dir sicher?«

»Ja, sehr sicher sogar.«

Einmal hatte sich ein Flüchtiger aus der Anstalt im Garten versteckt. Miss Barnacle hatte erst die Tarot-Karten befragt und dann tagelang nur bei Licht geschlafen.

»Gute Nacht!«, rief er über seine Schulter, dann erklomm er die übrigen Treppen bis zum Dachgeschoss. In seinem vertrauten Chaos aus alten Theaterplakaten, Büchern und detaillierten Landkarten Londons beruhigte er sich schnell. Er wollte nur noch schlafen. Aber irgendetwas ließ ihm keine Ruhe. Nach einiger Überlegung schloss er das Fenster, das eigentlich immer offen stand. Man musste das Schicksal ja schließlich nicht herausfordern. Und da war noch etwas. Etwas, das Miss Barnacle gesagt hatte.

»Ich dachte, ich hätte etwas gehört.«

Das Porridge zum Frühstück am nächsten Morgen war nicht nur versalzen wie immer, es war auch längst kalt. Christopher schlang es trotzdem artig hinunter und spülte großzügig mit ebenfalls kaltem Schwarztee nach. Er würde sich hüten, es sich mit der Haushälterin zu verscherzen. Mrs Draught hatte mehr Macht über Miss Barnacle, als ihm geheuer war, und am Ende würde sie ihn noch auf die Straße setzen.

Das durfte nicht passieren! Hier draußen vor den Toren der Stadt konnte er nachts manchmal sogar die Sterne sehen.

Ein kurzer Blick in die *Illustrated London News* verriet ihm, dass schon wieder irgendein König aus irgendeinem fernen Land bei der Weltausstellung zu Gast war. Die ganze Stadt sprach von nichts anderem, so viele fremde Menschen hatte Christopher noch nie in London gesehen. Ob seine Aufträge auch etwas damit zu tun hatten? Er musste Thurgood danach fragen.

Dichter Nebel begrüßte ihn, als er sich wieder auf den Weg machte. Konnte es sein, dass er Londons tückische Nebel gestern Nacht für Schatten gehalten hatte, die ihn verfolgten? Bei Tageslicht erschien ihm das gar nicht mal so abwegig.

Diesmal nahm er die London Bridge in die Stadt hinein. Man musste sein Glück schließlich nicht überstrapazieren. Ein roter Haarschopf stach aus dem Nebel hervor. Pip! Typisch Ire: Ihn würde man auch sehen, wenn der Nebel ganz London verschlucken würde.

»Tag, Christopher, wieder unterwegs?«, begrüßte ihn der Junge mit den feuerroten Haaren. Wie immer grinste er breit.

Christopher nahm an, Pip würde selbst bei einer Beerdigung grinsen. Er nickte. »Wie laufen die Geschäfte?«

Pip schnalzte mit der Zunge. »Super. Wenn man davon absieht, dass niemand in dieser Stadt mehr Streichhölzer braucht. Blöde Gaslichter überall. Was ist denn aus den guten alten Kerzen geworden?«

Christopher zuckte mit den Schultern. »Die Zeiten ändern sich eben«, meinte er und blickte in den vollen Bauchladen, den sein Freund mit sich herumtrug. Das sah nicht gerade nach einem erfolgreichen Tag aus!

»Du brauchst nicht zufällig welche?«, meinte Pip und sah Christopher hoffnungsvoll an. »Sind auch fast trocken.«

»Nein dan...«, begann Christopher, überlegte es sich bei dem Gedanken an das Pfundstück in seiner Tasche jedoch anders. Verflixte Gutmütigkeit! »Na gut, ich nehme ein Päckchen!«

Pips Miene hellte sich auf. Er beugte sich über die Brücke. »He, Peggy, ich hab was verkauft«, brüllte er stolz in den Nebel.

»Spitze«, drang es kurz danach aus dem Nebel zu ihnen herauf. »Ich hab hier auch schon was zum Abendessen gefunden.«

Pip verzog das Gesicht. »Aber ich geh doch noch ins Theater später, mit den Jungs.«

»Ach, stimmt ja. Ess ich den Fisch eben alleine!«

»War das deine ... deine Freundin?«, begann Christopher unsicher. Er konnte in der trüben Suppe nichts erkennen.

Pip nickte stolz. »Sie sucht mit den anderen das Ufer nach Brauchbarem ab.« Er blickte auf seinen gefüllten Bauchladen. »Scheint besser zu laufen als bei mir.«

Einmal mehr war Christopher froh, als Bote unterwegs

zu sein. Die unzähligen Straßenverkäufer hatten es deutlich schwerer als er. Ein Wunder, dass es Pip nie die Laune verhagelte.

»Ich muss dann auch mal weiter.«

»Klar, versteh schon. Kommst du heute Abend mit? Im Haymarket soll es ein Stück mit ordentlich Mord und Totschlag geben.«

»Von wem ist es?«

»Woher soll ich das wissen? Ich geh nur wegen der Kämpfe hin.«

Kopfschüttelnd eilte Christopher weiter. Er war von Banausen umgeben. Aber gut, immerhin gingen sie überhaupt ins Theater.

Mit jedem weiteren Schritt in Richtung Londons Zentrum wurden die Straßen voller, das Gedränge anstrengender. In der Newgate Street reihte sich eine Kutsche an die andere, die Bürgersteige waren völlig verstopft. Hier ging es nur im Schneckentempo voran. Die Richtung war klar: Hyde Park, alle wollten zum Hyde Park. Christopher beneidete all die Menschen, die die Weltausstellung besuchten oder bereits besucht hatten. Vielleicht würde er es ja morgen schaffen. In einem Pub hatte er aufgeschnappt, dass die Schau morgen keinen Eintritt kosten würde.

Eins nach dem anderen. Erst mal nach Thurgood sehen.

In der Piccadilly Street war es etwas ruhiger, aber keinesfalls das, was man entspannt nennen konnte. Immerhin kamen die Kutschen auf der breiten Straße deutlich schneller voran. In der Ferne sah Christopher schon das alte Haus, in dem das Antiquariat untergebracht war. Die kleine Menschenmenge, die sich davor angesammelt hatte, hatte bestimmt nichts zu bedeuten. Das war sicher nur …

»Wo bleibt er nur?«, hörte Christopher schon von Weitem eine ungeduldige Frauenstimme. Also doch!

Ein bärtiger Herr mit Zylinder und Backenbart schüttelte den Kopf. »Das ist gar nicht Thurgoods Art«, meinte er ernst.

»Alles schön und gut, die Herren und Damen Kunden«, schaltete sich ein hochgewachsener junger Mann ein. »Aber ich warte schon seit über zwei Stunden, dass er meine Lieferung entgegennimmt. Als hätte ich nichts Besseres zu tun, als auf einer Straße voller Pferdemist zu warten, dass der gnädige Herr sein Antiquariat öffnet.«

Das klang alles andere als gut! Wenn Thurgood nun doch etwas zugestoßen war? Christopher verscheuchte den Gedanken wie eine lästige Fliege, umrundete die Wartenden und verschaffte sich abermals durch das Fenster im Obergeschoss Zutritt zu Thurgoods Bücherschatz. Es war normalerweise nicht seine Art, einfach in den Laden einzusteigen. Es war aber eben auch nicht Thurgoods Art, einfach nicht aufzutauchen.

Im Antiquariat war alles still. Christopher stellte sich oft vor, dass die Bücher miteinander flüsterten, wenn niemand sonst anwesend war. So viel Wissen, dachte er, blieb doch gewiss nicht unbemerkt zwischen zwei Buchrücken eingeklemmt. Er spähte vorsichtig ins Untergeschoss, achtete aber darauf, nicht von den Menschen vor der Tür gesehen zu werden. Auch im Verkaufsraum war alles still.

Wo steckte der alte Mann nur? Christopher kam eine Idee. Er sollte sich wohl am besten versichern, ob das Päckchen noch immer gut versteckt war. Und wenn er schon dabei war, konnte er vielleicht einen kleinen Blick in sein Inneres riskieren. Schnell fand er die lose Diele, drückte sie hoch, schob sie möglichst leise beiseite und schaute in die Vertiefung.

Der Schrecken fuhr ihm in die Glieder: Sie war leer.

Nein, das stimmte nicht ganz. Zwar war das geheimnisvolle Päckchen verschwunden. Leer war das Versteck jedoch nicht. Kalter Schweiß stand Christopher auf der Stirn, als er den kleinen gefalteten Zettel herausangelte, der statt seiner Lieferung in der Vertiefung lag. Seine Hände zitterten, als er ihn entfaltete und die kurze Botschaft darauf las.

Sorry. Konnte nicht anders. Will es nicht stehlen. Bringe es morgen zurück.
Versprochen.
Christine.

Sein Herz pochte so laut in seiner Brust, dass er es für einen kurzen Moment für energisches Klopfen an der Tür hielt.

Wieder und wieder flogen seine Augen über die Zeilen. Sie waren hastig geschrieben, ohne Eleganz und Schnörkel. Diese Christine hatte es offenbar eilig gehabt.

Aber Zeit genug, um das Päckchen zu stehlen, dachte Christopher grimmig.

Er steckte den Zettel in die Tasche seiner Weste. Ratlos blieb er auf dem Boden sitzen. Was sollte er jetzt nur tun? In Panik zu verfallen schien ihm eine ausgezeichnete Idee zu sein, doch er zwang sich mühsam, sein Dilemma in Ruhe zu überdenken. Wenn jemand das Päckchen stehlen wollte, hätte er – oder sie – sich wohl kaum die Mühe gemacht, diesen Zettel zu hinterlassen.

Das Klirren schwerer Schlüssel riss ihn aus seinen Spekulationen. Thurgood! Schnell brachte Christopher die Diele wieder an Ort und Stelle und eilte die Treppe hinunter. Wie er das dem Antiquar erklären sollte, wusste er noch nicht. Er würde wohl improvisieren müssen.

»Ja doch, so geben Sie mir einige Minuten Zeit«, brummte der gerade an der Tür und versuchte, die ungeduldigen Kunden abzuhalten. Entschlossen warf er die Tür ins Schloss.

»Mister Thurgood, ist alles in Ordnung?«

»Was? Wie?«, entfuhr es dem Antiquar gehetzt. Er schnellte herum, Angst und Zorn flammten in seinen Augen auf.

»Ach, du bist es, Junge«, brachte er mühsam hervor. »Ich dachte schon …«

»Was? Was dachten Sie?«

Thurgood winkte ab. Er wirkte müde. »Ach, nicht so wichtig. Ich hatte jemand anderen erwartet. Eine alte Bekannte, wenn du so willst.« Er rang sich ein Lächeln ab. »Was auch immer. Du weißt ja, wie die Gedanken von alten Männern abschweifen.«

Er schlurfte hinter die Theke, hängte seinen Mantel an den Haken und rieb sich die Augen.

»Wo waren Sie denn nur?«, fragte Christopher. »Ich hab mir Sorgen gemacht.«

Thurgood zog seine buschigen Brauen in die Höhe. »Sorgen? Um mich?« Er lachte. »Das ist wohl kaum nötig. Nein, mein Junge, im Gegenteil: Ich war deinetwegen in Sorge. Mir tut es leid, dass ich dich in diese Lage gebracht habe.« Er blickte ihn ernst an und senkte die Stimme. »Aber sag mir: Ist es sicher? Ist es gut versteckt?«

Christopher schluckte. »Äh, ja, natürlich«, brachte er heiser hervor, ehe er wusste, was er da gerade von sich gab.

Na wunderbar!

Der Antiquar atmete hörbar auf. Erleichterung breitete sich auf seinem Gesicht aus. Mit einem schrillen Klang öffnete er die Registrierkasse. »Hier«, sagte er und warf Christopher etwas Goldenes entgegen. »Die andere Hälfte deines Lohns.«

Christopher fing die Münze auf und sah sie erstaunt an. »Aber Mister Thurgood, das ist immer noch zu viel, wie ich bereits …«

»Nein. Du hast sie dir redlich verdient. Ich frage nicht gerne, aber ich würde dich außerdem noch um eine Kleinigkeit bitten.« Mister Thurgood senkte die Stimme zu einem Flüstern.

»Alles was Sie wollen.« Christopher nickte.

»Gut. Würdest du das Päckchen bitte an einen anderen Ort

bringen? Verstecke es gut und sage niemandem, wo du es gelassen hast. Nicht einmal mir. Wenn ich es nicht weiß, kann mir nicht einmal das Angesicht des Todes sein Versteck entlocken.«

Christopher erschrak. Was faselte der Alte da nur vom Angesicht des Todes? »Aber, Mister Thurgood ...«

Der Antiquar unterbrach ihn: »Also versteckst du es, oder nicht? Ich würde das nicht von dir verlangen, wenn es nicht so immens wichtig wäre, Christopher.«

Christophers Gedanken überschlugen sich. Vielleicht konnte er das Päckchen zurückbekommen, bevor Thurgood merkte, dass es verschwunden war.

»Gut.« Christopher hielt den Atem an und nickte. »Ich verstecke es.«

»Wunderbar. Ich danke dir.« Der Antiquar schien erleichtert. »Ich bin außerordentlich stolz auf dich. Du machst deine Sache sehr gut.«

»Ach«, winkte Christopher ab. Mit Lob konnte er schon unter normalen Umständen nicht umgehen. Mit unangebrachtem Lob noch viel weniger. Er scharrte verlegen mit dem Fuß. »Es war ... mal etwas anderes.«

»Oh ja, das kannst du mir glauben«, murmelte Thurgood. »Das kannst du mir glauben.«

»Ich hole es.« Christopher stolperte die Treppe nach oben und lehnte sich dort gegen das schwere Eichenregal. Er wusste nicht im Geringsten, was er jetzt tun sollte, doch seine Notlüge hatte ihm zumindest etwas Zeit verschafft.

Er kritzelte eine eilige Notiz an diese Christine auf einen Zettel, der auf einem kleinen Tischchen lag, und stopfte ihn übereilt in das Loch unter dem Dielenbrett. Dann rannte er die Treppe nach unten und verließ mit einem hastigen »Bis bald, Mister Thurgood, ich kümmere mich darum« den alten Buchladen.

Das »Pass gut darauf auf!« hätte er am liebsten überhört.

Auf der Straße atmete Christopher auf. Er hätte es keine Sekunde länger mit dieser Lüge in Thurgoods Anwesenheit ausgehalten. Es fühlte sich falsch an, seinem alten Freund nicht die Wahrheit zu sagen. Christopher redete sich ein, dass es vielleicht gar keine richtige Lüge war. Doch das half nur bedingt.

Er dachte nach. Vielleicht war das Päckchen bei dieser Christine im Moment sogar besser aufgehoben als im Buchladen? Er jedenfalls war nach einiger Überlegung gar nicht böse darüber, dass er sich fürs Erste nicht mehr mit diesem Paket und irgendwelchen Schatten herumschlagen musste.

Die zwei Pfundstücke klimperten munter in seiner Tasche aneinander. Es war Zeit, auf andere Gedanken zu kommen! Christopher eilte die Regent Street hinauf, stürmte in das Princess's Theatre, rannte fast einen Straßenfeger um und blieb vor dem imposanten Bühnenbild stehen. Er bewunderte Charles Keans Shakespeare-Stücke, hatte hier erst kürzlich eine wahnsinnig tolle *Macbeth*-Aufführung gesehen. Auch jetzt zeigte die Bühne die sturmumtoste Heide, auf der sich die drei Hexen zu Beginn des Stückes trafen. Heute war Christopher jedoch nicht als Zuschauer hier. Mit festem Schritt eilte er hinter die Bühne.

»Na, Lieferjunge, was für uns dabei?«, fragte ihn eine junge Frau, die sich gerade vor einem angelaufenen Spiegel schminkte.

Christopher ignorierte sie und lief auf einen hochgewachsenen Mann mit akkurat gestutztem Bart zu. Die Zeiten als Lieferjunge waren vielleicht bald vorbei. »Mister Ryder?«

Der Riese wandte sich um. »Christopher!«, meinte er freundlich. »Ich hab dir doch schon oft gesagt, du sollst mich John nennen. Was führt dich her?«

Christopher holte eine Pfundmünze aus der Tasche und ließ sie auf den Tisch fallen. »Na, was wohl, John?«, fragte er keck. »Unterrichte mich!«

Christine

Christine? Bist du das?«

»Ja, Mum, ich bin's.« Christine ließ die Haustür ins Schloss fallen.

»Wo warst du so lange?« Ihre Mutter kam aus der Küche in den Flur. Wie immer sah sie aus, als sei sie gerade frisch einem Modemagazin entsprungen: Die hellblonden Haare waren zu einem kunstvollen Dutt drapiert, ihre langen Beine steckten in einer weiten, indischen Hose, deren knalliges Orange perfekt zu ihren langen, klimpernden Ohrringen passte und das strahlende Weiß ihres lässigen Shirts leuchten ließ.

Christine war stolz auf ihre jung gebliebene Mutter, doch manchmal nervte sie ihre scheinbar zufällige Vollkommenheit zu Tode. Dabei war es nicht einmal so, dass ihre Mutter ihr Vorschriften machte. Sie ließ Christine sein, wie sie war – und doch hatte sie manchmal das Gefühl, von der so einfach wirkenden Perfektion ihrer Mutter erdrückt zu werden. »Ich war im Antiquariat«, antwortete sie.

»Ach, wie nett. Schön, dass du mal wieder bei Mister Thurgood vorbeigeschaut hast. Wie geht es ihm? Ist sein Rheuma besser?« Ihre Mutter lächelte.

»Ja, ihm geht es gut.« Christine verschwieg ihrer Mutter, dass sie vergessen hatte, ihn danach zu fragen. Sie hatte jetzt keine Lust auf ein Gespräch dieser Art und wollte nur noch auf ihr Zimmer. Sie brannte darauf, die kleine Schachtel aus ihrer Hosentasche zu holen.

»Mum, ich geh gleich nach oben. Ich bin ein bisschen in den Regen gekommen und will heiß duschen und mich umziehen.« Christine war bereits auf der Treppe.

»Ja, sicher. Mach das. Dein Vater und ich gehen heute Abend auf diesen Empfang, du weißt schon. Bestellst du dir eine Pizza? Ich leg dir Geld in die Küche. Ach ... und Alexa hat angerufen.«

»Okay, Mum, ich ruf sie nachher zurück. Pizza ist super.«

Christine hatte den Empfang vollkommen vergessen, war jetzt aber froh, heute Abend alleine zu Hause zu sein und bei dem, was sie vorhatte, nicht gestört zu werden. Sie wollte sich das Amulett genau ansehen und im Internet recherchieren, ob sie etwas über seine Herkunft herausfinden konnte. Sie schloss die Tür ihres Zimmers hinter sich und drehte zur Sicherheit den Schlüssel um. Auf dem Bett sitzend zog sie das kleine Kästchen aus der Beintasche ihrer weiten Hose. Sie öffnete die Schatulle und betrachtete das Amulett, das im Licht der hellen Lampe noch viel schöner war als im düsteren Obergeschoss des Antiquariats. Vorsichtig nahm sie das Schmuckstück aus seiner Schachtel und drehte es in ihren Händen. Diesmal wurde es nicht warm, und Christine entschied sich, der Einfachheit halber zu glauben, dass sie sich das alles nur eingebildet hatte.

Doch was waren das für merkwürdige Symbole und Zeichen in der Mitte? Und wofür war die Aussparung auf der Rückseite? Es schien, als hätte das Amulett eine Art Gegenstück oder könnte irgendwo eingehakt werden

Christine seufzte und legte es zurück in die Schachtel. Ihr war tatsächlich etwas kalt und sie beschloss, zuerst zu duschen und sich dann weiter um das merkwürdige Schmuckstück zu kümmern.

Als sie unter dem dampfenden Wasserstrahl stand, überlegte sie, wer diesen kleinen Schatz wohl unter der Diele versteckt haben mochte. Thurgood selbst? Aber warum sollte er das tun? Er hatte einen großen Tresor im Hinterzimmer, in dem das Amulett sicher besser aufgehoben wäre als unter einem losen Dielenbrett. Christine gefiel die Vorstellung von einer romantischen Liebe, die jedoch aufgrund alter, gesellschaftlicher Zwänge nicht sein durfte, weshalb der Romeo in ihrer Geschichte das Geschenk für seine Julia unter einer Holzdiele in einem alten Buchladen versteckte. Natürlich war so etwas heutzutage vollkommener Blödsinn, doch wer konnte schon sagen, wie lange die Schatulle unter der Diele gelegen hatte?

Christine stellte das Wasser ab, rubbelte sich trocken, bis ihre Haut feuerrot war, und schlüpfte in ihren bequemsten Jogginganzug. In ihrem Zimmer fand sie auf dem Schreibtisch eine große Tasse dampfenden Kakao, die ihre Mutter dort für sie abgestellt hatte. Offenbar hatte sie das Kästchen auf dem Bett nicht bemerkt. Christine schob es unter ihr Kopfkissen, nahm das Telefon von der Station und wählte Alexas Nummer.

»Christine, endlich. Ich hab schon zweimal angerufen«, begrüßte Alexa ihre Freundin schnippisch.

»Was gibt's denn?«, erwiderte Christine ruhig, während sie ihren Kakao schlürfte.

»Tessa hat für morgen Nachmittag ein Sondertraining angesetzt und wir sollten die Telefonkette starten. Weil du aber nicht zu erreichen warst, habe ich schon weitergemacht und den anderen Bescheid gegeben. Wo zur Hölle warst du und warum gehst du nicht an dein Handy? Ich hab dir auch drei Nachrichten geschickt!«

Christine verdrehte die Augen. Alexa war seit dem Kindergarten ihre beste Freundin, doch manchmal war sie ihr irgendwie zu viel. »Ich war im Antiquariat und wahrscheinlich ist mein Akku leer. Ich habe es zumindest nicht klingeln hören.«

»Du meinst in diesem staubigen Buchladen von diesem schrägen Alten, in den du mich mal mitgeschleppt hast?« Alexas Stimme klang angeekelt. »Was willst du da nur immer?«

»Alexa ...« Christine seufzte. »Du wirst das nie verstehen und musst es aber auch gar nicht.«

»Ja, ist ja gut«, blaffte Alexa. »Du wirst schon wissen, was du tust. Ich hol dich morgen früh zur Schule ab. Ich muss jetzt los, bin mit Danny verabredet.«

»Viel Spaß euch beiden.« Christine nahm den letzten Schluck aus ihrer Kakaotasse. »Bis morgen früh.«

Sie setzte sich vor ihren Laptop und gab alle möglichen Kombinationen in die Suchmaschine ein: Amulett plus Symbole, Herz plus Uhr plus Tor, Schmuckstück plus rosa Edelstein ... Nichts ergab einen Treffer, der in irgendeiner Form Sinn machte.

Sie saß noch immer vor dem Computer, als es draußen schon dunkel wurde und ihre Mutter nach ihr rief. »Christine, Schätzchen, ich gehe jetzt. Ich muss deinen Vater unterwegs noch vom Büro abholen.«

»Alles klar, Mum«, rief Christine zurück, ohne sich vom Schreibtisch wegzubewegen. »Bis nachher!«

»Bis dann. Ich liebe dich.«

Christine hörte die Haustür ins Schloss fallen und es wurde still im Untergeschoss. Das Klackern ihrer Tastatur war das einzige Geräusch, das die Stille durchbrach.

Plötzlich dachte Christine, im Augenwinkel einen Schatten an ihrer Zimmertür wahrzunehmen. Sie fuhr herum ... und stieß die Luft, die sie vor Schreck angehalten hatte, wieder aus. Da war niemand.

»Mann, ich werde noch völlig bescheuert«, sprach sie leise mit sich selbst. »Es ist ja nicht mal jemand zu Hause. Ich sehe schon Gespenster.«

Sie klappte den Laptop zu und drückte auf die Wiedergabetaste ihres CD-Spielers, während sie sich auf das Bett fallen ließ und nach dem Kästchen unter ihrem Kopfkissen griff. Sie öffnete es und sah sich das Amulett erneut an, um irgendeinen Hinweis auf seine Herkunft zu finden. Es war zwecklos. Sie konnte weder die Symbole zuordnen, noch war ihr klar, wofür die Aussparungen auf der Rückseite gut sein sollten. Mit dem festen Vorsatz, es direkt morgen nach der Schule zurückzubringen, legte sie es in die Schatulle, verschloss sie sorgfältig und schob sie wieder unter ihr Kopfkissen. Dann entschied sie sich für Pizza Margherita und ihr Lieblingsbuch, das sie schon so oft gelesen hatte, dass sie bereits den Buchrücken kleben musste. Es langweilte sie jedoch noch immer nicht.

Während Christine die Pizza verschlang und sich gierig durch ihre Lieblingskapitel über eine schicksalhafte Liebe, Magie, Hexenmeister und Fabelwesen fraß, wurden ihre Augen immer schwerer, bis sie schließlich auf dem Buch einschlief. Noch nicht ganz im Traum angekommen, aber doch schon so kurz davor, dass die Realität bereits in weite Ferne gerückt war, hörte sie, wie jemand ihren Namen rief.

»Christine … Christine, bitte …«

Sie versuchte zu antworten, doch kein Ton kam aus ihrer Kehle. Als hätte man sie ihrer Stimme beraubt.

»Christine … das Amulett … Christine … es wird dich führen … doch du musst es beschützen … Christine, bitte …«

Sie schreckte aus dem Schlaf hoch und war schweißgebadet. Was in Dreiteufelsnamen war das gewesen?

Langsam ging ihr dieses Ding wirklich auf den Keks. Sie tastete unter dem Kopfkissen nach der Schatulle und war beruhigt, als sie sie schwer in ihrer Hand fühlte.

Dann löschte sie das Licht der Schreibtischlampe, legte ihr Buch auf den Nachttisch und schlüpfte unter die warme Bettdecke.

Während ihr bereits wieder die Augen zufielen, nahm sie sich vor, das Amulett besser noch vor der Schule zurück ins Antiquariat zu bringen. Ihr schlechtes Gewissen hatte ihr heute bereits genug Schrecken eingejagt.

Selbst schuld. Das ist die Strafe fürs Klauen, rügte sie sich selbst, bevor ihr Bewusstsein die Schwelle zum Traum überschritt und die flüsternde Stimme erneut zu hören war: »Christine … Christine …«

Christine nahm das Klingeln ihres Weckers am nächsten Morgen kaum wahr und döste sich von Schlummermodus zu Schlummermodus, bis ihre Mutter ins Zimmer kam, um sie zu wecken. »Christine, Liebling, was ist denn heute nur los? Dein Wecker hat schon fünfmal geklingelt und es ist Viertel nach sieben. Du müsstest längst im Bad sein. Alexa kommt in zwanzig Minuten. Geht's dir nicht gut?«

»Scheiße.« Christine schreckte hoch. Sie fühlte sich, als hätte sie höchstens eine Stunde geschlafen und hatte Schwierigkeiten, sich zu orientieren.

»Möchtest du heute lieber zu Hause bleiben? Vielleicht hast du dich im Regen gestern erkältet. Ich rufe in der Schule an und entschuldige dich.« Ihre Mutter schien besorgt und Christine überlegte einen Moment, ihr Angebot anzunehmen. Im Moment gab es nichts, was sie lieber täte, als einfach weiterzuschlafen.

Dann fiel ihr das Amulett ein.

»Nein, danke, Mum. Das ist lieb, aber wir haben heute Sondertraining und es würde komisch aussehen, wenn ich nicht in der Schule auftauche, aber beim Training erscheine. Ich bin nicht erkältet. Ich habe gestern Nacht nur zu lange gelesen und zu wenig geschlafen.«

»Na gut.« Ihre Mutter nickte. »Ich muss los. Dein Frühstück steht schon unten.«

In diesem Moment klingelte es an der Haustür.

»Das wird Alexa sein.« Christines Mutter war bereits auf dem Weg zur Treppe.

»Mum, tu mir einen Gefallen und sag ihr, dass ich verschlafen habe. Sie soll schon vorgehen und mich entschuldigen, falls ich zu spät komme.«

Alexa war jetzt die Letzte, die Christine sehen wollte. Sie musste zuerst ihren Kopf klar kriegen und konnte sich nicht jetzt schon Alexas Geschichten vom Date mit Danny anhören.

»Mach ich, Schatz. Komm du gut durch den Tag. Bis heute Abend.«

In solchen Momenten liebte Christine ihre Mutter noch mehr. Sie stellte einfach nie unangenehme Fragen und vertraute ihrer Tochter blind. Christine gab sich Mühe, das Vertrauen, das nicht nur ihre Mutter, sondern auch ihr Vater in sie setzte, nicht zu enttäuschen.

Nach einer heißen Dusche, einer Tasse Tee und zwei Scheiben Toast war sie so weit wiederhergestellt, dass sie ihre Sachen einpackte und sich auf den Weg in die Stadt machte. Nachdem sie es jetzt ohnehin nicht mehr pünktlich zur ersten Unterrichtsstunde schaffte, konnte sie sich auch zuerst das Amulett und damit ihr schlechtes Gewissen vom Hals schaffen, um in der nächsten Nacht wieder ruhig schlafen zu können.

Als sie das Antiquariat erreichte, stellte sie erleichtert fest, dass hinter den Fenstern schon schummriges Licht brannte. Sie öffnete die Tür und die Glöckchen bimmelten hell und freundlich.

Mister Thurgoods schlurfende Schritte kamen zusammen mit aromatischem Kaffeeduft aus dem Hinterzimmer, in dem Lancelot laut krächzend nach seinem Frühstück verlangte.

»Kleine Miss«, rief der Antiquar überrascht, während er sein Monokel ins linke Auge zwickte. »Was treibt dich so früh am Morgen zu einem alten Mann wie mir? Bist diesem englischen Frühstückstee wohl überdrüssig und willst eine ordentliche Tasse Kaffee, was?«

Thurgood kicherte, wie er es immer tat, wenn er sich über die Gewohnheiten der Engländer amüsierte. Woher er ursprünglich kam, war ein Geheimnis, das er bisher niemandem preisgegeben hatte, doch er bestand darauf, kein gebürtiger Engländer zu sein.

»Nein danke, Mister Thurgood. Guten Morgen. Ich glaube, ich hab gestern mein Smartphone oben verloren. Haben Sie es zufällig gesehen?« Christine hasste sich für ihre erneute Lüge, aber ihr fiel keine bessere Möglichkeit ein, alleine ins Obergeschoss zu kommen, um die Schatulle wieder an ihren Platz zu legen.

»Dein Smartphone? Also, wenn du damit eines dieser neumodischen Telefone meinst, dann nein.« Der Antiquar schüttelte verwirrt den Kopf. »Dabei habe ich gestern noch lange dort Bücher sortiert. Aber ein Telefon habe ich nicht gesehen.«

»Darf ich vielleicht schnell nach oben gehen und nachsehen? Vielleicht ist es mir irgendwo aus der Tasche gefallen.« Christine erschrak, als sie bemerkte, wie ihr jede weitere Lüge immer leichter über die Lippen kam.

»Aber natürlich, kleine Miss. Geh nur und such nach deinem … Smartphone. Ihr jungen Leute müsst ja heutzutage dauernd erreichbar sein, sonst wird gleich die Polizei eingeschaltet. Aber es ist ja auch vernünftig bei dieser Kriminalitätsrate. Früher, als ich noch jung war …«

»Ich komme viel zu spät zur Schule, Mister Thurgood. Ich sollte längst dort sein«, unterbrach sie den Alten, der schon wieder ins Erzählen kam.

»Natürlich, natürlich, kleine Miss. Entschuldige. Da komme ich immer vom Hundertsten ins Tausendste.«

Der Antiquar schlurfte bereits zurück ins Hinterzimmer und rief seinem Papagei zu: »Lancelot, sei still, ich komme ja, ich komme ja.«

Christine stieg die alten Stufen zum Obergeschoss hinauf, froh, dass Mister Thurgood nicht darauf bestanden hatte, sie zu begleiten und ihr beim Suchen zu helfen.

Sie steuerte direkt auf das Bücherregal in zweiter Reihe und das lose Dielenbrett an dessen Ende zu. Dann kniete sie sich auf den Boden, löste das Brett und fischte zuerst den kleinen Zettel heraus, auf den sie gestern eilig ihre Entschuldigung gekritzelt hatte. Offenbar hatte ihn niemand gefunden. Bestimmt wurde das Amulett noch nicht vermisst. Von wem auch?

Christine griff in die Tasche ihrer Hose und ihre Augen weiteten sich. Das konnte doch unmöglich … Sie hatte die kleine Schatulle heute Morgen ganz bestimmt in die Tasche gesteckt. Doch die war leer.

»Verdammt«, fluchte sie leise.

Sie musste die Schachtel in ihrem Tran zu Hause vergessen haben, dabei war sie sich so sicher, sie eingesteckt zu haben. Ach, was sollte das? Sie musste nach Hause und das Kästchen holen. Eine andere Möglichkeit gab es nicht.

Auf dem Weg zur Treppe faltete sie ihren Zettel auseinander, während sie darüber nachdachte, welche Ausrede sie Thurgood als Nächstes auftischen konnte, um noch einmal alleine nach hier oben zu können. Das Papier kam ihr irgendwie stärker vor als gestern, dicker und grober.

Christine schüttelte den Kopf und lächelte über sich selbst. »Jetzt hör endlich auf rumzuspinnen, Christine. Es ist dasselbe Papier, das du gestern in der Hand hattest. Vielleicht wirst du doch krank …«

Plötzlich blieb sie stehen. Sie starrte auf den Zettel in ihrer Hand, auf den hastig eine Nachricht gekritzelt worden war. Allerdings nicht ihre eigene!

Die Buchstaben verschwammen vor ihren Augen und Christine musste sich konzentrieren, um gleichzeitig ruhig atmen und den Text lesen zu können. Teilweise waren die Buchstaben merkwürdig geformt und Christine war sich sicher, dass sie eine so komische Handschrift noch nie gesehen hatte. Zumindest nicht bei den Leuten aus der Schule.

Mit Mühe entzifferte sie den Text:

Wer bist Du? Ist das Päckchen in Sicherheit? Bitte antworte mir. Es ist von immenser Wichtigkeit. Christopher.

Christine stockte der Atem. Irgendwer hatte das Amulett also doch vermisst.

Was sollte sie tun? Schockiert trat Christine ein paar Schritte zurück in den Raum und sank auf einen der Sessel. Noch immer starrte sie auf die fremde Nachricht in ihrer Hand, als sie plötzlich die Stimme des alten Thurgood hörte: »Kleine Miss, bist du noch da oben? Hast du dein Telefon gefunden? Soll ich suchen helfen?«

»Nein danke, Mister Thurgood«, antwortete sie hastig. »Ich habe es gerade gefunden. Es ist mir wohl tatsächlich aus der Tasche gefallen. Ich komme gleich.«

Hastig riss sie ein Stück Papier von dem kleinen Block auf dem Tischchen neben sich und schrieb:

Christopher, es tut mir leid. Ich wollte es zurücklegen, doch dann habe ich bemerkt, dass ich es zu Hause vergessen habe. Ich verspreche, ich bringe es spätestens morgen zurück und solange ist es bei mir natürlich in Sicherheit. Sorry. Christine.

Sie beeilte sich, das Dielenbrett noch einmal anzuheben, den Zettel hineinzustopfen und es wieder zu verschließen. Dann holte sie ihr Smartphone aus der Tasche ihres Parkas und stieg die knarzende Treppe hinunter.

»Na? Hast du es tatsächlich oben verloren?« Der alte Thurgood kratzte sich hinter dem linken Ohr.

»Ja, es lag neben dem zweiten Regal«, log Christine und hob die Hand mit dem Smartphone hoch. »Jetzt muss ich mich aber wirklich beeilen, wenn ich noch was vom Unterricht mitbekommen will. Ich komme vielleicht nach der Schule noch einmal vorbei. Wiedersehen, Mister Thurgood – und danke.«

Damit schlüpfte Christine aus der Tür des staubigen Buchladens.

Was der Antiquar kopfschüttelnd vor sich hinmurmelte, hörte sie nicht mehr: »Soso, neben dem zweiten Regal … da war ich doch gestern und hätte es sehen müssen. Meine Augen sind wohl auch nicht mehr die besten. Und warum muss dieser Papagei nur immer den ganzen Laden zusammenschreien?«

Christopher

Christopher kannte die Stadt wie kaum ein anderer. Es verging kein Tag, an dem er sich nicht die Füße in den endlosen Straßen und Gassen wund lief, an dem er die stetig wuchernde und wachsende Stadt nicht von Nord nach Süd oder von West nach Ost durchquerte. Nach fast drei Jahren in London war er sich sicher, jede noch so versteckte Ecke der Stadt mindestens einmal aufgesucht zu haben. Mindestens.

Auch seine Kunden wussten das. Deshalb schätzten sie ihn, deshalb riss sein Strom an Aufträgen nie ab. Und wenn er nicht gerade von merkwürdigen Schatten durch die Nacht gejagt wurde, machte ihm seine Arbeit großen Spaß. Mittlerweile konnte er an der Beschaffenheit des Kopfsteinpflasters erkennen, in welchem Bezirk er sich befand, konnte anhand des Geruches sagen, welche Gebäude oder Menschen in der Nähe waren.

Den Alten Nick beispielsweise roch Christopher schon zwei Blocks entfernt. Wie jeden Tag saß der blinde Greis mit dem Zottelbart und seinem Akkordeon am Nordufer der Themse und starrte auf den Fluss hinaus. Auch heute fand ihn Christopher in tiefe Gedanken versunken, das Instrument wie immer unbenutzt auf seinem Schoß.

»Alter Nick, schon was entdeckt?«, fragte Christopher wie jedes Mal, wenn er ihn sah.

»Kann jeden Moment so weit sein, Junge. Wenn es nur nicht so verflucht dunkel wäre!«, lautete die immer gleiche Antwort des Blinden. Sie tauschten ein paar Gerüchte aus, am Schluss gab Christopher dem Alten Nick wie immer ein Pfefferminzbonbon, das dieser sich sogleich schmatzend einverleibte. Informanten waren in Christophers Beruf wichtiger als alles andere. Und er wusste, wie man sie sich zu Freunden machte.

Dass er wenig später Spitalfields erreichte, hätte er ebenfalls mit verbundenen Augen erraten. Es stank nach Zwiebeln, Kohl und verdorbenem Obst. Das war an und für sich nichts Besonderes in den Straßen Londons. In Spitalfields kam jedoch noch ein gewisses Abwasseraroma hinzu, das das Geruchspanorama erst so richtig widerwärtig machte. Warum musste ausgerechnet heute die Sonne scheinen? Schon jetzt surrten hier mehr Fliegen herum als auf einem Müllberg.

An vielen Straßenecken hatten fliegende Händler ihre zweifelhafte Ware ausgebreitet, überall versuchten sie sich in Lautstärke und Aufdringlichkeit zu überbieten. Der Frechste kam eben immer und überall besser davon als der Bescheidenste.

»Die besten Zwiebeln! Die besten Zwiebeln! Kaum vier Wochen alt und garantiert würzig!«

»Mit meinem Kohl wird jede Suppe zum Genuss! Selbst wenn sie nur Kohl enthält!«

»Fast frische Äpfel! Fast frische Äpfel! Manche sogar mit Wurm, und das ohne Aufpreis! Wo bekommen sie sonst eine derart günstige Fleischeinlage, meine Damen und Herren?«

In London versuchte jeder, seinen Mitmenschen ein paar Pennys aus der Tasche zu ziehen. Christopher jedoch wurde von den meisten in Ruhe gelassen. Nicht etwa, weil sie ihn so sehr mochten. Vielmehr hatte sich längst herumgesprochen, dass bei ihm ohnehin nichts zu holen war. Christopher achtete nicht auf das Stimmengewirr um sich herum. Er hatte wieder einmal einen Auftrag zu erledigen und war froh, ihn diesmal bei Tageslicht ausführen zu können. Das hieß nicht, dass er heute keine begehrte Fracht mit sich führte: Eine Flasche feinsten, schottischen Whiskys ruhte sicher in der Innentasche seines verschlissenen Mantels. Selbige ausgerechnet durch Spitalfields zu Doctor McIrving in Newgate zu bringen, war durchaus eine Herausforderung.

Eine Flasche von diesem Zeug war hier ähnlich begehrt wie es offensichtlich dieses Päckchen für seine schattigen Verfolger war, daran hatte Christopher keinen Zweifel. Es war aber eben die kürzeste Strecke. Und ein wenig Risiko musste schließlich auch dabei sein.

McIrving traute der Post nicht über den Weg und hatte Christopher schon zum wiederholten Mal für Lieferungen dieser Art eingespannt. Die Bezahlung war gut, der Kunde angenehm, die Ware meist weder schwer noch gefährlich. Heute half das jedoch alles nichts. Christopher war nicht so konzentriert wie üblich bei der Sache. Immer wieder schweiften seine Gedanken ab zu seiner ersten Theaterstunde. Hatte die einen Spaß gemacht! Christopher hatte an Johns Lippen geklebt, hatte jedes Wort, jede Bewegung, jede Gestik des großen Schauspielers aufgesogen wie ein trockener Schwamm das Wasser.

Er hatte sogar selbst auf der Bühne gestanden. Sie hatten einige kurze Szenen aus »Hamlet« geprobt und sich danach an einem kurzen Fechtduell versucht. Christopher hatte gnadenlos versagt, doch das war ihm völlig egal. Er hatte sich zum ersten Mal wie ein Schauspieler gefühlt! Und im Kontrast dazu fühlte sich dieser Botengang jetzt beinahe etwas lahm, ja sogar unbedeutend an.

Wenigstens stand heute Abend schon die nächste Lektion an. Bis dahin würde er diesen Auftrag längst ausgeführt und die Textstellen vorbereitet haben, die John ihm aufgetragen hatte.

Bevor er später ins Theater ging, würde er noch rasch bei Thurgood vorbeischauen. Diese Christine hatte schließlich versprochen, das Päckchen zurückzulegen. Christopher wurde nicht schlau aus dieser Fremden. Was wollte sie damit, wenn sie es ohnehin zurückbrachte? Und wer war sie überhaupt? Eine Christine war ihm bei Thurgood noch nie aufgefallen. Und er war nun wirklich nicht selten bei dem Antiquar zu finden.

Eine durchdringende Stimme riss ihn aus seinen Gedanken. »Wenn das nicht unser kleiner Nachwuchsschauspieler ist!«

Christopher fuhr herum. Er war nicht klein und verabscheute es, nur wegen seines Alters oder fehlenden Bartes so bezeichnet zu werden. Bevor er zu einer empörten Erwiderung ansetzen konnte, erkannte er David Montaigne, ein weiteres Ensemblemitglied des Theaters. Er war kaum größer als Christopher und schaute ihn herausfordernd an.

»Oh, Dave, du bist es«, erwiderte Christopher locker und ging einfach weiter. Wenn er eines über Schauspieler wusste, dann, dass man sich nie auf ihre Späße oder Provokationen einlassen durfte. Oh, und, dass man nie mit ihnen trinken durfte, wenn man den nächsten Tag noch erleben wollte.

David folgte ihm. »Na, wieder auf einer deiner geheimen Missionen unterwegs?«

Christopher klopfte gegen die Innentasche seines Mantels. »Sieht ganz so aus, ja.«

»Was ist es diesmal?«, fragte der blonde Schauspieler neugierig. »Geld? Waffen? Hehlerware?«

Christopher war sich sicher, dass David Montaigne die Ophelia in »Hamlet« gespielt hatte. Keine allzu beliebte Rolle unter männlichen Schauspielern. Ob er es ihm unter die Nase reiben sollte? Nein, besser nicht. Er wollte sich nicht schon nach seiner ersten Probe einen Feind machen. »Nur eine kleine Stärkung für einen guten Kunden.«

David schmatzte mit den Lippen. »Eine Stärkung ... ausgezeichnete Idee!« Er zog Christopher auf die andere Straßenseite. »Komm, ich muss gleich ins Theater. Wie wäre es mit einem Schluck? Unter Kollegen?«

Ehe Christopher zur Widerrede ansetzen konnte, hatte ihn der Schauspieler in einen kleinen Pub bugsiert. Nach dem unerwartet grellen Londoner Sonnenlicht tat es beinahe gut, in dieses schummrige Halbdunkel abzutauchen, und es konnte gewiss nicht schaden, ein paar der Schauspieler besser kennenzulernen.

»David, was verschafft mir die frühe Ehre?«, rief ihm der Wirt entgegen. »Wie immer, nehme ich an?«

»Wie immer, mein Freund! Und dasselbe für meinen neuen Kollegen hier.«

»Nein, danke, ich«, setzte Christopher an, wurde aber von vier stechenden Augen zum Schweigen gebracht. Schauspieler und Wirte gehörten allem Anschein nach nicht zu dem Menschenschlag, bei dem man einen Drink ablehnte. Er setzte sich und stellte die Whiskyflasche vor sich auf der feuchten Theke ab. »Ach, was soll's, einer kann nicht schaden.«

David lachte schallend und klopfte ihm auf die Schulter. »Na, was sagst du, Ernest? Klingt doch schon fast wie ein richtiger Schauspieler, oder?«

Der dicke Wirt grunzte seine Zustimmung und fischte ein weiteres angelaufenes Glas unter der Theke empor. »Ich dachte, du bist der Lieferjunge.«

Sie waren im Barley Mow gelandet, einer von zahllosen Pubs in London, in die Christopher schon die merkwürdigsten Dinge an noch merkwürdigere Kunden geliefert hatte. Die Anonymität eines vollen Pubs war wirklich nicht zu unterschätzen.

»Das bin ich auch, ich möchte nur meinen Horizont etwas erweitern.«

»Dann erzähl doch mal, wer du eigentlich bist«, meinte David nach einem tiefen Schluck Ale.

Christopher trank nie, wenn er arbeitete, und auch sonst höchstens zwischendurch ein wenig Gin mit Wasser gegen die Kälte. Das aber auch nur, wenn sich Miss Barnacle mal wieder standhaft weigerte, zu heizen.

Er nippte an dem dunkelbraunen Gebräu. »Wie meinst du das?«

David breitete die Arme in einer theatralischen Geste aus. »Auf dass wir verstehen mögen, mit wem wir es zu schaffen haben, edler Sir!«, intonierte er.

Schauspieler!

Christopher fragte sich kurz, ob er irgendwann auch so werden würde. Ob er das überhaupt wollte. »Ach, na ja, da gibt's nicht viel zu erzählen.«

»Seit wann bist du hier?«

»Seit ungefähr drei Jahren.«

»Seit wann willst du Schauspieler werden?«

»Seit ungefähr zehn Jahren.«

»Und deine Eltern?«

Christopher stockte. Er wollte nicht erzählen, dass sein Vater ein armer Schneider aus Surrey war, der die Erfindung der Nähmaschine ebenso belächelte wie die Errichtung der großen Nähfabriken hier in London. Oder dass seine Mutter als Amme im Haus einer arroganten reichen Familie in Epson arbeitete und in ihrem ganzen Leben noch kein Theaterstück gelesen hatte. Er schämte sich nicht für seine Eltern. Aber es war auch schon so schwer genug gewesen, nach London zu kommen.

»Mein Vater zog einige Jahre als Schauspieler durch die Lande«, log er. Diese Geschichte hatte er sich schon vor einiger Zeit zurechtgelegt. »Nichts Besonderes, nur ein paar Komödien und Romanzen. Deshalb trage ich auch diesen Namen. Christopher ...«

Davids Augen wurden groß. »Du bist nach dem großen Marlowe benannt?« Er wirkte beeindruckt. »Christopher Marlowe, der größte Dramatiker der Welt?«

Christopher nickte.

»Donnerwetter.« David leerte seinen Krug, stand auf und legte eine bedeutsame Miene auf. Dann donnerte er stimmgewaltig in den Raum: »Die Hölle ist ohne Grenzen, nicht beschlossen in einem Raume. Wo wir sind, ist die Hölle, und wo die Hölle ist, sind auch ewig wir.«

Der Wirt erbleichte. »Genug von diesem schwarzen Schabernack, David, genug!«

»Abergläubisch, Wirt?«, rief David lachend, doch Ernest war ganz offensichtlich nicht nach Späßen zumute.

»Ich wünschte, ich wäre es«, keuchte er und stützte sich auf der Theke auf. »Dann könnte ich es zumindest darauf schieben.«

»Was denn, Ernest? Du siehst aus, als hättest du ein ganzes Gespensterheer gesehen.«

Der Wirt sah David mit großen Augen an. »Nicht so laut, um Himmels willen!« Er blickte sich argwöhnisch um und beugte sich vor. »Wenn ihr ein Geheimnis für euch behalten könnt?«

Christopher und David nickten synchron.

»Ich habe etwas gesehen«, raunte Ernest. »Gestern Nacht.«

Christopher beschlich ein ungutes Gefühl. »Was denn gesehen?«

»So genau kann ich das auch nicht sagen. Es war, als ich den Laden schloss.« Er blickte Christopher ernst an. »Es waren Schatten, Junge. Keine Gestalten. Nur Schatten. Sie ...«, fuhr Ernest fort, doch Christopher unterbrach ihn lauter als beabsichtigt. »Schatten?«

»Sei leise!«, zischte der Wirt. »Ja doch, so wie ich hier vor dir stehe. Mir ist angst und bange geworden, kann ich dir sagen. Und ...«

Christopher hörte nicht mehr zu. Er ließ sein Bier stehen und stürmte ohne ein weiteres Wort aus dem Pub. Das erste Mal in seiner Karriere als Bote ließ er seine Ware unausgeliefert zurück.

Er war bereits in Soho, als es ihm auffiel, doch er fluchte nur und rannte weiter. So etwas war ihm noch nie passiert! Aber es half nichts. Und vielleicht war David ja eine ehrliche Haut und brachte die Flasche heute Abend mit ins Theater. Er dachte einen Augenblick darüber nach. Viel wahrscheinlicher war wohl, dass sie längst geöffnet war.

Im Moment war es Christopher egal. Er musste endlich Gewissheit haben. Musste Thurgood das Päckchen übergeben und diesen beunruhigenden Auftrag endlich aus seinem Verstand verbannen.

»Oh, Christopher, du hast es aber eilig«, begrüßte ihn der alte Antiquar, als Christopher keuchend in seinen Laden stürmte.

Thurgood bediente gerade einen Kunden, also stürzte Christopher mit einem knappen Nicken an ihm vorbei, nahm auf der Treppe ins Obergeschoss zwei Stufen auf einmal und blieb dann schwer atmend vor der losen Diele stehen.

Es wird da sein. Es wird da sein.

Nervös, mit zitternden Fingern, hob er die Holzdiele hoch. Abermals kein Paket. Dafür lag schon wieder ein Zettel in der Vertiefung. Verdammt!

Der Zettel sah merkwürdig zusammengeknüllt aus, als hätte jemand keine Lust oder keine Zeit gehabt, ihn ordentlich zu falten. Christopher dachte an die Worte des Wirts. Das konnte kein Zufall sein. Er atmete tief durch und entfaltete das Papier.

Christopher, es tut mir leid. Ich wollte es zurücklegen, doch dann habe ich bemerkt, dass ich es zu Hause vergessen habe. Ich verspreche, ich bringe es spätestens morgen zurück und solange ist es bei mir natürlich in Sicherheit. Sorry. Christine.

Was sollte dieses Spielchen nur? »Elender Mist!«, entfuhr es Christopher.

»Ist alles in Ordnung?«

Christopher zuckte zusammen. Ohne, dass er es bemerkt hatte, war der Antiquar hinter ihm aufgetaucht. Für einen kurzen Moment war Christopher versucht, ihm einfach die Wahrheit zu sagen, doch dann fiel ihm wieder ein, dass Thurgood ihn ausdrücklich darum gebeten hatte, genau das nicht zu tun.

»Klar«, begann er geknickt. »Aber ich würde diese ganze Angelegenheit einfach gern abschließen.« Er lächelte den alten Mann an. »Nimmt mich mehr mit, als ich dachte.«

»Bist du in Schwierigkeiten?«

Christopher zögerte. Es war wirklich verführerisch, Thurgood die Wahrheit zu sagen. Doch damit würde er alles nur noch schlimmer machen. Langsam schüttelte er den Kopf. »Ich bringe das zu Ende.«

Thurgood nickte und sah ihn forschend an. Zum ersten Mal fiel Christopher auf, dass der alte Mann müde aussah. Müde und kraftlos. »Das hoffe ich, mein Junge«, meinte er leise. »Ich wünschte, ich könnte dir das ersparen.« Seine Miene hellte sich auf. »Nun, vielleicht kann ich es dir nicht ersparen. Aber ich denke, ich kann es dir ein wenig angenehmer machen. Warte.«

Er humpelte in eine der vielen schattigen Ecken des Obergeschosses und kehrte mit einem Pergament zurück. »Ich weiß zwar nicht, wo das Päckchen ist, und will es auch gar nicht wissen. Ich könnte mir aber denken, dass dir das hier dabei hilft, ein neues Versteck dafür zu finden.«

Er streckte Christopher das Pergament entgegen. »Na los, sieh es dir an.«

Christopher entrollte einen Stadtplan. Er blickte Thurgood ratlos an. »Sie wissen schon, dass ich mich in London bestens auskenne?«

Der Antiquar lächelte. »Gewiss, Junge, gewiss. Dies ist jedoch kein gewöhnlicher Stadtplan. Es ist die sogenannte ›Karte des Verborgenen‹, ein höchst kostbarer Führer zu den geheimen Orten dieser Stadt.« Er tippte sich verschwörerisch gegen die Nase. »Orte, an denen gewisse ... Verfolger blind sind, wenn du verstehst.«

Es bimmelte unten im Laden. »Und nun entschuldige mich, die Kundschaft ruft. Ich bin mir sicher, du weißt, wie diese Karte zu benutzen ist.«

Christopher starrte auf die Karte. Sie war fein gezeichnet, sah tatsächlich aus wie von Hand gemalt. Als er genauer hinsah, erkannte er über die ganze Stadt verteilte Markierungen, neben denen kleine Nummern notiert waren. Am linken Kartenrand gab es eine Legende in winziger Schrift. Viele der Orte kannte Christopher, andere waren ihm weniger vertraut oder gar so gut wie fremd. Ihm, dem besten Boten der Stadt!

»In Ordnung«, sagte er zu den zahllosen Büchern um sich herum. »Spielen wir das Spiel.«

Nachdem er die merkwürdige Karte einige Zeit aufmerksam studiert hatte, nahm er Papier und Stift zur Hand:

Liebe Christine,
auf Wunsch und Anraten eines guten Freundes müssen wir unseren Briefwechsel an einen oder mehrere andere Orte verlagern.
Ich erkläre es in meinem nächsten, dann hoffentlich ausführlicheren Brief. Du wirst ihn im Nilpferdbecken des London Zoo finden.
Bitte behalte das Amulett bei Dir. Es scheint im Moment überall sicherer zu sein als bei mir.
Dein unbekannter Christopher

Christine

Sorry, Mädels, aber ich muss wirklich los.«

Christine löste sich aus der Gruppe der Mädchen, die vor dem riesigen Spiegel im Tanzraum der Schule eine neue Choreografie übten. Sie waren erfolgreich als Team, holten auf landesweiten Schulwettkämpfen eine Trophäe nach der anderen, weshalb sich die Schulleitung in der Ausstattung ihres Trainingsraumes nicht hatte lumpen lassen. Schließlich war die Hip-Hop-Gruppe »Flying Jumpsteps« ihr Aushängeschild.

Christine mochte diesen Namen nicht besonders. Ihr Kopf assoziierte aus irgendeinem Grund kleine, fliegende Äffchen damit. Doch sie tanzte gerne. Hier hatte sie eines ihrer Talente und eine ihrer wenigen Leidenschaften gefunden.

Sobald die Musik einsetzte, schien der Rest der Welt in einen Nebel der Vergessenheit zu versinken und sie fühlte nur noch, wie sich die Schwingungen der Töne in ihrem Körper ausbreiteten und ihn wie von selbst bewegten. Sie tanzte begeistert und ungehemmt und wurde mit Erfolg belohnt. Christine war eine der Besten in der Gruppe und damit auch eine der Hoffnungsträgerinnen für die Vorauswahl zur »National Hip-Hop Dance Championship«, die bald stattfinden sollte.

So weit hatte es die Gruppe noch nie geschafft und es war bereits jetzt für die ganze Schule eine Sensation. Nicht auszudenken, was passieren würde, wenn sie tatsächlich am größten nationalen Wettbewerb teilnehmen durften.

»Das kann ja jetzt wohl nicht dein Ernst sein, Christine?« Tessa, ihre Assistenz-Trainerin, stand in erster Reihe vor dem Spiegel, wo sie der Gruppe gerade die neue Schrittfolge gezeigt hatte. Jetzt drehte sie sich zu Christine um und fixierte sie mit einem stechenden Blick aus … irgendwie … giftgrünen Augen.

»Sorry, Tess, aber heute geht es nicht anders. Ich habe noch etwas wirklich Dringendes zu erledigen und das lässt sich leider nicht verschieben.«

Christine versuchte, Tessas Blick auszuweichen, doch es gelang ihr nicht. Tessa hatte eine Art, Leute mit ihren Augen festzunageln, die beinahe unheimlich war.

»Es lässt sich nicht verschieben?«

Christine konnte die Anspannung in Tessas Stimme hören. Sie fand, wenn Schlangen sprechen könnten, hätten sie exakt die Stimme, die Tessa hatte, kurz bevor sie wütend wurde.

»Was genau ist so wichtig, dass es sich nicht verschieben lässt, wenn wir ein Sondertraining für die Vorauswahl zur Meisterschaft haben?« Tessa stemmte die Hände in die Hüften und sah Christine herausfordernd an.

»Tess, bitte … es tut mir wirklich leid. Ich verspreche, es ist auch nur heute. Aber ich kann das nicht verschieben … wirklich.« Noch während sie sprach, drehte sich Christine um, schnappte sich ihr Handtuch von der Bank und lief in Richtung der Duschen. Ein letzter Blick über die Schulter, bevor sie den Trainigsraum verließ, zeigte ihr eine wütende Tessa und eine Alexa, die mit offenem Mund zwischen den Mädchen stand und Christine hinterherstarrte.

Als die Tür zufiel, hörte sie Tessa gedämpft rufen: »Na gut, dann eben heute ohne Christine, die etwas *wirklich Wichtiges* zu erledigen hat … Aufstellung … Musik läuft … uuuund …«

Christine beeilte sich, unter die Dusche zu kommen, sich im Eiltempo einzuseifen und die Haare zu waschen, sich danach schnell anzuziehen und ihre Sachen zusammenzupacken. Diesmal verzichtete sie sogar aufs Föhnen und verließ mit nassen Haaren im Laufschritt die Turnhalle. Draußen schnallte sie ihre Tasche auf den Gepäckträger ihres Mountainbikes und schwang sich in den Sattel.

Sie beachtete keine Verkehrsregeln, wich auf Gehwegen den Ampeln aus und fuhr kurz vor ihrem Haus beinahe noch ihre Nachbarin Mrs Silverstone über den Haufen. Gott sei Dank war die alte Dame beinahe taub und hörte weder Christines quietschende Bremsen, noch die rutschenden Fahrradreifen, die dicht hinter ihr zum Stehen kamen.

»Hallo, Mrs Silverstone«, rief Christine ihr laut zu, während sie vom Fahrrad sprang und es auf den kleinen Plattenweg durch den Vorgarten zum Haus schob. Die alte Dame drehte sich um und winkte Christine zu, bevor sie sich wieder ihrer Rosenhecke zuwandte.

Christine schloss die Haustür auf und nahm immer zwei Treppenstufen auf einmal nach oben zu ihrem Zimmer. Dort warf sie ihre Tasche in die Ecke und griff unter ihr Kopfkissen.

Die Schatulle war nicht da.

Christine wurde es heiß und kalt.

Dann hatte sie sich doch nicht getäuscht und das Kästchen morgens eingesteckt. Sie musste es auf dem Weg zum Antiquariat verloren haben.

»Scheiße, scheiße, scheiße …«, fluchte sie und ließ sich aufs Bett sinken.

Sie dachte fieberhaft nach.

Wahrscheinlich war es ihr auf ihrer Kamikazefahrt am Morgen durch den Hyde Park aus der Hosentasche gefallen und konnte jetzt überall liegen. Es würde ihr nichts anderes übrig bleiben, als den Weg zu Fuß abzulaufen und das Kästchen zu suchen, aber das konnte Stunden dauern. Wenn es überhaupt noch da war. Schließlich brauchte sie schon mit dem Fahrrad in ihrem halsbrecherischen Tempo eine Viertelstunde, um den Park zu durchqueren.

»Eine Idee … bitte, eine Idee …«, murmelte sie nervös vor

sich hin, während ihre Augen durch das Zimmer streiften, als seien sie auf der Suche nach einer Lösung.

Plötzlich blieb ihr Blick an einer Stelle am Fußboden vor ihrem Bett hängen. Noch bevor sie fassen konnte, was sie sah, sprang Christine auf und bückte sich nach dem kleinen Kästchen, das still und verloren dort lag.

Ihr Herz setzte einen kleinen Moment aus, bevor sich das warme Gefühl der Erleichterung in ihr breitmachte und sie sich rückwärts aufs Bett fallen ließ.

»Oh mein Gott … danke … Gott sei Dank.« Sie gönnte sich einen Moment Pause, bevor sie wieder aufsprang, die Schatulle öffnete, um sich zu vergewissern, dass das Amulett auch sicher darin lag. Dann steckte sie sie sorgfältig in die Innentasche ihres Parkas und verschloss diese mit dem Reißverschluss.

»Diesmal bringe ich dich wirklich dahin zurück, wo du hingehörst«, flüsterte sie.

Mit dem Kästchen sicher in der Jackentasche rannte sie die Treppe nach unten in die Küche und sah sich fieberhaft um. »Ein Grund, ich brauche einen Grund … ah … wunderbar. Danke, Mum«, murmelte Christine vor sich hin, als sie das große Backblech voller herrlicher Schoko-Cupcakes sah, das ihre Mutter offensichtlich am Vormittag gebacken und zum Auskühlen auf die Arbeitsplatte gestellt hatte.

Christine zog eine Schublade auf, angelte sich eine kleine Tupperbox daraus, packte drei der Cupcakes hinein und verschloss sie mit dem Deckel.

Dann verließ sie das Haus, ließ die Tür ins Schloss fallen, klemmte die Kuchenbox auf den Gepäckträger ihres Fahrrads und schob es wieder auf den Gehweg. Zum Glück waren ihre Eltern noch nicht zu Hause. So musste sie nichts erklären und würde später einfach sagen, sie war so lange beim Training gewesen.

Mit draufgängerischer Geschwindigkeit raste Christine durch den Hyde Park. Er lag nur zwei Straßen von ihrem Haus in Kensington entfernt und war die direkte Verbindung zur Oxford Street, in der sich Thurgoods Antiquariat befand.

Als sie dort ankam, waren die Lichter im Laden bereits gelöscht und Christine sah nur noch ein schummriges Leuchten aus den Fenstern des Hinterzimmers, in dem Mister Thurgood manchmal bis spätabends saß, um die Buchhaltung zu machen, neue Ware zu bestellen oder einfach, um Lancelot Gesellschaft zu leisten.

Christine fragte sich oft, ob der Papagei Mister Thurgood gehörte oder umgekehrt, doch wahrscheinlich brauchten die beiden einander gleichermaßen.

Sie umrundete das Gebäude, nahm die Box vom Gepäckträger und klopfte an die Hintertür des Antiquariats. »Mister Thurgood?«, rief sie. »Ich bin es, Christine.«

Sie hörte Lancelot krächzen und die schlurfenden Schritte des alten Mannes auf ihrem Weg zur Hintertür.

Der Schlüssel wurde umgedreht und Thurgood zog mit überraschter Miene die Tür auf. »Kleine Miss, mit dir hatte ich jetzt nicht mehr gerechnet. Was sind das neuerdings für seltsame Uhrzeiten, zu denen du mich besuchen kommst? Früh morgens vor der Schule und am Abend nach der Schule und deinem Gehopse?«

Christine lachte. »Bitte entschuldigen Sie, Mister Thurgood. Ich hoffe, ich störe nicht. Meine Mum hat Schokoladen-Cupcakes gebacken und ich dachte, ich bringe Ihnen gleich welche, solange sie noch frisch sind. Sie mögen sie doch so gerne.«

Die Miene des Alten hellte sich auf: »Oh, kleine Miss, das ist aber schrecklich nett. Tatsächlich sind diese kleinen Schokoladenkuchen deiner Mutter die besten ihrer Art und ich habe bisher niemanden in der Nähe gefunden, der sie so vorzüglich herstellt. Vielleicht ist das aber auch gut so … Du weißt ja …

mein Rheuma. Eigentlich sollte ich dieses ganze Zuckerzeug meiden, aber was will man einem alten Mann noch verbieten? So lange hab ich ja nicht mehr …«

Christine grinste und betrat an ihm vorbei das Antiquariat. »Lieber Mister Thurgood, ich will nicht hoffen, dass das stimmt. Also, dass Sie nicht mehr allzu viel Zeit haben. Wo soll ich denn sonst meine Bücher ausleihen und wer erzählt mir all die abenteuerlichen Geschichten, die hinter den Geschichten stecken?«

Der Alte schmunzelte. »Nun, kleine Miss, da wird sich schon jemand finden. Vielleicht eines Tages ein patenter, junger Mann, der dein Herz im Sturm erobert. Spätestens dann wirst du ohnehin keine Zeit mehr für den alten Thurgood haben.«

»Niemals, Mister Thurgood. Für Sie und Ihre Bücher werde ich immer Zeit haben.«

Christine war inzwischen im Hinterzimmer angekommen, begrüßte Lancelot und stellte die Box mit den Cupcakes auf den Tisch. Der alte Thurgood kam hinterhergeschlurft und fragte: »Nun denn, kleine Miss, wenn du schon extra den Weg auf dich nimmst, dann wirst du mir doch auch noch ein wenig Gesellschaft leisten bei einem Tässchen Kaffee und einem dieser herrlichen Miniaturkuchen?«

»Sehr gerne, Mister Thurgood. Darf ich eben Ihre Toilette benutzen?«, antwortete Christine.

»Sicher, sicher. Du kennst ja den Weg. Ich kümmere mich solange um den Kaffee. In meinem Alter ist man ja nicht mehr so schnell auf den Beinen …«

Christine schlüpfte aus dem Hinterzimmer in den Ladenraum, in dem sich auch die Kundentoilette befand. Doch sie lief an der kleinen Tür mit dem Blechschild vorbei und schlich stattdessen vorsichtig die Treppe nach oben in den ersten Stock. Ihr blieben schätzungsweise maximal fünf Minuten Zeit, bis Mister Thurgood den Kaffee fertig hatte und nach ihr rufen würde. Wenn er sie dann nicht aus der Toilette, sondern von oben kommen sah, würde sie keine Ausrede der Welt mehr vor der Wahrheit retten können. Das wollte sie auf keinen Fall riskieren.

Eine Stufe knarzte und Christine stockte der Atem.

Sie blieb stehen, als wäre sie zu Stein erstarrt, und lauschte in Richtung der kleinen Teeküche, die sich zwischen Thurgoods Hinterzimmer und der Hintertür des Ladens befand. Erleichtert hörte sie ihn dumpf mit Geschirr klappern und den Wasserhahn aufdrehen.

Sie stieg so still wie möglich weiter die Treppe nach oben und versuchte auch im ersten Stock, vorsichtig und leise zu laufen. Mindestens die Hälfte dieses Raumes musste sich direkt über der Teeküche und dem Hinterzimmer befinden.

Christine schlich auf Zehenspitzen hinter das zweite Bücherregal und ließ sich auf die Knie nieder, während sie nach der lockeren Diele tastete und sie hochhob.

Sie wollte gerade den Reißverschluss der Innentasche ihres Parkas aufziehen, als sie den zusammengefalteten Zettel in der Vertiefung im Boden sah.

»Nicht schon wieder ... was soll das eigentlich?«, murmelte sie, angelte das Papier aus der Spalte und entfaltete es:

Liebe Christine,
auf Wunsch und Anraten eines guten Freundes müssen wir unseren Briefwechsel an einen oder mehrere andere Orte verlagern.
Ich erkläre es in meinem nächsten, dann hoffentlich ausführlicheren Brief. Du wirst ihn im Nilpferdbecken des London Zoo finden.
Bitte behalte das Amulett bei Dir. Es scheint im Moment überall sicherer zu sein als bei mir.
Dein unbekannter Christopher

Christine ließ die Nachricht sinken und runzelte die Stirn.

Was sollte das denn jetzt? Im Nilpferdbecken des Zoos? Hatte der sie noch alle? Sie kam sich vor wie auf einem Kindergeburtstag und wartete nur noch darauf, dass Ronald McDonald aus der Ritze im Boden sprang. Sie würde ganz sicher keine Schnitzeljagd an »einen oder mehrere andere Orte« veranstalten, weil dieser Blödmann irgendein Problem mit diesem bescheuerten Amulett hatte. Sie selbst hatte in den letzten beiden Tagen mehr Stress damit, als ihr lieb war, und sie wollte es längst nur noch loswerden. Schließlich war es nicht ihr Problem, ob dieses Ding in Sicherheit war oder nicht. Und wer sollte es hier schon finden? Dass sie darauf gestoßen war, war schließlich nur ein blöder Zufall gewesen.

Sie nestelte gerade am Reißverschluss ihrer Jackentasche herum, um die kleine Schatulle entgegen Christophers Bitte einfach wieder unter das Dielenbrett zu schieben, als sie im Augenwinkel eine Bewegung wahrnahm. Zu schnell, um sie richtig zu sehen, jedoch auch zu deutlich, um sie ihrer Einbildung zuschreiben zu können.

Christine fuhr herum und ihr Herz pochte, als würde es in tausend Teile zerspringen wollen.

»Mister Thurgood ...?«, krächzte sie leise. Ihre Stimme wurde vom Beben ihres Körpers verschluckt.

Keine Antwort.

Christine erhob sich langsam und schob sich Schritt für Schritt am Buchregal entlang, während sie Christophers Brief in ihrer schweißnassen Hand zerknüllte. Am Ende des Regals holte sie noch einmal tief Luft, lauschte und sah dann langsam um die Ecke.

Nichts.

Wer oder was auch immer sie so erschreckt hatte, war nicht mehr da.

Doch die Zeit drängte. Sie würde den Teufel tun und eine Sekunde länger als nötig alleine hier oben bleiben.

Plötzlich hörte sie dumpf die Titelmelodie von »Miss Marple«.

Ihr Handy klingelte in ihrer Hosentasche. Christine erschrak zu Tode und zog das blinkende Ding mit zitternden Fingern heraus.

Alexa.

Sie drückte den Anruf weg und lauschte ein weiteres Mal in den Raum.

Noch immer nichts.

Christine schlich hinter dem Regal hervor und durchquerte auf Zehenspitzen so leise wie möglich das Zimmer, als erneut »Miss Marple« ihre Anspannung durchdrang.

»Verdammt, Alexa …«, fluchte sie und drückte den Anruf ein zweites Mal weg.

Diesmal blieb sie nicht stehen, um zu lauschen. Sie stand mitten im Raum, ohne ein Regal neben sich, hinter dem sie sich verstecken konnte. Sie spurtete die letzten Meter zur Treppe und stieg die Stufen hinunter.

Auf halber Strecke fiel ihr ein, dass sie das Kästchen mit dem Amulett noch immer in der Innentasche ihres Parkas hatte, doch nichts in der Welt würde sie jetzt zurück nach oben laufen lassen.

Sie beschloss, das Kästchen zu behalten und es dann in Gottes Namen eben dahin zu bringen, wo dieser kleine Wichtigtuer Christopher es haben wollte. Solange sie danach ihre Ruhe hatte und jetzt den ersten Stock verlassen konnte, war ihr alles andere egal.

Als sie im Ladenraum ankam, stieg ihr der Duft des frischen Kaffees bereits in die Nase. Gleichzeitig mit Mister Thurgood erreichte Christine das Hinterzimmer.

»Na, kleine Miss, alles in Ordnung? Wärst du so nett, mir eine der Tassen abzunehmen? Danke. Warum bist du plötzlich so bleich? Geht es dir nicht gut?«

»Nein, nein, alles in Ordnung, Mister Thurgood. Mein Kreislauf spielt nur ein wenig verrückt, weil das Training so anstrengend war. Keine Sorge«, log Christine.

»Na, dieser Kaffee wird ihm wieder auf die Sprünge helfen. Hier, nimm dir einen der vorzüglichen kleinen Schokoladenkuchen deiner Mutter. Danach sieht die Welt wieder anders aus.«

Christine wollte im Moment alles, nur nicht mehr hier sitzen, mit dem alten Antiquar Kaffee trinken und seinen Monologen lauschen. Doch sie wusste, dass sie bleiben musste. Nachdem sie nicht nur an diesem Morgen, sondern bereits am Vortag einmal überstürzt aus dem Laden geflohen war, würde Mister Thurgood sonst denken, dass sie nicht ganz dicht war. Im Moment zweifelte sie ja sogar selbst an ihrem Verstand.

Der Antiquar deutete auf seinen Ohrensessel und Christine ließ sich hineinfallen. Sie zwang sich auch eine halbe Stunde später noch sitzen zu bleiben und sich die Kaffeetasse ein zweites Mal füllen zu lassen, während der alte Mann wieder einmal ins Erzählen kam. Er schüttelte Geschichten aus dem Ärmel, zauberte Fabeln aus dem Hut und Christines Anspannung ließ ganz langsam nach.

Erst als es draußen schon vollkommen dunkel war, erhob sie sich aus dem zerschlissenen Sessel und streckte sich. »Mister Thurgood, vielen lieben Dank für den Kaffee und die tollen Geschichten, aber ich muss jetzt wirklich nach Hause. Es ist schon dunkel draußen und Mum macht sich immer Sorgen, wenn ich so spät durch den Park fahre.«

»Recht hat sie, deine Mutter, kleine Miss. Heutzutage weiß man nie, wer hinter der nächsten Ecke lauert. Also hurtig, ab mit dir. Sag deiner reizenden Mutter noch einmal meinen verbindlichsten Dank für die vorzüglichen Miniaturkuchen und lass dich bald wieder einmal blicken.«

»Cupcakes, die kleinen Miniaturkuchen heißen Cupcakes, Mister Thurgood.« Christine grinste auf ihrem Weg zur Tür.

»Ach, dieser neumodische Kram. Kleine Kuchen sind kleine Kuchen. Cupcakes … Wie das schon klingt. Also wirklich, nein, da ist mir ein Miniaturkuchen deutlich lieber. Warum soll ich mir wieder ein neues Wort dafür merken, wenn es die alten Wörter nach wie vor ausreichend beschreiben?«

Christine wusste, dass Thurgood nicht der beste Ansprechpartner war, wenn es darum ging, ihm Fortschritt in irgendeiner Form näherzubringen. Sie kicherte, verabschiedete sich und schwang sich auf ihr Rad, während der Alte im Türrahmen stand und ihr nachwinkte.

Sie hatte gerade den Eingang zum Hyde Park passiert, als ihr Handy erneut klingelte.

Sicher wieder Alexa. Die hatte sie vollkommen vergessen.

Christine nahm das Gespräch an.

Alexa hielt sich nicht mit Höflichkeiten wie einer Begrüßungsfloskel auf. »Christine, sag mal spinnst du? Was ist, verdammt noch mal, los mit dir? Erst kommst du viel zu spät zum Unterricht, dann haust du mitten im Training ab und dann drückst du mich zweimal weg? Was für eine Art von Meise hast du eigentlich?«

»Sorry, Alexa ...« Christine seufzte. »Kann ich's dir ein anderes Mal erklären? Ich bin gerade auf dem Heimweg und ...«

Christine stockte der Atem.

Sie hätte schwören können, schräg hinter sich schon wieder eine Bewegung im Augenwinkel gesehen zu haben.

Sie fuhr herum, doch da war nichts.

»Christine? Du bist auf dem Heimweg und was?« Alexas Stimme drang aus dem Telefon.

»Ich ... Alexa, ich kann's dir jetzt nicht erklären ...«

Wieder ein Schatten.

Diesmal auf der anderen Seite.

Christines Herz schlug bis zum Hals, als sie den Kopf von einer Seite zur anderen und wieder zurück warf. Sie sah sich nach allen Seiten um und ihr Puls raste, während Alexa weiter aus dem Telefon pampte: »So lasse ich mich nicht mehr abspeisen, Christine. Du bist komisch, lässt dich verleugnen und sagst mir nicht, was los ist. Hast du einen neuen Typen, den du mir verheimlichst, oder was?«

»Blödsinn …« Christines Stimme hörte sich in ihren eigenen Ohren so piepsig an wie die eines Spatzes.

»Kein Blödsinn. Anders kann ich mir dein bescheuertes Verhalten echt nicht mehr erklären. Warum machst du so ein Geheimnis draus? Wir könnten doch auch zu viert etwas unternehmen … ich und Danny, du und … wie heißt er eigentlich?« Alexa ließ sich nicht abwimmeln.

»Alexa … er heißt gar nicht, denn es gibt ihn nicht mal. Ich …«

Wieder ein Schatten.

Christines Angstzentrale im Gehirn überlastete langsam und sie geriet in Panik.

»Alexa, ich kann's dir jetzt wirklich nicht erklären. Ich melde mich morgen, ja?« Christine legte einfach auf, ohne Alexas Antwort abzuwarten, und steckte das Handy zurück in die Tasche, bevor sie sich auf den Sattel ihres Mountainbikes schwang und in mörderischem Tempo durch den mittlerweile dunklen Hyde Park jagte.

Sie konnte nicht mehr ausmachen, ob die Schatten und schwarzen Schemen von den Bäumen kamen oder ob sie wirklich jemanden gesehen hatte, der sie zu verfolgen schien.

Bei dem Tempo, das sie vorlegte, war an eine Verfolgung zu Fuß nicht zu denken – und trotzdem hatte sie permanent das Gefühl, nicht alleine zu sein.

Als sie das Ende des Parks erreichte und durch den Ausgang auf die Straße schoss, war Christine nass geschwitzt bis auf die Haut. Ihr Herzschlag beruhigte sich erst langsam wieder, als sie die ersten Laternen erreichte und um die Ecke in ihre Straße bog. Als sie vom Rad sprang und es in die Auffahrt durch den Vorgarten schob, verfluchte sie innerlich dieses Amulett und alles, was mit ihm zusammenhing. Seit sie das Ding mitgenommen hatte, passierte ihr ein Mist nach dem anderen. Langsam hatte sie die Schnauze gestrichen voll.

Aber bitte schön. Sie würde morgen früh in den Zoo fahren.

Zu diesem bescheuerten Nilpferdbecken. Und nach Christophers Brief suchen. Auf ein paar Unterrichtsstunden mehr oder weniger, die sie in der Schule fehlte, kam es auch nicht mehr an.

Auf diese Erklärung war sie wirklich gespannt – und wehe, er hatte keine gute. Sicher war jetzt schon, dass er sich die Antwort, die sie ihm zurückschreiben würde, nicht vor Freude rahmen lassen und über das Bett hängen würde.

Und dieses beknackte Amulett …

Sie wusste noch nicht, was sie damit tun würde.

Aber ebenfalls sicher war, dass sie es loswerden musste. Und wenn sie es auf dem Heimweg in die Themse warf.

Wütend kettete sie ihr Fahrrad an und schloss die Tür auf.

Christopher

Liebe Christine,
ich glaube, es ist an der Zeit, ein wenig Licht in dieses merkwürdige Dunkel zu bringen. Es ist nicht so, dass ich das alles verstehe. Ganz im Gegenteil: Auch ich weiß nicht, was ich von dieser Angelegenheit halten soll.
Doch erlaube mir, mich zunächst vorzustellen, vielleicht wird hierdurch einiges klarer für Dich. Mein Name ist Christopher Blackpool, ich bin Bote und werde demnächst 18, wenn mich nicht alles täuscht. Bevor Du Dich nun gelangweilt, womöglich gar pikiert abwendest, sei Dir gesagt, dass ich nicht irgendein Bote bin. Nein, einige sagen sogar, ich sei der beste. Ich kenne die Stadt besser als meine Westentasche.
Der Grund, weshalb ich diesen ganzen Zinnober veranstalte, weshalb ich Dich bitte, das Päckchen zu behalten und kreuz und quer durch die Stadt zu jagen, um Botschaften mit einem völlig Fremden auszutauschen, ist ein sehr einfacher, doch deshalb nicht weniger wichtig: Ich tue all das für einen Freund. Für jemanden, der für mich da war, als es sonst niemand war, der auf mich aufgepasst, mich den richtigen Leuten vorgestellt und mehr als einmal auch vor den falschen gerettet hat.
Er bat mich, dieses Paket für ihn zu verwahren. Offensichtlich schwebt er in großer Gefahr oder er fürchtet, der Inhalt des Päckchens könnte in die falschen Hände geraten. Nicht, dass ich irgendetwas darüber wüsste. Er will mich nicht durch zu viel Wissen in Gefahr bringen, sagt er. Ich weiß nur, dass Du damit etwas in Deinem Besitz hast, an dem auch andere großes Interesse haben.
Bevor Du nun in Sorge gerätst, möchte ich Dich beruhigen. Ich gehe davon aus, dass niemand weiß, dass Du das Päckchen hast. Deshalb bitte ich Dich einmal mehr inständig, es einige weitere Tage zu

behalten, bis ich Entwarnung geben kann. Ich weiß, ich verlange viel, doch denke bitte daran, dass ich es für einen teuren Freund tue. Dass ich Dir danach etwas schuldig bin, steht gewiss außer Frage, für den Moment bitte ich Dich jedoch, diese Scharade aufrechtzuerhalten und Dich regelmäßig in Briefform mit mir auszutauschen.

Hier kommt die Karte ins Spiel, die ich diesem Schreiben beigefügt habe. Du magst dich wundern, weshalb ich Dir einen Stadtplan zukommen lasse, jedoch wirst du Markierungen auf dieser Karte finden, die, wie dieser Ort hier, sicher vor Verfolgern und fremden Blicken sind. Einmal mehr muss ich sagen: Bitte frage nicht mich nach Sinn und Verstand, ich gebe lediglich Informationen weiter. Jedoch Informationen aus einer Quelle, für die ich alles, was ich habe, ins Feuer legen würde, und der ich blind vertraue.

Um ganz sicherzugehen und um uns sowie das Paket nicht in unnötige Gefahr zu bringen, ist es also unerlässlich, dass wir unsere Briefe fortan an jenen Stellen hinterlegen. Du wirst sehen, dass ich sie durchnummeriert habe, also hinterlege bitte Deine Antwort auf dieses Schreiben an dem Ort mit der Nummer zwei. Der Hinweis neben der Karte sollte Dir genügend Aufschluss über die genaue Position geben. Etwaige Unannehmlichkeiten oder Kosten, die Dir durch diese kleine Odyssee entstehen, übernehme ich natürlich von Herzen gerne.

Für heute verbleibe ich in der vagen Hoffnung, Dir die Lage etwas begreiflicher gemacht zu haben, und mit der Vorfreude auf Deine Antwort.

Dein Christopher

Christophers Augen flogen erneut über die Zeilen. Klang das nicht alles ein wenig zu dick aufgetragen? Zu dramatisch? Nun, vielleicht musste es das auch sein. Immerhin wollte er sicherstellen, dass Christine wirklich all jene Orte auf der Karte ansteuerte. Er nahm den Stadtplan in die Hand, den er für sie abgezeichnet hatte, und fuhr sich durch die Haare. Das würde tatsächlich eine Odyssee werden!

Manche der verborgenen Orte lagen außerhalb der Stadtgrenzen, bei anderen hatte selbst Christopher keine Ahnung, wie er dort unbemerkt bleiben sollte. Sein Blick wanderte zu der kleinen Eins, die im Norden der Stadt platziert war. Der Zoo. Das würde ein Kinderspiel werden. Er steckte Brief und Plan in einen Umschlag, dachte für einen kurzen Moment darüber nach, ihn zu versiegeln, und verwarf diesen Gedanken schnell wieder. Das wäre dann wirklich zu dick aufgetragen!

Gleich nach der Theaterprobe würde er sich in den Zoo schleichen, den Brief irgendwo im Nilpferdbecken verstecken und darauf hoffen, dass diese Christine mitspielte. Er konnte sich noch immer kein richtiges Bild von ihr machen und hätte eigentlich allen Grund, wütend auf diese Diebin zu sein. Das hielt er aber besser aus seinen Briefen heraus. Er wollte ja schließlich das Paket zurückbekommen. Außerdem war er tatsächlich ein wenig neugierig auf sie. Was sie wohl im Sinn hatte?

Christopher warf einen Blick auf die Karte. Das zweite Versteck lag sogar noch weiter im Norden der Stadt. Auf dem Highgate-Friedhof war er selbst erst einmal gewesen. Kein Wunder: Orte wie dieser gehörten nicht zu den wichtigsten Anlaufstellen für einen Boten. Er konnte nur hoffen, dass sie sich dorthin wagte. Er kannte nicht allzu viele Damen, wusste aber, wie schreckhaft viele von ihnen waren.

Auf Thurgoods Karte war auch neben Highgate ein einfacher Vermerk zu lesen: »Zweite Säule von links. Eg… Av…« Christopher hatte versucht, die unleserliche Stelle zu entziffern, und keine Ahnung, was genau das alles bedeuten sollte. Dennoch hatte er all diese merkwürdigen Vermerke auf Christines Kopie übertragen. Er wusste, wie riesig der Friedhof war, und hoffte, dass diese spärliche Information ausreichte. Es war wahrscheinlich ihre einzige Chance, dass sie die Briefe überhaupt fanden.

»Was für ein Irrsinn«, murmelte er, faltete die Karte des Verborgenen sorgsam zusammen, packte seine Texte für die Probe ein und verließ nach einem kurzen Zwischenstopp in Miss Barnacles Speisekammer das Haus. Zeit, Theater zu spielen!

»Nein, nein, nein!«, dröhnte John Ryders Stimme über die Bühne. »So wird das nichts, Christopher. Ich habe dir jetzt schon dreimal gesagt, um was es geht. Hast du den Text überhaupt vorbereitet?«

Die Probe lief alles andere als gut. Christopher war nicht bei der Sache, verpasste seine Einsätze und vergaß ständig den wenigen Text, den er in dieser Szene hatte.

»Tut mir leid, John, ich strenge mich ja an.«

Der hochgewachsene Schauspieler eilte auf ihn zu. Seine schweren Stiefel hämmerten über die Holzbühne, sein Blick war angespannt, beinahe genervt. In zwei Stunden würde das Ensemble hier wieder Shakespeares »Macbeth« aufführen. Natürlich ohne Christopher, und wenn er sich weiter so dämlich anstellte, würden sehr bald auch die Proben wieder ohne ihn stattfinden.

Er konnte sich einfach nicht konzentrieren. In Gedanken war er längst im Zoo, bei Christine, bei diesem Päckchen. Es war zum Verrücktwerden!

»Das reicht nicht, Christopher.« John stemmte die Hände in die Hüften und musterte ihn. »Schauspielerei hat nicht nur etwas mit Anstrengung zu tun. Du musst es wollen, musst es leben. Und das sehe ich bei dir heute ganz und gar nicht.«

»Lass ihn doch mal einen Boten spielen«, hörte er eine Stimme aus dem dunklen Zuschauerraum. »Darin ist er vielleicht besser.« Von allen Seiten ertönte Gelächter. Christopher errötete. Auch das noch!

»Das war unnötig!«, rief John scharf von der erhellten Bühne. Dann, etwas sanfter: »Aber ganz von der Hand zu weisen ist es nicht, Christopher.« Er fuhr sich über die Augen. »Vielleicht war es zu früh, dich zu einem kompletten Probedurchlauf mitzunehmen. Vielleicht bist du noch nicht so weit.« Er pausierte. »Vielleicht belassen wir es für heute dabei. Komm morgen wieder, dann versuchen wir es noch mal. Und bereite dich besser vor! Du willst es doch versuchen, oder?«

»Natürlich!«, versicherte Christopher. »Nichts lieber als das. Es ist nur ... derzeit geschehen einige merkwürdige Dinge, auf die ich mir keinen Reim machen kann. Morgen bin ich wieder konzentriert dabei, das verspreche ich!«

John nickte. »Gut. Du hast Talent, Junge, das sehe ich.«

»Das sehen einige hier aber offensichtlich anders.«

»Ach.« Der Schauspieler winkte ab. »Junge Männer, die denken, sie wären Künstler, weil sie einmal den Hamlet gespielt haben.« John grinste ihn an. »Dann wäre diese Stadt ja voller Künstler. Wo kämen wir denn dann hin?«

»Danke, John.«

»Nichts zu danken. Sieh einfach zu, dass du morgen besser vorbereitet bist!«

Ich darf das nicht vermasseln, sagte er sich immer wieder, als er das Theater verließ. Die Oxford Street war belebt wie immer, beinahe wurde er von einer Kutsche angefahren.

»Was zum Teufel soll das?«, schimpfte der Kutscher auf ihn herab. »Hast du keine Augen im Kopf?«

Christopher stolperte weiter. Er brauchte einen klaren Kopf! Erst ließ er die Whiskyflasche einfach so im Pub stehen und musste ihren beträchtlichen Wert mit seinen kümmerlichen Einkünften ersetzen, dann versaute er die Theaterprobe. Was kam als Nächstes? Lieber gar nicht erst darüber nachdenken. Lieber gar nicht erst versuchen zu verstehen, warum ein alter Buchhändler wie Thurgood auf einmal mit einer solchen Karte daherkam.

Er schlug den Weg nach Norden ein, überquerte den Cavendish Square und tauchte in das Gewirr der kleinen Gässchen und Seitenstraßen ein, die alle früher oder später zum Regent's Park führten. Als er die Marylebone Road kreuzte und das schattige Grün des Parks betrat, war es längst dunkel geworden. Das war auch gut so, immerhin würde er sich gleich Zugang zum Zoologischen Garten verschaffen. Und das nicht unbedingt ganz legal, wenn man es genau nahm. Das Problem war nur, dass diese neue Polizei in der Stadt alles *sehr* genau nahm.

Am Eingang sah er sich kurz um, dann kletterte er über die niedrige Mauer. Auf der anderen Seite angekommen, horchte er aufmerksam in die Dunkelheit. Der Zoo empfing ihn mit einer Menge merkwürdiger Geräusche. Christopher war erst einmal hier gewesen, bei Tageslicht und zusammen mit vielen anderen Besuchern. Bei Nacht wirkte dieser Ort deutlich anders auf ihn. Hier ein Wimmern, dort ein Scharren, ein Keuchen aus dieser Ecke und aus der Ferne etwas, das so klang wie ein kehliger Schrei. Ziemlich unheimlich, fast schon gespenstisch.

Christopher zwang sich zur Ruhe. Wo war nur das Nilpferdbecken? Ein Wegweiser erwies sich als völlig nutzlos, also versuchte er es auf eigene Faust. Er bemühte sich, im Schatten zu bleiben, um jeder noch so geringen Gefahr, entdeckt zu werden, aus dem Weg zu gehen. Er kam an Häusern ohne Aufschrift vorbei und erschrak mehr als einmal, als er um die Ecke bog und urplötzlich glänzende Augen vor sich aus dem Dunkel auftauchen sah. Affen, Raubkatzen, Ziegen. Dann erinnerte er sich an eine Illustration, die er erst kürzlich im *Punch*-Magazin gesehen hatte. Natürlich, das Nilpferd hatte ein Becken unter freiem Himmel! Dass ihm das nicht gleich eingefallen war.

Als er einige Minuten später endlich vor dem Becken stand, hatte er schon das nächste Problem. Wo sollte er den Brief nur verstecken? Ein Geräusch ließ ihn herumfahren. Fremde Geräusche waren in einem Zoo nichts Außergewöhnliches, doch dieses war anders. Näher. Beunruhigender. Er fuhr herum, starrte angestrengt in die Dunkelheit. Nichts, wirklich gar nichts war zu erkennen. Wie töricht war er eigentlich, mitten in der Nacht einen Ort aufzusuchen, an dem es vor Schatten und Geräuschen nur so wimmelte? Man konnte sich anschleichen und direkt hinter ihm stehen. Ohne dass er es merken würde.

Versteck den Brief und mach endlich, dass du hier wegkommst!

Der Mond verschwand hinter einer Wolke. Sofort wurde es dunkler, sofort veränderte sich die beunruhigende Geräuschkulisse.

Christopher blickte sich fieberhaft um, fand ein paar eng beieinanderstehende Pfeiler, zwängte den Brief dazwischen und wandte sich um. Jetzt nur nicht in Panik geraten und dann vielleicht bei einer überstürzten Flucht entdeckt werden.

Ein weiteres Geräusch, diesmal eindeutig Schritte, änderte seine Meinung. Christopher begann zu rennen und stoppte erst, als er den stockdunklen Regent's Park hinter sich gelassen hatte.

Als er das geschäftige Treiben der Oxford Street erreicht hatte, beruhigte sich sein Herzschlag. »Ein paar Laternen hätten dem Park auch nicht geschadet«, grummelte er vor sich hin. Dennoch war er mehr als nur ein wenig erleichtert. Er hatte den Brief deponiert. Jetzt musste er hoffen, dass Christine mitspielen würde. Bis dahin konnte er nur warten. Warten und zusehen, dass er sich nicht gleichzeitig als Bote und angehender Theaterschauspieler lächerlich machte. Für ein paar Pennys gönnte er sich eine heiße Erbsensuppe bei einem Straßenverkäufer und lief ein wenig umher, um einen klaren Gedanken zu fassen.

Wie lang würde dieses Spielchen wohl dauern? Was hatte Thurgood vor? Und, vor allem: Was zur Hölle war in diesem Päckchen? Christopher gab es ungern zu, doch langsam wurde er neugierig. Das war sonst nicht seine Art!

Er schlang die Reste der bröckeligen Suppe hinunter, erinnerte sich wieder einmal daran, dass man nur bei Verkäufern essen sollte, die man kannte oder die einem zumindest einen Gefallen schuldeten, und trat den langen Heimweg an.

Die Straßen Richtung Süden blieben ruhig, von Schatten weit und breit keine Spur. Hatte das etwas mit der Karte zu tun? Oder war das nur die Ruhe vor dem Sturm? Christopher sollte es recht sein. Endlich kam er einmal ohne haarsträubende Vorkommnisse ins Bett. Endlich würde er …

Halt!

Was hatten die beiden Polizisten vor Miss Barnacles Haus verloren? Das hatte nichts Gutes zu bedeuten.

Als Christopher näher kam, sah er, dass auch Miss Barnacle vor dem Haus stand. Neben ihr hatte sich Mister Smithee, ein Veteran aus den Napoleonischen Kriegen und wohl schon sein halbes Leben ihr glühender Verehrer, postiert, zu seinen Füßen sein stets wachsamer Boxer Terry. Auf die beiden Polizisten redete jemand ein, um den Christopher am liebsten einen Bogen machte. Mrs Draught, die Haushälterin.

»Und wenn ich es ihnen doch sage, Herr Wachtmeister«, hörte Christopher ihre schrille Stimme schon von Weitem. »Die waren hinter etwas ganz Bestimmtem her.« Sie entdeckte Christopher und musterte ihn mit eisigem Blick. »Oder *jemand* ganz Bestimmtem.«

Einer der beiden Polizisten kratzte sich mit dem Stift am Kopf. Es war mitten in der Nacht und die Motivation der Londoner Polizei hielt sich entsprechend in Grenzen. »Gute Frau, da müssen Sie schon etwas genauer sein. Was meinen Sie also?«

»Das müssen Sie schon den fragen«, antwortete sie schnippisch, verschränkte die Arme vor der Brust und wandte sich demonstrativ in die andere Richtung. Warum konnte Mrs Draught ihn eigentlich nicht leiden? Sicher, das beruhte auf

Gegenseitigkeit, doch angetan hatte Christopher der eisernen Haushaltsführerin nichts.

»Und Sie sind?«, fragte der andere Polizist, als Christopher das Gartentor erreicht hatte. Miss Barnacle sah ihn aus großen Augen an, sagte aber nichts. Mister Smithee redete säuselnd auf sie ein, während Terry wie am Spieß kläffte. Was für ein Zirkus!

»Christopher Blackpool, wieso?«, fragte Christopher verwirrt. »Was ist denn los?«

»Gesucht haben sie dich, das ist los!«, keifte Mrs Draught dazwischen. »Was hast du da oben in deinem Durcheinander versteckt, hm? Was war so wichtig, dass der armen, armen Miss Barnacle dieser furchtbare Schrecken eingejagt werden musste?«

Miss Barnacle blickte trüb vor sich hin. »Geister ...«, murmelte sie. »Die Geister der Séance sind erwacht. Ich habe sie gerufen.«

»Sie wohnen hier?«, schaltete sich der Polizist wieder ein. Er hatte große Mühe, der ganzen Angelegenheit zu folgen.

»Ja«, meinte Christopher abwesend und drückte sich an der merkwürdigen Menschenansammlung vorbei. »Bitte entschuldigen Sie mich einen Moment.«

Ohne auf Mrs Draughts Anschuldigungen zu hören, rannte Christopher ins Haus, hastete die Treppen hinauf und betrat sein Zimmer. Hier hatte jemand ganze Arbeit geleistet. Der Schrank war umgeworfen, die Bettdecke zerrissen, überall lagen Bücher verstreut. Christopher wusste sofort, was das Ziel dieses Einbruchs gewesen war. Er polterte die Treppe wieder hinunter, riss die Tür zur Speisekammer auf, räumte Marmeladen, Kartoffeln und Flaschen zur Seite ... und atmete auf. Da lag sie, die Karte des Verborgenen.

»Wenn ich es Ihnen doch sage.« Im Flur hörte Christopher schon die Stimme der Haushälterin, die draußen immer noch keifte. Sie hätte sich auf jeder Bühne ausgezeichnet als Hexe gemacht. »Das waren keine gewöhnlichen Einbrecher.«

Christopher stockte der Atem. Er war fast sicher, was jetzt kam.

»Inwiefern nicht gewöhnlich?«, fragte der andere Polizist. Er fand die Sache ganz offensichtlich ziemlich amüsant. »Meinen Sie, weil nichts entwendet wurde, wie Sie ja bereits betont haben?«

»Nein, in drei Teufels Namen!« Ihre schrille Stimme überschlug sich. »Weil es Schatten waren! Schatten ohne Gestalt!«

Christopher schluckte seine Angst hinunter und trat wieder hinaus in den Garten.

Jetzt nur nichts anmerken lassen!

»Du hast hier die längste Zeit gewohnt!«, giftete Mrs Draught ihn an. Sie entriss Miss Barnacle resolut Mister Smithees Griff und schob sie vor sich wie ein Schutzschild. »Miss Barnacle und ich sind uns einig, dass wir dich nicht länger unter unserem Dach haben wollen. In drei Tagen bist du verschwunden, ist das klar? Und nimm bloß deinen Krempel mit. Auf so einen Schrecken wie heute Nacht können wir gern verzichten.«

Mrs Draught schob die offensichtlich überforderte Miss Barnacle ins Haus, Mister Smithee schlurfte enttäuscht von dannen und die Polizisten konnten sich offenbar nicht entscheiden, ob dieser nächtliche Einsatz den Spaß wert gewesen war.

Christopher blieb alleine zurück. Und wie immer in solchen Situationen fing es an zu regnen.

Was sollte er jetzt nur tun?

Christine

Christine stand am Zaun, der um das Nilpferdgehege verlief, und konnte selbst nicht glauben, dass sie so blöd gewesen war. Wie hatte sie denken können, sie würde einfach hier hereinspazieren und das Becken nach einem Brief absuchen? Jedes Kindergartenkind wusste, dass die Tiere im Zoo nicht frei herumliefen und man dementsprechend auch bestimmt nicht eben mal in ihre Gehege marschieren konnte. Ganz davon abgesehen, war sie auch nicht zum ersten Mal hier.

So war es eben, wenn man den Verstand ausschaltete und blind einer Nachricht auf einem vergilbten Zettel folgte. Dieser Typ hatte sie wirklich nicht mehr alle, und Christine fiel es schwer, sich zu entscheiden, worüber sie sich mehr ärgerte: Über diesen Christopher, der sie ganz offensichtlich in großem Stil verarschen wollte, über ihre eigene Dummheit, dieses Amulett mitzunehmen, das ihr diesen ganzen Mist eingebrockt hatte, oder über die dämliche Idee, tatsächlich knapp 19 Pfund an der Kasse des Zoos liegen zu lassen, um jetzt vor einem Zaun zu stehen.

»Mir reicht's«, murmelte sie, um die Entscheidung, die sie in der nächsten Sekunde treffen würde, vorab zu bekräftigen.

Christopher Blödmann konnte sie mal. Dieses Ding war nicht ihr Problem. Zugegeben, sie hatte es genommen. Aber sie war bereit, es exakt dorthin zurückzubringen, von wo sie es ausgeliehen hatte. Und genau das würde sie jetzt tun …

In ihre zornigen Gedanken versunken bückte sich Christine, um ihren rechten Schuh neu zu binden. Sie war fest entschlossen, danach den Schauplatz dieses Irrsinns zu verlassen. Wahrscheinlich hockte dieser Christopher irgendwo und lachte sich ins Fäustchen, weil sie sich so verarschen ließ. Aber diesen Gefallen würde sie ihm nicht tun. Eigentlich war es schon zu viel des Guten, dass sie überhaupt hier stand.

Christine richtete sich auf und hängte sich die große Tasche mit ihren Schulsachen über die Schulter. Sie war gerade im Begriff zu gehen, als sie zwei Tierpfleger aus dem Gehege kommen sah und bruchstückhaft ihre Unterhaltung mitanhörte.

»... ich habe nicht die leiseste Ahnung, Ernest. Gestern war er ganz sicher noch nicht hier. Ich habe ihn bei den alten Pfeilern gefunden. Er steckte dazwischen ...«

»Aber wie kann das denn sein, dass er gestern noch nicht da war? Wahrscheinlich hast du ihn nur übersehen. Im Ernst, Dickie, wir hatten seit mindestens drei Tagen keine Hippo-Führung im Gehege. Und es wird sich wohl kaum jemand unerlaubt hereingeschlichen haben. Wieso sollte man das auch tun?«

»Woher soll ich das wissen?«

Christine wusste nicht genau warum, aber ihr Gefühl riet ihr, noch einen Moment stehen zu bleiben und dem Gespräch weiter zu lauschen.

»Hast du ihn geöffnet?«

»Nein. Er ist an eine Christine adressiert.«

Christine erstarrte. Konnte das wirklich sein? Oder war es nur ein ganz dummer Zufall? Andererseits ... konnte so etwas wirklich noch Zufall sein? Sie wagte kaum zu atmen, als sie sich weiter auf das Gespräch der Tierpfleger konzentrierte.

»Wahrscheinlich hat sich irgendein Witzbold, der an einer der Führungen teilgenommen hat, für wahnsinnig clever und außerordentlich romantisch gehalten. Leider hat er nicht bedacht, dass seine Christine unter normalen Umständen gar nicht an den Brief herankommt.«

»Ja, das war nicht besonders schlau«, stimmte Dickie zu.

»Was tun wir jetzt damit?«, fragte Ernest.

»Ich würde sagen, wir nehmen ihn mit ins Büro und dann

überlegen wir weiter. Aber vorher sollten wir noch bei den Giraffen vorbeischauen. Ich glaube, da fehlt noch Grünzeug.«

Ernest nickte und Dickie steckte einen dicken Umschlag zwischen allerlei Werkzeug, das in einer Schubkarre lag, die vor dem Gehege stand. Dann entfernten sich die beiden, bereits wieder in ein Gespräch vertieft, in Richtung Giraffenhaus, das nur ein paar Meter weiter angesiedelt war.

Christine wusste, dass sie nur jetzt herausfinden konnte, ob dieser Christopher wirklich existierte, was er wollte und ob das hier alles einen realen Ursprung hatte oder sich wirklich jemand über sie lustig machte. Es war ihre einzige Chance. Sie lief auf die Schubkarre zu, zog im Vorbeigehen den Brief zwischen dem Werkzeug hervor und schob ihn blitzschnell in die Innentasche ihres Parkas, die bereits der Schatulle mit dem Amulett als Versteck diente. Dann schlenderte sie mit möglichst unbeteiligtem Blick den Weg entlang und beschleunigte ihre Schritte mit wachsender Entfernung. Als sie den nächstgelegenen Ausgang Richtung Gloucester Gate passiert hatte, rannte sie zur Bushaltestelle und sprang gerade noch in die geöffnete Tür der Linie 274, bevor sich diese schloss und der rote Doppeldecker Richtung Camden Town davonfuhr.

Christine riskierte es nicht, den Brief im Bus zu lesen. Hier waren ihr viel zu viele Menschen. Sie zog es vor, an der Camden Town Station in die Linie 168 umzusteigen. Sie fuhr damit bis zur Hartland Road, wo sie ausstieg und die letzten Meter zu Fuß zu ihrem Lieblingscafé zurücklegte, der *inSpiral Lounge*.

Obwohl der Laden im Moment auch bei ihren Klassenkameraden hip und angesagt war, war sie sich ziemlich sicher, keinen davon hier anzutreffen. Wie alle anderen, sollte auch sie um diese Uhrzeit eigentlich in der Schule sein. Doch das hier war ein Notfall.

Christine holte sich eine Tüte der gesalzenen Grünkohl-Chips, eine Spezialität des Cafés, und eine große Tasse Tee mit viel Milch. Sie setzte sich an einen kleinen Tisch in die seltene, nicht von Regen begleitete Vormittagssonne und zog den Brief aus der Innentasche ihrer Jacke.

»Na, das scheint diesmal wirklich ausführlich zu sein«, murmelte sie stirnrunzelnd, als sie die Papierbögen auseinanderfaltete und ihr Blick zuerst auf eine detailliert gezeichnete Karte von London fiel. Einzelne Punkte auf ihr waren markiert und nummeriert. Hätte sie es nicht besser gewusst, hätte sie angenommen, das Ding war mit einer Tintenfeder selbst gezeichnet. Doch diesen Gedanken verwarf sie gleich wieder. So was machte doch kein Mensch. Schließlich hatte jeder einen Scanner und einen Drucker zu Hause.

Christine nahm den Brief zur Hand und sah ihn an, ohne zu lesen. Sie hatte die merkwürdige Handschrift Christophers sofort erkannt und es bestand kein Zweifel, dass dieser Brief tatsächlich an sie gerichtet war. Sie dachte einen kurzen Moment darüber nach, wie absurd diese ganze Situation war, und versank dann in der Lektüre seiner Nachricht. Je mehr sie las, desto öfter schüttelte sie verwirrt den Kopf.

»Bote? Pikiert? Christopher Blackpool, wer auch immer du bist, du hast entweder ein echtes Problem mit der Realität oder du machst dich aus irgendeinem bescheuerten Grund über mich lustig«, murmelte sie vor sich hin, während sie ein paar der grünen Chips in ihren Mund schob und den würzigen Brei mit einem Schluck Tee hinunterspülte.

Dieser Freak hatte sie ganz offensichtlich wirklich nicht alle. Allein für seine Wortwahl hätte sie ihm gerne einen Vogel gezeigt. Was eine »Scharade« war, musste sie nur deshalb nicht googeln, weil sie solche verstaubten Wörter von Mister Thurgood kannte.

Dieser Christopher wollte also allen Ernstes eine Schnitzeljagd mit ihr veranstalten und versuchte, selbige interessant wirken zu lassen, indem er sie in ein paar Schauermärchen um dieses Päckchen verpackte. Was sollte das werden? Eine analoge Form von Geocaching? Und er würde ihre Unkosten zahlen?

»Na, da kommt alleine heute ganz schön was zusammen, Kumpel. 19 Pfund am Zoo, der Bus, mein Frühstück hier … die Rechnung wird dir nicht gefallen.« Christine schimpfte leise vor sich hin und trank einen weiteren Schluck Tee. Dann zog sie einen Block und einen Kugelschreiber aus ihrer Tasche und begann zu schreiben:

Lieber Christopher,
ich habe wirklich nicht die leiseste Ahnung, was Du hiermit bezweckst, und ob ich das Ganze komisch oder einfach nur nervig finden soll. Dass ich den Brief hier überhaupt in der Hand halte, habe ich nur einem Zufall zu verdanken, und eigentlich habe ich nicht die geringste Lust, dieses Spiel mitzuspielen, denn ich habe weder Zeit noch Spaß daran, wegen dieses blöden Päckchens mit dem Amulett kreuz und quer durch die Stadt zu jagen. Ich bin 16 Jahre alt und damit eindeutig zu alt für eine Schnitzeljagd!
Was mich das alleine heute gekostet hat, hätte leicht für ein Paar Schuhe gereicht. Aber nachdem ich jetzt ohnehin schon in Camden bin, kann ich die zwanzig Minuten nach Highgate auch noch fahren und stecke Dir Deinen Brief an die ‚zweite Säule von links', wie es hier auf dieser merkwürdigen Karte verzeichnet ist. Was soll eigentlich dieser unleserliche Hinweis daneben? Aber was macht das schon, es soll keiner sagen können, ich hätte mir keine Mühe gegeben. Es tut mir wirklich leid, dass Dein Freund in ‚Gefahr schwebt' …,

Christine musste unwillkürlich grinsen, als sie das schrieb. Wer »schwebte« denn heutzutage noch »in Gefahr«? Dieser Christopher hatte eindeutig zu viele alte Krimis gelesen.

... aber ich kann Dir da leider auch nicht helfen. Ich bin nicht die Polizei und habe wirklich genug anderes zu tun. Wenn es so wichtig für Dich ist, kann ich Dir anbieten, das Amulett noch so lange zu behalten, bis Du mir in deinem nächsten Brief mitgeteilt hast, wo ich es hinbringen soll, ansonsten lege ich es einfach dahin zurück, wo ich es gefunden habe.

Sie konnte nicht genau sagen warum, doch in diesem Moment beschlich sie ein merkwürdiges Gefühl. Beinahe etwas wie ein schlechtes Gewissen. Was, wenn Christopher die Wahrheit sagte und sie ihm wirklich helfen konnte, indem sie das Ding aufbewahrte? Was, wenn sie das hier als Blödsinn abstempelte, aus der Sache ausstieg und jemanden zurückließ, der ein ernstes Problem hatte, bei dem sie ihn hätte unterstützen können?

Andererseits – das hörte sich wirklich alles vollkommen bescheuert an, was er schrieb. Und immerhin hatte sie ihm ja angeboten, es noch bis zum nächsten Brief zu behalten. Außerdem war sie heute schon durch die halbe Stadt gefahren wegen dieses Blödsinns. Man konnte ihr wirklich nicht vorwerfen, sie hätte sich keine Mühe gegeben.

Sie beschloss, ihrem Brief eine etwas freundlichere Note zu geben, indem sie den Schluss besonders nett formulierte:

Ich hoffe, ich kann Dir damit wenigstens ein kleines bisschen weiterhelfen. Sorry, dass ich nicht mehr tun kann, aber ich bin schon mit der Schule und allem anderen so im Stress, dass ich leider keine Zeit mehr für ein weiteres Hobby habe. Ich werde dann also in den nächsten Tagen bei Punkt Nummer drei nach deiner Information suchen, wohin ich das Amulett letztendlich bringen soll. Wenn ich keine bekomme, lege ich es einfach wieder unter die Diele, wo ich es gefunden habe.
Liebe Grüße
Christine Beech

P.S.: Wie bist Du eigentlich unbemerkt in den ersten Stock des Antiquariats gekommen? Der alte Thurgood passt diesbezüglich doch auf wie ein Luchs ... oder er mag Dich. :)

Ja, so konnte man es wohl lassen. Der Schluss klang ein bisschen netter und glich hoffentlich den etwas zickigen Anfang und den für Christopher wahrscheinlich unbefriedigenden Inhalt aus.

Vielleicht sollte sie bei Gelegenheit den alten Thurgood fragen, ob er etwas über Christopher wusste. Aber wie sollte sie ihm erklären, wie sie an dieses Amulett gekommen war und wie oft sie sich deshalb heimlich nach oben geschlichen hatte? Und falls dieser Christopher es genauso gemacht hatte, würde sich der alte Antiquar nur unnötig aufregen, wenn er wüsste, wer alles in seinem Allerheiligsten herumschlich. Nein, sie behielt das alles lieber für sich und wurde das Ding so schnell wie möglich wieder los. Dann war es nicht mehr ihr Problem.

Sie faltete den Brief zusammen und steckte ihn mit Christophers in ihre Tasche. Dann trank sie ihren Tee aus und machte sich auf den Weg zur Haltestelle Hawley Road, wo sie den Bus 214 in Richtung Highgate nahm. Als sie in Dartmouth Park ankam, musste sie noch einen kurzen Fußmarsch zum Friedhof in Kauf nehmen.

Wie jedes Mal, war sie überwältigt, als sie am Highgate Friedhof ankam. Dieser Christopher konnte das nicht wissen, aber Christine liebte diesen Ort. Das war einer der Gründe, wa-rum sie sich hatte breitschlagen lassen, diesen einen, letzten Brief hier zu hinterlegen. Alexa schüttelte immer verständnislos den

Kopf, wenn Christine hierher fuhr, um ein wenig Ruhe vom schnellen Alltag und der lärmenden Stadt zu suchen.

»Ruhe auf einem Friedhof. Findest du es dafür nicht noch ein bisschen früh? Du bist erst 16.« Alexa lachte dann meistens ein bisschen zu laut und Christine stimmte mit ein, obwohl sie innerlich seufzte, weil Alexa nie irgendetwas verstehen würde, was außerhalb von Mode, Promiklatsch und ihrem kleinen Schulkosmos lag. Trotzdem war sie seit dem Kindergarten ihre beste Freundin und Christine nahm vieles, was sie an Alexa störte, einfach hin. Wie zum Beispiel ihre Oberflächlichkeit, die nicht selten zu Arroganz wurde, und mit der Alexa eigentlich nur ihre Unsicherheit überspielen wollte.

Doch ihr gegenüber verhielt sich Alexa nie so. Christine war eigentlich in beinahe allem anders als ihre Freundin. Trotzdem nahm Alexa sie immer in Schutz, stellte sie den – in ihren Augen – richtigen Leuten vor und kümmerte sich darum, dass Christines Ansehen in der Schule nie unter ein gewisses Level sank. Christine war klar, dass Alexa sich damit auch selbst einen Gefallen tat, aber ihr sollte es recht sein. Bei allem, was sie an Alexa nervte, musste sie doch zugeben, dass sie immer eine treue Freundin und jedes Mal an ihrer Seite gewesen war, wenn sie sie gebraucht hatte. Und das war es doch letztendlich, worauf es in einer Freundschaft ankam.

Vor dem Friedhof kam ihr eine Gruppe Touristen entgegen, die sie daran erkannte, dass der alte Jacob bei ihnen stand und sie verabschiedete. Er war Friedhofsführer für den Westteil der Anlage, den man nur geführt und kostenpflichtig besichtigen durfte. Jacob musste uralt sein. Christine hatte ihn bei ihrem ersten Besuch auf dem Highgate kennengelernt und, ähnlich wie Thurgood, hatte auch Jacob einen Narren an dem belesenen, interessierten jungen Mädchen gefressen und erzählte ihr immer wieder interessante Geschichten, die er den Touristen vorenthielt.

Jacob hatte sie sogar schon einmal mitgenommen, um eine Fuchsfamilie zu beobachten, die zwischen den Gräbern zu Hause war.

»Hallo, Jacob ...« Christine winkte und Jacob entblößte mit seinem breiten Lachen einige seiner Zahnlücken.

»Christine, mein Mädchen, was verschlägt dich um diese Uhrzeit hierher? Ihr habt doch keine Ferien?«

»Nein, um ehrlich zu sein, schwänze ich heute die Schule, aber verrate mich nicht, ja?«

»Wem sollte ich das wohl verraten?« Jacob grinste. »Dem alten Karl Marx wird es sicher egal sein. Er dreht sich deshalb nicht in seinem feudalen Grab um.« Er zwinkerte Christine zu.

»Jacob, kann ich dich etwas fragen?«

»Natürlich. Alles, mein Mädchen.«

»Ich soll hier etwas hinterlegen. An die ›zweite Säule von links‹. Mir fallen spontan dazu nur die Säulen am Eingang zur Egyptian Avenue ein. Wüsstest du sonst noch welche? Daneben steht nur ein unleserlicher Hinweis, aber die Anfangsbuchstaben passen.«

Jacob wiegte den alten Kopf hin und her, bevor er antwortete. »Säulen gibt es hier wie Sand am Meer, aber die vor der Egyptian Avenue sind mit Abstand die schönsten. Sie waren schon da, als der Friedhof noch ganz neu war, gedacht als letzte Ruhestätte der Reichen, Schönen und Berühmten. Auch mir würden sie zuerst einfallen. Aber dort etwas zu hinterlegen ist nicht besonders schlau, denn außer dir und mir kommt niemand ohne kostenpflichtige Führung dahin. Und dann wird er auch kaum Zeit haben, unauffällig zu suchen ...« Jacob feixte ein wenig spitzbübisch, und Christine war klar, dass er hinter all dem eine romantische Geschichte zwischen ihr und einem glühenden Verehrer vermutete.

»Ach ... um ehrlich zu sein, ist mir egal, ob er Eintritt zahlen muss«, antwortete sie. Schließlich musste ich das im Zoo auch. Neunzehn Pfund!, dachte sie.

Jacob grinste und erwiderte: »Recht so, mein Mädchen. Sie sollen sich ruhig ein wenig ins Zeug legen, die jungen Kerle. Es gibt ohnehin heute viel zu wenige von der alten Schule. Mein Enkel sagte neulich, es sei nicht mehr zeitgemäß, den jungen Damen Blumen zu schenken. Also, wo gibt es denn so etwas? Nicht mehr zeitgemäß! Was schenkt man einer Dame denn heute? Kaugummis?«

Christine lachte. »Jetzt, wo du fragst, ich weiß es nicht, Jacob. Aber ich werde es herausfinden.« Sie zwinkerte dem Alten zu. Sollte er ruhig denken, dass sie hier etwas für einen Verehrer versteckte. Hauptsache, sie wurde diesen Brief los.

»Na dann los, Mädchen. Nimm die Säulen an der Egyptian Avenue. Und sollte mich in den nächsten Tagen ein junger Mann nach Säulen fragen, werde ich ihm einen kleinen Hinweis geben. Natürlich kostenpflichtig.« Jacob grinste.

Christine winkte ihm lächelnd zu, während sie den Westteil des Friedhofs betrat.

Merkwürdig. Fast fühlte es sich ein wenig romantisch an. Doch Christine kannte das bereits. Ihre Emotionen schwangen sich leider sehr schnell auf Geschichten ein, die sich in ihren Büchern, Filmen oder auch nur in ihren Gedanken abspielten. Jacobs freche Anspielung hatte eine romantische Idee in ihrem Kopf entstehen lassen, der sie sich eigentlich nicht hingeben wollte. Dennoch musste sie ein wenig lächeln und fragte sich einen Moment lang, wie dieser Christopher wohl aussah.

Sie stellte sich einen großen, schlaksigen jungen Mann vor, der dunkle Haare und grüne Augen hatte, bei denen man sich nicht sicher war, ob sie grundehrlich waren oder einen betrogen. Letzteres war natürlich ihrer Unsicherheit geschuldet, denn sie war sich noch immer nicht im Klaren darüber, was dieses Spiel hier sollte.

Am Säuleneingang zur Egyptian Avenue stellte sie die Tasche ab und kramte ihren Brief heraus. Dann kämpfte sie sich durch das Dickicht am Wegesrand zur linken, äußeren Säule und fuhr mit der Hand an ihr entlang, um eine gute Stelle zur Verwahrung des Briefes zu finden. Sie entdeckte einen kleinen Spalt am Sockel, in den sie den Brief steckte und mit ein wenig Dickicht bedeckte, damit man ihn nicht gleich sah.

»Na, dann such mal schön, du Freak«, murmelte sie noch befriedigt vor sich hin, während sie zurück zum Weg stapfte und sich ihre Tasche über die Schulter hing. Sie verließ den Friedhof auf demselben Weg, auf dem sie gekommen war, verabschiedete sich unterwegs noch von Jacob und steuerte direkt die Bushaltestelle an, um nach Hause zu fahren.

Es war ihr ganz recht, dass sie eine gute Stunde Fahrt vor sich hatte. Ihre Gedanken hörten nicht auf, in ihrem Kopf zu kreisen. Was sollte das alles und warum hatte sie noch immer diese bescheuerte Schachtel mit dem Amulett in der Tasche? Jeden Tag nahm sie sich vor, es loszuwerden, und am Ende war es immer noch bei ihr. Aber nun konnte es sich ja nur noch um ein paar Tage handeln, dann würde Christopher ihr sagen, wo sie es deponieren sollte, und der Spuk war vorbei. Vielleicht konnte sie dann auch wieder ruhig schlafen.

Als sie im Bus saß, steckte sich Christine die Kopfhörer ihres Smartphones ins Ohr und ließ die Musik ihrer Choreografie für die Landesmeisterschaft laufen, um die Schrittfolgen wenigstens im Kopf durchzugehen, wenn sie schon wegen diesem Mist gestern das Sondertraining verpasst hatte.

Sie sah aus dem Fenster und versuchte, sich zu konzentrieren, doch im nächsten Moment schweiften ihre Gedanken wieder ab und landeten bei Christopher.

Wer war dieser Typ nur?

Würde sie jemals herausfinden, ob er tatsächlich grüne Augen hatte? Wollte sie das überhaupt?

Christine war sich nicht mehr sicher, was sie überhaupt noch wusste, wollte oder sollte. Es schien, als würde irgendetwas immer mehr Besitz von ihr ergreifen. Ihr war nur nicht klar, ob es ihr gefiel oder ob es ihr Angst machte.

Christopher

London erwachte. Christopher saß am Ufer und blickte auf die träge dahinfließende Themse. Mehr und mehr Lichter spiegelten sich in ihrem trüben Wasser, als der Himmel von Schwarz in ein fahles Grau überging und immer heller wurde. Schon jetzt herrschte reger Betrieb auf dem breiten Fluss. Kleine Passagierboote kreuzten die Ruderboote der Händler, denen ein weiterer anstrengender Tag in dieser riesigen Stadt bevorstand.

Christopher hatte in der Nacht kein Auge zugetan, das Nötigste zusammengepackt und Miss Barnacles Haus noch vor Tagesanbruch verlassen. Mehr als ein Jahr war es sein Heim gewesen, jetzt stand er wieder einmal ganz am Anfang. Das konnte er Miss Barnacles Haushälterin nicht einmal verübeln. Wenn es einen Schuldigen an seiner Misere gab, dann war es Thurgood.

Er warf ein paar Steine in den müffelnden Fluss. Sobald es wärmer wurde, würde der Gestank wieder deutlich schlimmer werden. Doch Christopher hatte im Moment andere Sorgen. Wo sollte er jetzt hin? Zurück zu seinen Eltern? Ausgeschlossen. Die Blicke und Kommentare konnte er sich nur zu gut vorstellen. Er hatte es bis hierher geschafft, also würde er es auch weiterhin schaffen. Allerdings bestimmt nicht, wenn er weiter nur trübsinnig herumsaß und den Alten Vater Themse langweilte.

Als er die London Bridge erreichte, war der Tag angebrochen. Noch herrschte kein Gedränge, bald schon würde es hier aber vor Menschen wimmeln.

»Chris, so früh schon auf den Beinen?«

»Hallo, Pip.« Christopher schüttelte dem breit grinsenden Rotschopf die Hand. »Ein guter Tag für den Streichholzverkauf, was?«, meinte er nach einem Blick zum verhältnismäßig klaren Himmel. »Keine Regenwolke in Sicht.«

»Jeder Tag ist ein guter Tag für den Streichholzverkauf! Und was ist mit dir? Was macht die Schauspielerei?«

Normalerweise hätte es Christopher bei einigen Floskeln belassen und wäre weitergegangen, höchstwahrscheinlich mit einer weiteren Streichholzschachtel in der Tasche. Normalerweise verabredete er sich aber auch nicht mit einer Unbekannten an seltsamen Punkten in ganz London und dachte unablässig an sie, ohne es zu wollen, oder sie je gesehen zu haben. Normalerweise verlor er auch nicht aus heiterem Himmel sein Dach über dem Kopf. An diesem Tag war ganz und gar nichts wie sonst.

Kein Wunder, dass Christopher dem rothaarigen Verkäufer an diesem Morgen sein Herz ausschüttete. Das eine oder andere Detail Thurgood betreffend ließ er zwar aus, dennoch tat es gut, endlich mit jemandem darüber zu sprechen.

Als Christopher seine Geschichte beendet hatte, blickte Pip ihn nachdenklich an und kratzte sich am Ohr. In solchen Momenten sah er aus wie ein Nagetier. »Ein Mädchen also, ja?«, war das Erste, was er auf Christophers Erzählung erwiderte.

»Äh?«, erwiderte Christopher verdutzt. Hatte er ihm nicht gerade erzählt, dass er keine Bleibe mehr hatte? Dass er verfolgt worden war? »Ja, ja, Pip, ein Mädchen. Aber ...«

Pip hob eine Hand in die Höhe. »Was du brauchst, mein werter Freund«, flüsterte er verschwörerisch und beugte sich nah zu Christopher, »sind Streichhölzer! Die Damenwelt ist ganz verrückt danach.«

»Pip!«

»Was denn?« Der Ire hob beschwichtigend die Hände. »Ich versuche nur zu helfen.«

»Wenn du helfen willst, kannst du mir ja vielleicht sagen, wo ich jetzt schlafen soll«, entgegnete Christopher scharf. »Es zieht mich nicht gerade zu den Ratten in die Kanalisation, weißt du?«

»Du kannst bei uns wohnen. Sicher, viel Platz haben wir nicht, aber auf dem Boden werden wir durchaus eine freie Stelle für dich finden.«

»Das ist, äh, sehr lieb, Pip«, beeilte sich Christopher zu versichern. Bevor er dieses Angebot annahm, würde er es wohl doch im Untergrund versuchen. Pip schmiss für gewöhnlich einfach alles in den Topf, was er fand und Platz hatten sie in ihrem Verschlag auch nicht. »Ich hatte aber dann doch an etwas mehr Privatsphäre gedacht.«

Pip nickte. »Kein Problem. Und dieses Mädchen? Wo wohnt es?«

»Ich weiß es nicht.« Christopher seufzte. Mit Pip ein ernstes Gespräch führen zu wollen, schien doch keine so gute Idee gewesen zu sein.

»Ich bin eben neugierig. Ist schließlich das erste Mal, seit wir uns kennen, dass du etwas von einem Mädchen erzählst. Wie heißt sie eigentlich?«

»Christine. Aber sonst weiß ich so gut wie nichts über sie.«

Pip wirkte nachdenklich. »Christine, ja? Da kenne ich so einige. Das klingt ja alles ganz schön spannend. Wie in den Geschichten dieses Amerikaners ... wie hieß er noch gleich? Poo?«

»Poe.«

»Ja richtig, Poe. Gib mir Bescheid, wenn du ihren Nachnamen herausfindest, ja? Dann höre ich mich mal nach dieser geheimnisvollen Schönen um.«

Als Christopher den Weg nach Norden in Richtung Highgate einschlug, begleitete ihn eine Frage auf Schritt und Tritt.

Wieso gingen er und Pip eigentlich beide davon aus, dass sie schön war?

Highgate lag unter trüben Wolken. Hin und wieder fand es Christopher beruhigend, die allzu laute Stadt hinter sich zu lassen und in die Ruhe der ländlichen Vororte einzutauchen. Ein Händler hatte ihn ein Stück mitgenommen, andernfalls wäre es ihm nicht möglich gewesen, die beträchtliche Strecke zum Friedhof und zurück hinter sich zu bringen und trotzdem rechtzeitig zur Probe wieder im Theater zu sein. Nach seinem letzten Fauxpas musste er jetzt wirklich auf der Hut sein.

Um diese Uhrzeit war der Friedhof praktisch menschenleer. Nun gut, zumindest oberirdisch. Christopher gönnte sich einen kurzen Spaziergang durch diese stetig wachsende Totenstadt, bevor er zielstrebig die Egyptian Avenue ansteuerte. Sie war zweifellos der Höhepunkt und das größte Aushängeschild dieses Friedhofs. Wer hier begraben werden wollte, musste eine ordentliche Summe auf den Tisch legen, so viel stand fest.

Unauffällig schlenderte Christopher in Richtung der Egyptian Avenue, blickte immer wieder nach links und rechts. Nicht, dass er etwas Unrechtmäßiges tat. Er verspürte allerdings keinerlei Lust, Aufmerksamkeit auf sich zu ziehen.

Seine Vorsicht war unbegründet. Weit und breit war niemand zu sehen. Rasch untersuchte er die Säulen. Als er Christines Brief entdeckte, fiel ihm mehr als ein Stein vom Herzen. Rasch setzte er sich auf eine nahe Bank, um ihre Antwort zu lesen. Sein heftiges Herzklopfen dabei konnte er sich nicht genau erklären.

Seine Enttäuschung nach der Lektüre allerdings auch nicht. Wieso freute er sich darüber, dass sie etwa in seinem Alter war? Sonst gab es nämlich nicht viel Anlass zur Freude. Aber was hatte er auch erwartet? Einen Liebesbrief? Er schüttelte den Kopf über sich selbst. Sicher, das Ende war recht versöhnlich und mit ein wenig Fantasie gar reizend verfasst, doch der Rest war alles andere als freundlich.

Und was noch schlimmer war: Sie hatte das Päckchen offensichtlich geöffnet! Das machte die ganze Sache nur noch rätselhafter. Was sollte an einem Amulett so besonders sein? Und wie kam sie überhaupt dazu, das Paket zu öffnen? Hatte sie noch nie etwas von Vertraulichkeit gehört? Von Anstand? Und was sollte diese seltsame Zeichenkombination ganz am Ende des Briefes? War das irgendein Code?

Verwundert stellte Christopher fest, nach der anfänglichen Enttäuschung dennoch nicht wütend zu sein. Eher milde beeindruckt, wenn er es ehrlich zugeben wollte. Zudem schien sie ebenfalls eine Vertraute Thurgoods zu sein. War das nicht schon eine schöne Gemeinsamkeit? Er wischte den Gedanken beiseite und machte sich auf den langen Weg zurück in die Stadt. Wenn er sich beeilte, würde er noch vor der Probe heute Abend im Theater eine Antwort verfassen und sie am nächsten Punkt auf der Karte des Verborgenen hinterlegen können – dem Tower.

Er gestand es sich nicht ein, doch selbst für ihn als Kundigen der Verstecke, Schleichwege und unsichtbaren Winkel dieser Stadt, war die Angelegenheit ungemein spannend. Zumal diese Christine in ihrem Schreiben eindeutig eine Übergabe vorschlug. Und hieß das nicht, dass sie ihn kennenlernen wollte? Außerdem kannte er jetzt ihren vollen Namen. Und wenn es darum ging, die Geheimnisse dieser Stadt zu enträtseln, war auf Christopher mit seinen Quellen, Spitzeln und Vertrauten stets Verlass.

Das Princess's Theatre empfing ihn mit emsiger Betriebsamkeit.

»Hallo, Christopher«, begrüßte ihn Sally, die für Schminke und Kostümierung zuständig war. Er hatte immer das Gefühl, dass sie ihn besonders lange ansah. Doch was ihm normalerweise nicht unangenehm war, erschien ihm heute lästig. Er hatte einen Brief zu schreiben!

Christopher verkroch sich mit einer Lampe unter die Bühne, holte Papier und Stift heraus und begann mit leicht zitternder Hand zu schreiben.

Liebe Christine Beech,

bitte gestatte mir, diesmal zunächst die klangvolle Schönheit Deines Namens herauszuheben. Gewiss, ich will nicht aufdringlich sein, doch ein Name wie dieser rutscht besonders melodisch von der Zunge. Hiernach ist wohl eine Entschuldigung angebracht. Und obschon ich noch immer nicht weiß, weshalb Du das Paket zunächst an Dich genommen und dann auch noch geöffnet hast, so stimme ich Dir zu, dass es nicht länger Deine Angelegenheit sein soll. Ich weiß es sehr wohl zu schätzen, was Du bislang für mich getan hast, und werde nicht versäumen, es gebührend wiedergutzumachen.
Was die Übergabe des, wie Du in deinem Brief verrietst, Amuletts angeht, so würde ich aufgrund meiner derzeit leider etwas prekären Wohnsituation vorschlagen, Du gibst es im Princess's Theatre direkt auf der Oxford Street ab. Dort bin ich jeden Abend anzutreffen.
Du musst wissen, so gern ich Bote bin, umso lieber wäre ich Theaterschauspieler. Und derzeit unternehme ich jede Anstrengung, diesen Wunsch auch in die Wirklichkeit umzusetzen. Wer weiß, vielleicht wirst Du mich ja eines Tages auf einer der Bühnen der Stadt sehen? Ich würde mich freuen, Dich eines Abends als meinen Gast begrüßen zu dürfen.
Es sollte nicht allzu schwer sein, das Theater zu finden, immerhin ist das Antiquariat unseres gemeinsamen Freundes Thurgood in unmittelbarer Nachbarschaft. Übrigens ist es ebenjener Thurgood, weshalb ich diese ganze Mühsal auf meine und Deine Schultern lade. Er ist es, dem ich versprochen habe, das Päckchen zu verstecken.

Ich bin also nicht allzu sicher, wie er darauf reagieren würde, wenn er erführe, dass Du es geöffnet hast. Kann es sein, dass diese Christine Beech ein klein wenig neugierig ist?

Dein Christopher

P.S.: Dürfte ich mir die Dreistigkeit erlauben, Dich nach der Übergabe zum Essen einzuladen? Ich denke, das bin ich Dir schuldig, und ich kenne einen Ort, der Dir gewiss gefallen wird.

Christopher musste sich regelrecht zwingen, den Stift wegzulegen. Zu gerne hätte er Christine noch mehr von sich erzählt, sie noch mehr gefragt. Wenn er ihr schrieb, wurde er das merkwürdige Gefühl nicht los, ihr ganz nah zu sein. Und das ergab keinerlei Sinn. Erstens kannte er sie nicht und zweitens war dies erst der zweite ausführliche Brief an sie. Wer wusste schon, wer sie wirklich war? Vielleicht eine alte Jungfer, vielleicht ein Wahnsinniger unter falschem Namen?

Nein.

Obwohl er es nicht wissen konnte, war er sich sicher, war sogar felsenfest davon überzeugt, dass diese Christine etwas Besonderes war. Und sehr bald schon würde er es herausfinden.

Aus der Theaterverwaltung ließ er einen Umschlag mitgehen, faltete seinen Brief hinein und holte seinen Mantel. Den brauchte er eigentlich nicht, doch Christopher hatte sich so an das zerschlissene Stück gewöhnt, dass er sich ohne ihn nackt fühlte. Außerdem hatte der Mantel derart viele Taschen, dass er seinen halben Hausrat darin verstecken konnte.

»Oh, John?«, fing er seinen Schauspiellehrer ab, der gerade auf die Bühne wollte. Christopher beglückwünschte sich. John schien sehr gestresst, der Moment war also perfekt.

»Was ist denn, Christopher?«

»Meinst du, ich kann ein paar Tage im Theater unterkommen? Es gab da ein Problem mit meiner Vermieterin.«

»Du hast doch keinen Ärger?«

»Natürlich nicht.« Christopher setzte ein Lächeln auf. »Der Haushälterin passte mein Lebenswandel nicht, sozusagen.«

»Das kommt mir durchaus bekannt vor.« John lachte. »Sicher, kein Problem.«

»Vielen Dank, das rettet mir den Tag!« Christopher zog seinen Mantel an. »Bis später. Ich muss noch mal kurz weg.«

John winkte. »Einmal Bote, immer Bote, was?«

Wenn der wüsste.

In der *Illustrated London News* hatte Christopher kurz zuvor gelesen, dass mittlerweile mehr als zweieinhalb Millionen Menschen in dieser Stadt lebten. Heute, so schien es, waren sie alle am Tower. Seit Wochen war die Stadt außerdem mit Besuchern aus dem Ausland überfüllt, die die Weltausstellung sehen wollten und dabei natürlich auch den Rest der Stadt unter die Lupe nahmen. Noch im Mai hatte Christopher öfter den Touristenführer gespielt, war der Sache aber schnell überdrüssig geworden. Die meisten Besucher benahmen sich daneben, kritisierten alles und jeden oder waren ganz generell der Meinung, dass zu Hause alles besser und billiger war. Christopher hatte sich oft gefragt, warum sie überhaupt hierherkamen, und war schnell wieder zu den normalen Botengängen übergegangen.

Behutsam nahm er die Karte des Verborgenen aus einer der zahlreichen Innentaschen seines Mantels. Der Hinweis für die Nummer drei neben dem Tower lautete »Rabenbaum«. Christopher kannte die Legende von den Raben des Tower natürlich, weigerte sich aber, in ihnen ein schlechtes Omen zu sehen. Oder, besser gesagt: Er fand es überflüssig, einem Ort, der lange Zeit Gefängnis und Hinrichtungsort war, noch ein weiteres, wahrscheinlich künstlich erzeugtes schlechtes Omen zuschreiben zu wollen. Dieser Ort war auch so schlimm genug!

Er drückte sich an unzähligen Menschen vorbei, warf dem einen oder anderen Straßenverkäufer ein kurzes Lächeln zu und entdeckte Matthew Rogers unter ihnen. Matthew war einer der besten Händler auf Londons Straßen. Der hätte selbst einem Blinden ein Bild des Tower verkauft. Gerade versuchte er, mehr oder weniger frische Fische loszuwerden.

»Matthew!«, rief er und winkte. Zielstrebig steuerte er auf ihn zu. »Hast du einen Moment?«

»Für dich immer, Chris.« Matthew grinste breit. Allzu viele Zähne waren ihm nicht geblieben. Gesunde Ernährung war nicht für jeden erschwinglich. »Was kann ich tun?«

Christopher senkte die Stimme. Für seinen Geschmack waren hier viel zu viele Menschen. »Kannst du dich mal umhören, ob jemand eine Christine Beech kennt?«

»Christine Beech?«

»Psst, nicht so laut«, zischte Christopher. »Am besten diskret, wenn du verstehst.«

Matthew blickte wissend und klopfte sich gegen die Nase. »Verstehe. Wird gemacht!«

»Danke. Hast was gut bei mir. Lass mich wissen, wenn du etwas brauchst, ja?«

Christopher ließ den Verkäufer hinter sich zurück und schlüpfte durch den äußeren Ring ins Innere des Towers. Hier war es etwas ruhiger und er konnte sich ein wenig umsehen. Bäume gab es hier einige, allerdings war alles andere als klar, welcher von ihnen der »Rabenbaum« sein sollte.

Ein wütendes Krächzen ersparte ihm jede weitere Überlegung. Er blickte nach oben und sprang gerade noch rechtzeitig zur Seite, ehe sich zwei Raben auf ihn stürzen konnten.

»Was zum ...«, entfuhr es ihm, bevor er feststellte, dass sie es gar nicht auf ihn abgesehen hatten. Sie flogen etwas hinterher, das nur im ersten Moment wie eine menschliche Gestalt wirkte. Christopher lief es eiskalt den Rücken hinunter. War das etwa schon wieder ein Schatten gewesen? Ganz sicher konnte er nicht sein, sein galoppierender Herzschlag hingegen schien keine Zweifel daran zu haben.

Hatten die Raben ihn gerettet? Wohl doch kein so schlechtes Omen, befand er.

Christopher kletterte den Baum hinauf, deponierte den Brief zwischen den Zweigen, verdeckte ihn mit etwas Laub und sprang wieder hinunter. Ein kurzer Blick in alle Richtungen – nein, niemand schenkte ihm Beachtung.

»So langsam reicht es mir«, sagte er zu sich selbst, verließ den Tower, tauchte in der Menschenmenge unter und drängte sich, so schnell es ging, zur Oxford Street durch.

»Da bist du ja endlich«, rief ihm John Ryder vor dem Theater entgegen. Christopher hatte es gerade noch rechtzeitig geschafft. Irgendwo in London musste es etwas umsonst geben, anders waren die vollgestopften Straßen nicht zu erklären.

»Ganz London ist auf den Beinen«, begann Christopher. Dann bemerkte er Johns Blick. »Ist etwas?«

»Nun ja, ich glaube nicht … aber seit einer Stunde sitzt ein sehr seltsamer alter Mann im Theater und will dich sehen. Er sagt, es sei dringend.«

Thurgood! Was der wohl wollte?

»Christopher, mein Junge«, begrüßte ihn der Antiquar. Mühsam stand er auf und wackelte auf Christopher zu. Er sah furchtbar aus! Noch dünner, ausgemergelter und müder als beim letzten Mal.

»Ich habe erfahren, was bei Miss Barnacle passiert ist, und wollte mich in aller Form dafür bei dir entschuldigen. Es ist alles meine Schuld!«

Eigentlich hatte der alte Mann recht. Doch es war Christopher unmöglich, ihm böse zu sein. Nicht bei seinem Zustand! »Unsinn, Mister Thurgood, ich hätte es ja nicht auf mich nehmen müssen.«

»Dennoch: Das ist unverantwortlich, und ich werde tun, was ich kann, um deinen Schaden zu ersetzen. Brauchst du eine neue Bleibe?«

Christopher blickte zu John hinüber, der gerade die Post durchsah. »Ich denke, in der nächsten Zeit kann ich hierbleiben.«

Thurgood nickte und sah sich um. »Gut, gut. Das wolltest du ja immer, nicht wahr? Schauspieler werden.«

Waren das etwa Tränen in den Augen des Antiquars? In Momenten wie diesen kam ihm Thurgood wie ein Großvater vor. »Ganz richtig, Mister Thurgood«, meinte er unbeholfen. »Vielleicht schaffe ich es ja.«

»Das wirst du, Junge. Kann ich denn irgendetwas für dich tun?«

Am liebsten hätte Christopher seinen alten Freund nach Christine gefragt. Immerhin schien Thurgood sie zu kennen. Er wusste, wie sie aussah. Was sie machte. Mit einiger Mühe verkniff er es sich. Thurgood hatte mehr als einmal betont, dass er aus dieser Sache herausgehalten werden sollte. Außerdem hatte Christine ja ein Treffen vorgeschlagen. Er würde also sehr bald mit eigenen Augen sehen, wie sie aussah.

»Etwas wäre da vielleicht schon«, begann Christopher zögerlich.

»Raus mit der Sprache, mein Junge.«

»Nun, da wäre diese Whiskyflasche, die ich nicht zustellen konnte ...«

»Ah, gewiss.« Thurgood fummelte in seiner Westentasche herum und ließ einige Münzen in Christophers Hand fallen. »Hier, das müsste reichen.« Er zwinkerte ihm zu. »Wenn etwas übrig bleibt, möchte ich nichts davon wissen. Ach, Christopher, du weißt gar nicht, wie sehr du mir hilfst.«

»Danke, aber …«, begann Christoper.

»Kein Aber. Und nun störe ich nicht länger. Ich hörte, die Probe beginnt gleich.«

An diesem Abend lief es besser als das letzte Mal. Es lief sogar so gut, dass Christopher nach der Probe von John beiseite genommen wurde. »Sag mal«, begann John, »könntest du dir vorstellen, bei der nächsten Premiere eine kleine Rolle zu übernehmen?«

»Ist das dein Ernst?« Christopher traute seinen Ohren kaum.

John winkte ab. »Na ja, nichts Großes, nur ein Räuber, der seine Beute in einem kurzen Fechtkampf verteidigen muss.«

»Nichts Großes?« Christopher strahlte. »Das ist das Beste, was mir in letzter Zeit passiert ist!«

»Na dann.« John reichte ihm einige Seiten Text. »Übe das. Die Premiere ist schon diesen Freitag.«

Und zum ersten Mal seit der Nacht, in der er verfolgt worden war, hatte Christopher das Gefühl, dass endlich alles gut werden würde.

Christine

Kann es sein, dass diese Christine Beech ein klein wenig neugierig ist?«

Christine äffte den Satz aus Christophers Brief nach, während sie ihr Mountainbike an eine Laterne schloss. Zugegeben, er hatte sehr nett geschrieben – wenn es auch, wie jedes Mal, irgendwie verstaubt klang. Doch sie konnte es nicht ausstehen, wenn man sie behandelte wie ein Kind, und dieser Satz klang schon sehr danach. Nicht einmal der alte Thurgood sprach so mit ihr. Er nahm sie ernst und behandelte sie wie eine Erwachsene. Deshalb fühlte sie sich so wohl bei ihm.

Christine ging suchend an der Ladenzeile entlang, in deren Nähe sie das Princess's Theatre vermutete. Christopher hatte geschrieben, es sei in unmittelbarer Nachbarschaft des Antiquariats, weshalb sie sich nicht die Mühe gemacht hatte, die genaue Adresse zu googeln. Zwar hatte sie noch nie von einem Princess's Theatre gehört, aber so ein Theater musste ja zu finden sein.

Sie ging die Straße auf und ab, an Schaufenstern entlang, umrundete einmal den gesamten Häuserkomplex und versuchte es sogar in einer kleinen Seitengasse. Hier gab es kein Princess's Theatre. Dann musste jetzt wohl doch Google helfen.

Christine runzelte die Stirn. Wikipedia sagte ihr, das Haus hätte 1902, nach seinem letzten, großen Theatererfolg, endgültig geschlossen und würde jetzt einen großen Plattenladen beherbergen.

Dass das Internet recht hatte, wurde Christine klar, als sie den Kopf hob und direkt vor dem HMV Plattenladen stand, den sie auf dem Display ihres Smartphones abgebildet sah.

»Scheiße, scheiße, scheiße ...«, fluchte sie. »Jetzt ist es aber genug ... ich hab die Schnauze gestrichen voll. So ein ätzender kleiner ... aaaaaah ...«

Christine stampfte mit dem Fuß auf, wie sie es zuletzt mit elf Jahren getan hatte.

Sie steckte das Telefon in die Innentasche ihres Parkas und fühlte dabei die Schachtel mit dem Amulett, die sie gleich loszuwerden gehofft hatte. Wenn sie ehrlich war, war sie hauptsächlich deshalb so enttäuscht, weil sie wegen des Treffens mit Christopher ein wenig nervös gewesen war. Aus unerfindlichen Gründen hatte sie in der Nacht davor von ihm geträumt und sich seitdem ununterbrochen vorgestellt, wie ihre erste Begegnung wohl verlaufen würde.

Und jetzt stand sie vor einem Plattenladen.

Herzlichen Dank, Christopher Blackpool, du Vollidiot!

Was sollte sie jetzt tun? Sie wollte sich endlich dieses Amulett vom Hals, beziehungsweise aus der Tasche schaffen. Spätestens jetzt war auch klar, dass dieser Typ sie komplett verarscht hatte. Dumm nur, dass er vorher nicht besser recherchiert hatte. Sonst hätte er wissen müssen, dass es das Theater schon lange nicht mehr gab und sein Spiel damit auffliegen würde.

Christine fiel es schwer, ihre Emotionen einzuordnen. Sie war wütend, gleichzeitig beschlich sie auch eine leise Enttäuschung. Aus irgendeinem Grund hatte sie gehofft, diesem Christopher bei ihrer ersten Begegnung zu gefallen.

Sie schob den Gedanken weit von sich, ließ ihr Mountainbike stehen und ging zu Fuß Richtung Antiquariat.

Die Türglöckchen bimmelten lustig auf sie herunter, als sie die Tür öffnete und den staubigen Laden betrat.

Thurgoods schlurfende Schritte wurden lauter. Als er um die Ecke kam, fiel ihm sein Monokel aus dem Auge. Er sah sie an und lächelte: »Aaah, kleine Miss, was für eine freudige Überraschung. Wie geht es dir heute?«

»Hallo, Mister Thurgood«, grummelte Christine. »Ganz gut, danke. Und selbst?«

»Wie soll es einem alten Kauz wie mir schon gehen?« Thurgood winkte ab. »Jeder Tag, an dem ich mich schmerzfrei bewegen kann, ist ein Geschenk, für das ich dankbar bin. Mehr erwartet man in meinem Alter nicht mehr. Aber sage mir, kleine Miss: Warum schaust du so griesgrämig drein? Ist etwas passiert? Hat dich jemand geärgert?«

»Nein, nein, alles okay, Mister Thurgood.« Christine schüttelte den Kopf.

»Nun denn, was liegt dir dann auf dem Herzen? Ich weiß, ich bin ein alter Greis und ihr jungen Leute redet lieber unter euresgleichen, aber vielleicht kann ich ja helfen? Immerhin kann ich mit einiger Lebenserfahrung aufwarten. Manchmal hilft das.«

Thurgood legte den Kopf schief und sah Christine so erwartungsvoll an, dass die Worte mit einem Mal aus ihr heraussprudelten. »Es ist wegen Christopher. Christopher Blackpool.«

Christine machte eine Pause, um dem alten Buchhändler die Möglichkeit zu einer Antwort zu geben.

Doch der sagte: »So so … es geht also um einen jungen Mann. Das hätte ich mir denken können. Ein so hübsches, junges Ding wie du kann in der Männerwelt nicht ewig unerkannt bleiben.«

Christine stutzte. Hatte dieser Christopher nicht geschrieben, Thurgood sei ein alter Freund, für den er all diesen Stress auf sich nahm? Der alte Antiquar sah im Moment nicht so aus, als käme ihm der Name bekannt vor.

Andererseits … natürlich … Wahrscheinlich war auch das gelogen, genau wie die Sache mit dem Princess's Theatre. Dieser Typ hatte sie einfach nur auf den Arm genommen und sie dumme Kuh war darauf reingefallen. Aber wofür das alles? Woher kam das Amulett unter dem Dielenbrett und wer schlich außer ihr noch heimlich in Thurgoods Allerheiligstem herum?

»Kleine Miss? Hast du mich verstanden?« Thurgood unterbrach ihr Gedankenwirrwarr.

»Entschuldigen Sie, Mister Thurgood«, stammelte sie. »Was haben Sie gesagt?«

»Ich habe gefragt, was er angestellt hat, dieser Christopher? Warum bist du so aufgebracht? Denn dass du dich ärgerst, sehe ich dir an der Nasenspitze an.«

»Also …« Christine atmete tief durch. »Es ist so, Mister Thurgood … Sind Sie wirklich sicher, dass Sie Christopher Blackpool nicht kennen?«

Der Alte runzelte die Stirn und das Monokel, das er in der Zwischenzeit wieder in sein linkes Auge geklemmt hatte, fiel erneut heraus. Thurgood fing es mit einer Geschicklichkeit auf, die Christine ihm niemals zugetraut hätte, und steckte es in die Tasche seiner zerschlissenen Weste, bevor er antwortete: »Ich? Woher sollte ich deinen Christopher kennen? Geht ihr zusammen zur Schule? Außer dir kommen doch kaum junge Leute hierher …«

»Aber er hat gesagt, er kennt Sie, Mister Thurgood. Und ich habe etwas gefunden … also …« Christine hielt den Atem an. Der Moment der Beichte war gekommen und sie hatte nicht die leiseste Ahnung, wie Thurgood reagieren würde. Sie nahm all ihren Mut zusammen und sprach weiter: »Ich habe eine kleine Schachtel gefunden. Hier im Laden. Im ersten Stock hinter dem zweiten Buchregal, unter einem losen Dielenbrett. Ich wollte sie nicht mitnehmen, aber dann … dann ging alles so schnell und ich hatte sie plötzlich in der Tasche. Als ich sie am nächsten Tag wieder zurücklegen wollte, lag unter der Diele ein Brief von Christopher …«

Der Antiquar unterbrach sie: »Zurücklegen? Am nächsten Tag? Soweit ich mich erinnere, habe ich dich nur ein Mal mit nach oben genommen, um dir meine Schätze zu zeigen … ach richtig, du warst noch ein zweites Mal dort oben, als du dein

Telefon gesucht hast. Aber das waren doch höchstens zwei Minuten? «

»Also, Mister Thurgood, es ist so …« Christine blickte betreten zu Boden. »... ich war noch einmal alleine im ersten Stock. An dem Tag, an dem ich Ihnen die Cupcakes gebracht habe.«

Sie hörte, wie der Antiquar scharf die Luft einsog, und wagte kaum, ihn anzusehen. Als sie langsam den Kopf hob, sah sie, dass der alte Mann seine Stirn in tiefe Falten gelegt hatte.

»Es tut mir leid, Mister Thurgood, ich wollte nicht …«, begann Christine, doch der Buchhändler brachte sie mit einer Handbewegung zum Schweigen.

»Es ist mir egal, was du wolltest, Christine.« Diesen scharfen Ton kannte sie nicht und sie konnte sich auch nicht erinnern, wann er sie das letzte Mal mit ihrem Namen angesprochen hatte. »Tatsache ist, dass der erste Stock mein Allerheiligstes ist, und du mir gerade erklärst, dass nicht nur du heimlich dort oben herumschleichst, sondern ganz offensichtlich auch dein kleiner Freund, dieser Christopher. Ich bin ganz und gar nicht erfreut, dass ihr euch so über meine Anordnungen hinwegsetzt und meine Wünsche in keiner Weise respektiert. Habt ihr überhaupt eine Ahnung, was für Schätze dort oben herumstehen? Der erste Stock ist doch nicht aus Willkür und Tollerei für den Publikumsverkehr gesperrt.«

Der Alte steigerte sich immer mehr in seinen Ärger hinein und Christine fand keine Möglichkeit, irgendwo einzuhaken oder ihn zu unterbrechen.

Irgendwann fiel sie ihm einfach ins Wort. »Bitte, Mister Thurgood, es tut mir wirklich leid. Ich wollte das nicht. Und ich wusste auch nicht, dass Christopher das heimlich getan hat. In seinem Brief klang es, als würden Sie ihn kennen. Hier … das Amulett …« Christine holte das kleine Kästchen aus ihrer Jackentasche und legte es auf den mit Büchern beladenen Tisch im Verkaufsraum. »Machen Sie damit, was Sie wollen. Ich wollte es ja gar nicht stehlen. Und diesen Christopher gibt es wohl so wenig wie das blöde Princess's Theatre, zu dem er mich geschickt hat.«

In ihrer Enttäuschung begann Christine zu weinen. Thurgoods Blick wanderte zwischen ihr und der Schatulle hin und her. Es war ihr unmöglich zu deuten, was der alte Mann dachte.

»Es ist besser, du gehst jetzt, Christine«, sagte er plötzlich. »Ich gebe zu, ich bin ein wenig aufgebracht von alldem, was du mir erzählt hast, und würde gerne meine Gedanken in Ruhe sammeln. Danach entscheide ich, was zu tun ist und welche Konsequenzen ich ziehen werde.«

Christine erschrak. Thurgood hatte sie noch nie aus dem Laden geworfen, doch das hier war ja wohl ein glatter Rausschmiss.

Sie wischte die Tränen ab und stand auf. Auf dem Weg zur Tür drehte sie sich noch einmal um. »Es tut mir wirklich leid, Mister Thurgood. Ich wollte Sie nicht anlügen. Das müssen Sie mir glauben. Es ging nur alles so schnell und dann wusste ich nicht mehr, wie ich ...«

»Schon gut«, unterbrach der Alte sie. »Geh jetzt. Ich möchte für heute nichts mehr darüber hören.«

Christine nickte, flüsterte ein tränenersticktes »Wiedersehen, Mister Thurgood« und verließ den Buchladen. Die Glöckchen über der Tür bimmelten wieder vergnügt, doch Christine hätte sie in diesem Moment lieber durch die tiefe Glocke des Big Ben ersetzt. Die passte im Augenblick wesentlich besser zu ihrer Stimmung.

Draußen lief sie zu ihrem Mountainbike, löste die Kette von der Laterne und schlug den direkten Weg Richtung Kensington ein. Sie wollte bei all dem Ärger nicht schon wieder ein Training verpassen und den Tag noch schlimmer enden lassen, als er ohnehin schon war.

»Christine, denkst du, du könntest deine Gedanken wenigstens mal zwei Sekunden lang so ordnen, dass du die Moves in der richtigen Reihenfolge hinkriegst?« Tessa klang genervt. »Sixstep, Babyfreeze, hoch und Battlestyle ... das sind Basics. Es kann echt nicht so schwer sein, sich das zu merken.«

»Sorry, Tess.« Christine schüttelte den Kopf. »Heute ist nicht mein Tag. War klar mein Fehler. Kommt nicht mehr vor.«

Tessa stemmte die Hände in die Hüften und ihre Stimme wurde wieder zu der leisen, gefährlichen Waffe, die Christine einer Schlange zuordnen würde: »Du hast im Moment auffallend viele schlechte Tage, meine Liebe. Entweder du erscheinst gar nicht oder du gehst mitten im Training. Und wenn du doch mal anwesend bist, dann bist du unkonzentriert und bringst die ganze Gruppe durcheinander. Wenn ich ehrlich bin, ist die Tatsache, dass wir dich noch nicht hochkant rausgeworfen haben, nur dem Umstand geschuldet, dass du unser bestes Pferd im Stall bist und wir nur ungern ohne dich bei der Auswahl antreten würden. Aber eins sag ich dir: Wenn du es versaust und ich deinetwegen nicht bei den Landesmeisterschaften sitze, dann brauchst du dich hier nicht mehr blicken zu lassen, ist das klar?«

Das war Tessas Stunde. Sie liebte es, ihre Macht als Assistentin Matthews, des Trainers, auszukosten, wenn er nicht da sein konnte und die Mädchen alleine trainieren ließ. Und Christine war ihr ohnehin ein Dorn im Auge. Warum, wusste niemand genau und Christine nahm wie der Rest der Gruppe an, dass Tessa einfach eifersüchtig war, denn Christine wurde aufgrund ihrer Leistungen oft hervorgehoben und besonders gefördert.

Der Rest der Gruppe schwieg betreten, während Tessa Luft holte, um Christine eine neue Ladung Vorwürfe um die Ohren zu knallen.

Plötzlich trat Alexa aus der Gruppe und baute sich vor Tessa auf. »Bist du jetzt fertig? Wir können unsere Zeit auch weiterhin mit sinnlosen Diskussionen vergeuden oder einfach weitermachen. Christine ist vielleicht im Moment nicht ganz auf der Höhe, aber das ist ihr ja wohl auch mal erlaubt. Dass hier vom Rest der Mannschaft dauernd irgendwer krank, verletzt oder anderweitig beschäftigt ist, stört dich ja auch nicht. Wir konnten uns bisher immer auf Christine verlassen und ohne sie würde der ein oder andere Pokal hier nicht im Regal stehen, also lass einfach mal die Kirche im Dorf und spiel dich nicht so auf, ja? Und ganz nebenbei: Wer hier rausfliegt, bestimmst nicht du, sondern Matthew.«

Tessa schleuderte Alexa einen giftigen Blick entgegen und setzte zu einer zickigen Antwort an. Doch dann überlegte sie es sich anders: »Gut. In Ordnung. Machen wir weiter. Grundaufstellung bitte …«

Als Christine sich neben Alexa in die Reihe stellte, flüsterte sie: »Danke, Lex. Das war echt cool.«

Doch Alexa verzog keine Miene. Stattdessen zischte sie nur: »Bitte. Wir reden nachher.«

Christine bemühte sich, ihre Gedanken auf das Tanzen zu konzentrieren, und sowohl Christopher, als auch Mister Thurgood, das Amulett und all die merkwürdigen Vorkommnisse der letzten Tage auszublenden. Sie schaffte es tatsächlich, das Training einigermaßen fehlerfrei zu beenden, und fühlte sich auf dem Weg zur Dusche wie befreit. Früher war es immer ein positiver Nebeneffekt gewesen, dass sie sich den Kopf regelrecht freitanzen konnte. Sie verstand gerade selbst nicht, was in den letzten Tagen mit ihr los war.

Während die anderen in die Duschen stürmten, zog Alexa Christine plötzlich in der Umkleidekabine zur Seite. »Kannst du mir jetzt verdammt noch mal endlich sagen, was mit dir los ist? Und ich warne dich: Wenn du mich wieder mit irgendeiner schwachsinnigen Ausrede hinhältst, war es das letzte Mal, dass ich dich bei Tessa rausgehauen hab.«

Christine ließ sich auf die alte Holzbank fallen und seufzte. »Ehrlich, Lex, ich würde es dir sagen, wenn ich es so genau wüsste.«

»Was ist das für ein Mist, den du hier verzapfst? Was heißt, wenn du es wüsstest? Leidest du unter Amnesie, oder was?« Alexa ließ nicht locker.

»Nein, aber das Problem ist, dass ich da in eine komische Sache reingeraten bin und nicht weiß, was ich davon halten soll. Es fing an, mit diesem Brief von einem Christopher ... wobei ... eigentlich schon vorher ...«

»Christopher?« Alexa quietschte und ihr Ärger schien von einer Sekunde auf die andere vergessen. »Ich hab's gewusst! Ich wusste, dass da ein Kerl dahintersteckt, sonst wärst du nicht so abwesend gewesen. Los, erzähl! Wer ist er, woher kommt er, geht er auf unsere Schule?«

Christine traute ihren Ohren nicht. Sie war gerade dabei, ihrer besten Freundin das Herz auszuschütten, und die hörte, wie immer, nur, was sie hören wollte. Christine reichte es für heute. Andererseits ... war diese Sache mit dem Amulett nicht ohnehin zu absurd und war es nicht genug, dass Mister Thurgood sauer auf sie war? Sollte Alexa doch bei ihrer fixen Idee bleiben, dass Christine sich verliebt hatte. Dann fragte sie schon nicht mehr dauernd nach und Christine musste sich nicht ständig lästige Ausreden einfallen lassen.

»Hör zu, Lex, ich kenne Christopher noch nicht. Wir haben uns ein-, zweimal geschrieben, mehr nicht. Ich gebe zu, ich finde ihn jetzt schon wahnsinnig süß, weiß aber noch nicht mal, wie er aussieht. Okay?« Christine hoffte, ihre Freundin damit besänftigt zu haben, und ihr Plan schien aufzugehen.

Alexa grinste breit. »Was? Wie cool ist das denn? Dann könnt ihr ein Blind Date ausmachen ... Okay. Für dieses Mal lasse ich's gut sein, aber sobald du mehr über ihn weißt, will ich alles bis ins kleinste Detail wissen, verstanden?«

»Aye, Sir.« Christine stand auf, salutierte, hakte Alexa unter und verschwand mit ihr in Richtung Dusche.

Als sie eine gute Stunde später mit nassen Haaren zu Hause ankam, öffnete ihre Mutter bereits die Tür, bevor Christine sie erreicht hatte.

»Hey, Mum …«, rief sie.

»Hallo, Schatz«, antwortete ihre Mutter. Ihre Perlenohrringe standen einmal mehr in perfektem Kontrast zu ihren zerrissenen Jeans und dem lässigen, weißen Oversized-Herrenhemd, das sie darüber trug.

»Ist was?«, fragte Christine irritiert, während sie ihr Mountainbike abstellte.

»Ich bin nicht sicher. Mister Thurgood hat angerufen.« Christine konnte den Unterton in der Stimme ihrer Mutter nicht zuordnen und machte sich auf das Schlimmste gefasst. Na wunderbar. Hätte er das nicht mit ihr selbst klären können, anstatt gleich ihre Eltern anzurufen und sich über sie zu beschweren?

»Er klang irgendwie sehr aufgeregt und bat mich, dir auszurichten, du solltest so schnell wie möglich bei ihm vorbeikommen. Ist irgendetwas passiert?«

Christine war verdutzt und erleichtert zugleich. Thurgood wollte sie sehen und hatte sich gar nicht bei ihrer Mutter beschwert. Was konnte er nur wollen?

»Keine Ahnung, Mum, aber dann fahre ich gleich noch zu ihm rüber, wenn das okay ist? Ich hab nur unglaublichen Kohldampf und falle tot um, wenn ich nicht vorher etwas zu essen bekomme.«

»Trifft sich gut. Ich hab gerade Paella für heute Abend vorgekocht. Ich nehme an, du bist dann ohnehin nicht da zum Abendessen, weil du dich wieder mit dem alten Kauz verquatschst, also kannst du deine Portion genauso gut gleich essen.«

Nicht einmal dreißig Minuten später preschte Christine wieder in halsbrecherischem Tempo mit ihrem Mountainbike durch den Hyde Park und kam weitere zwanzig Minuten später vor Mister Thurgoods Antiquariat zum Stehen. Sie schloss ihr Fahrrad an und umrundete das Haus bis zur Hintertür des Buchladens.

»Mister Thurgood?«, rief sie, als sie klopfte und erstaunt feststellte, dass die Tür bereits einen Spalt offen stand. Sie schlüpfte hinein und rief noch einmal: »Mister Thurgood? Sind Sie da?«

»Hier bin ich, kleine Miss, hier bin ich«, hörte sie die Stimme des alten Mannes aus seinem Hinterzimmer.

Immerhin nennt er mich schon wieder ›kleine Miss‹, dachte sie bei sich, als sie den schummrigen Raum betrat und lautstark von Lancelot begrüßt wurde, der in seinem Käfig saß und auf einer Erdnuss herumbiss.

»Hallo, Mister Thurgood«, sagte Christine kleinlaut.

»Da bist du ja ...« Der Antiquar schien gleichermaßen aufgeregt und abwesend zu sein. Er war vertieft in ein zerfleddertes Notizbuch, das vor ihm auf dem Schreibtisch lag. »Als du weg warst heute Mittag ...«, begann er, »... da ist mir etwas eingefallen, denn deine bruchstückhafte Geschichte kam mir merkwürdig fremd und doch bekannt vor. Den ganzen Nachmittag haben meine grauen Zellen gearbeitet und ich habe überlegt, wo ich schon einmal von einer solchen Sache gehört hatte ... und dann ist es mir eingefallen ...« Er deutete auf das Notizbuch, das vor ihm lag und uralt zu sein schien. »Hier, kleine Miss, sieh nur. Das ist ein altes Notizbuch von Aelfred C. Thurgood.«

»Das sind Sie«, antwortete Christine, die keine Ahnung hatte, worauf der alte Buchhändler hinauswollte.

»Fast, kleine Miss, fast. Mein Name ist Alfred. Ich bin nach einem meiner Vorfahren benannt. Nach Aelfred C. Thurgood. Unsere Namen sind beinahe gleich. Nur fehlt in meinem das ›e‹ der gälischen Schreibweise.«

Thurgood kicherte und Christine grinste. Würde sie ihn nicht schon so lange und so gut kennen, wäre er ihr in solchen Momenten immer ein wenig unheimlich, weil man denken könnte, er hätte nicht alle Tassen im Schrank.

»Und dieses Buch gehörte Ihrem Vorfahren?«, kombinierte Christine.

»Exakt«, antwortete der Alte. »Und sieh nur, was ich hier gefunden habe …«

Thurgood hob das Notizbuch hoch und Christine erkannte eine Zeichnung. Sie zeigte eins zu eins das Amulett, das Christine in der Schatulle unter der Diele gefunden hatte und das jetzt auf Thurgoods Schreibtisch lag.

»Aber wie kann das …« Christine verstand gar nichts mehr. Diese ganze Geschichte wurde für sie immer undurchsichtiger und sie erkannte keinerlei Zusammenhänge mehr.

»Ich weiß es nicht, kleine Miss, ich weiß es nicht.« Thurgood schüttelte den Kopf. »Aber offenbar hast du etwas gefunden, das schon sehr, sehr lange unter dieser Diele versteckt liegt.«

»Aber Christopher … und die Briefe …« Christine wurde schwindelig.

»Hier liegt ein kleiner Zettel im Buch. Eine Nachricht, an meinen Vorfahren Aelfred. Auch unterschrieben von einem Christopher. Sieh mal …«

Thurgood hob ihr einen kleinen, schmuddeligen Zettel unter die Nase, und als Christine ihn auffaltete, drehten sich die Buchstaben vor ihren Augen.

In Christophers unnachahmlicher Handschrift stand dort:

Mister Thurgood,
ich habe Sie leider nicht angetroffen. Die Lieferung liegt hinter dem Haus, wie immer.
Bis bald, Ihr ergebener Christopher.

Christine wurde schlecht und sie ließ sich in den Ohrensessel fallen, der dicht hinter ihr stand. Den vergilbten Zettel in der Hand, starrte sie Thurgood an und versuchte, ihre zitternden Hände vor ihm zu verstecken.

»Was ist los, kleine Miss? Geht es dir nicht gut?« Auch er schien nervös zu werden.

»Mister Thurgood, das ist eindeutig die Handschrift von dem Christopher, der die Briefe an mich geschrieben hat.«

»Welche Briefe?« Thurgood schien verwirrt. »Ich dachte, es gab nur eine Notiz unter der Diele? Ich ging davon aus, dass sie bereits zusammen mit dem Amulett dort lag und du sie beim ersten Mal nur übersehen hattest.«

»Nein, es gab noch mehr Briefe. An mich adressiert und an mich geschrieben.« Christine starrte den alten Mann an.

»Sei vernünftig, kleine Miss.« Thurgood schüttelte den Kopf und nahm das Monokel aus dem Augenwinkel. »Wie sollte er dir Briefe schreiben können, wenn er das bereits Achtzehnhundertirgendwas bei meinem Vorfahren getan hat? Das Einzige, was dieser Christopher heute noch tut, ist, die Würmer zu füttern und die Flöhe von unten husten zu hören.«

Christine holte den dicken Umschlag mit Christophers letztem Brief und der Karte des Verborgenen aus ihrer Jackentasche und warf ihn Thurgood auf den Tisch. Der zog die groben Papierbögen aus dem Umschlag, faltete sie auseinander und runzelte die ohnehin faltige Stirn, während er sein Monokel wieder ins Auge zwickte und eine Seite nach der anderen studierte.

Die Zeit kam Christine schier unendlich vor, bis er sich zu ihr umdrehte. »Nun, kleine Miss. Ich würde sagen, da hat sich irgendjemand einen bösen Scherz mit dir erlaubt.«

»Woraus schlussfolgern Sie das?« Langsam fand Christine Gefallen an diesem Krimi.

»Nun, es ist doch ganz einfach: Ein Kerl namens Christopher schreibt dir Briefe in einer ähnlichen Handschrift wie die des

Christophers von Achtzehnhundertirgendwas. Leider können die Briefe nicht vom tatsächlichen Christopher sein, denn der hat längst das Zeitliche gesegnet. Also müssen wir davon ausgehen, dass du einem Schwindel aufgesessen bist, und dieser jemand, der die Briefe schreibt, nicht nur den Namen, sondern auch die Handschrift des alten Christophers genau kopiert hat.«

»Das klingt super, Mister Thurgood.« Christine nickte und der Alte schien sich ein wenig im Glanz seiner Spürnase zu sonnen, die wohl seiner Meinung nach auch einem Sherlock Holmes Ehre gemacht hätte.

»Leider gibt es da einen Haken ... wenn nicht sogar mehrere ...«, fuhr Christine fort, und die Mimik des Antiquars wechselte von Enttäuschung zu Überraschung und zurück zu Enttäuschung.

»Welcher sollte das nun sein, kleine Miss?«, fragte er gespannt. Man sah ihm an, dass dieses Ratespiel auch ihn fesselte.

»Na ja, überlegen Sie doch mal ... Warum sollte das, erstens, jemand tun? Was hat er davon? Woher sollte, zweitens, jemand davon wissen? Also von dem Amulett unter der Diele? Ich hab es auch nur durch Zufall entdeckt. Und warum sollte er mir, drittens, sagen, ich solle es zum Princess's Theatre bringen, wenn es gar kein Princess's Theatre mehr gibt? Damit ist doch seine Geschichte geplatzt ...« Christine verstummte.

Thurgood nahm das Monokel aus dem Auge, steckte es in die Tasche seiner Weste und kratzte sich am Ohr. »Du hast recht, kleine Miss. So ungern ich es zugebe. Das ergibt wirklich alles keinen Sinn. Aber was, denkst du, steckt dann dahinter? Dieser Brief ist ja tatsächlich an dich gerichtet.«

Christine wusste nicht, wie sie formulieren sollte, was sie als Nächstes sagen wollte, und suchte krampfhaft nach Worten. »Mister Thurgood ... denken Sie, es wäre möglich ... dass ... also, dass das Princess's Theatre in Christophers Welt noch existiert?«

»Ich verstehe nicht, was du meinst, kleine Miss. Das Princess's Theatre wurde 1902 geschlossen. Nicht einmal ich habe das noch miterlebt. Und das will etwas heißen. Oder willst du mir damit sagen, dass dieser Kerl, der sich als Christopher ausgibt, nicht ganz richtig im Kopf ist und denkt, er lebt in einer anderen Zeit?«

»Nein …« Christine war nachdenklich. »Genau das meinte ich eben nicht. Was, wenn der tatsächliche Christopher diese Briefe geschrieben hat?« Sie schüttelte den Kopf, als wollte sie eine lästige Fliege vertreiben und räumte dann ein: »Nein. Sie haben recht. Das ist vollkommen absurd.«

»Womit habe ich recht?«, fragte Thurgood erstaunt. »Ich habe diesbezüglich noch gar keine Überlegungen angestellt. Jedoch muss ich dir sagen: Ich bin deiner Meinung. Es ist zu absurd.«

Einen kurzen Moment war es still im Hinterzimmer des Antiquariats. Sogar Lancelot schien eine nachdenkliche Miene aufgesetzt zu haben.

»Und wenn doch?« Christine wusste, dass es zu verrückt klang, aber es war die einzige Erklärung, die Sinn machte und bei der alles zusammenpasste.

»Was meinst du, kleine Miss? Du willst sagen, dass du denkst … du denkst, der tatsächliche Christopher … er schreibt dir Briefe aus einer anderen Zeit? Aus dem neunzehnten Jahrhundert?« Thurgood lachte. »Bei Gott, ich habe dich zu viele Krimis und fantastische Geschichten lesen lassen. Nein, das halte ich für unmöglich, kleine Miss.«

Christine dachte nach und plötzlich kam ihr eine Idee. »Ich werde es einfach testen, Mister Thurgood.« Christine stand auf.

»Und wie gedenkst du, das zu tun?« Thurgood beugte sich vor und schien vor Spannung zu platzen.

»Ich werde meinen nächsten Brief am nächsten Punkt auf dieser Karte hinterlegen und Christopher um ein Treffen bitten. Er wollte mich doch sowieso zum Essen einladen. Und dann werden wir sehen, was passiert.« Christine riss eine Seite aus einem Schreibblock auf Thurgoods Schreibtisch und kritzelte darauf:

Christopher,

sorry, ich bin in Eile. Können wir uns treffen?
Am Freitag um fünf Uhr nachmittags?

Sie hielt inne.

»Mister Thurgood, was ist ein guter Ort, den es damals schon gab und heute auch noch? Ein Ort, an dem es viele Menschen gibt, damit es für mich nicht gefährlich wird, falls der Christopher aus meinen Briefen doch ein Spinner ist?«

Der Antiquar dachte nach. Dann nickte er. »Der Trafalgar Square, kleine Miss. Doch hoffentlich verfehlt ihr euch nicht bei den vielen Menschen.« Plötzlich hielt er inne. Ihm war offensichtlich etwas eingefallen. »Wusstest du, dass die großen Brunnen auf dem Platz tatsächlich gar nicht zur Zierde angelegt wurden, sondern um zu verhindern, dass sich große Menschenmengen zu Demonstrationen versammeln und …« Er bemerkte Christines Blick und hielt beschämt inne. »Ich schweife schon wieder ab. Tut mir leid, kleine Miss. Also, am besten verabredet ihr euch direkt an der Nelson-Säule. Die Tauben machen das auch so.«

Thurgood kicherte über seinen eigenen Witz und sah in diesem Moment wirklich aus wie Sherlock Holmes. Christine grinste innerlich. Es freute sie, dass er Spaß an der Geschichte gefunden hatte. Nicht nur, weil er dann vielleicht schneller vergaß, dass sie heimlich im ersten Stock gewesen war. Auch, weil es ihr Spaß machte, ihm auf seine alten Tage noch die ein oder andere Freude zu bereiten.

Sie schrieb weiter:

Am Trafalgar Square? An der Nelson-Säule? Ich muss dringend mit Dir reden. Persönlich.
Christine

P.S.: Ich trage einen olivgrünen Parka, Jeans und ein weißes Shirt.

»Wäre ich Christopher, ich würde denken, du bist in Schwierigkeiten, kleine Miss«, sagte Thurgood und Christine antwortete: »Genau das ist der Plan, Mister Thurgood. Jetzt warten wir ab, was passiert, und ob er überhaupt auftaucht. Vielleicht bringt das dann alles etwas Licht ins Dunkel. Entweder finden wir heraus, warum sich jemand diesen dummen Scherz erlaubt, oder wir finden heraus, dass … aber … nein, das ist wirklich zu absurd. Wie dem auch sei, ich muss los, Mister Thurgood. Es wird bald dunkel und ich muss noch zur Deptford Station. Das ist Punkt vier auf dieser Karte, wo ich den Brief hinterlege – in der Hoffnung, dass er ihn dort sucht. Eigentlich hatte er erwartet, dass ich ins Princess's Theatre … nein. Quatsch. Hat er nicht. Er ist nicht echt. Oder vielleicht doch … ach … ich weiß es nicht. Aber ich finde es heraus. Ich muss los …«

Christine packte die Karte und ihren Brief ein, verabschiedete sich von Lancelot und schüttelte verwirrt den Kopf.

Der alte Buchhändler begleitete sie zur Tür. »Pass auf dich auf, kleine Miss«, sagte er. »Und sei nicht zu enttäuscht, wenn sich am Ende doch herausstellt, dass das alles nur ein böser Scherz war.«

»Wir werden sehen, Mister Thurgood. Ich halte Sie auf dem Laufenden.«

Christopher

Christopher hasste es zu warten. Es gab kaum etwas, das er noch weniger mochte. Selbst das Herumkriechen im müffelnden Matsch der Themse bei Ebbe oder einen Fußmarsch in einer eiskalten Winternacht hätte er jederzeit der Warterei vorgezogen. Und doch war es genau das, was er jetzt tun musste.

Warten.

Ohne genau zu wissen, wie lange. Streng genommen auch ohne genau zu wissen, auf wen.

Er hatte die erste Tageshälfte mit kleinen Botengängen zugebracht, war in Whitechapel gewesen und hatte eine Weile der Konstruktion des großen Glockenturms an den Houses of Parliament zugesehen. Die Zeitungen waren schon jetzt voll davon, viele sprachen von einer Sehenswürdigkeit, die die Besucher Londons noch in 100 Jahren fesseln würde. Christopher konnte das nicht verstehen. Es war eben ein Glockenturm. Gab es die nicht überall? Außerdem bezweifelte er, dass es hilfreich war, eine der Glocken ausgerechnet »Big Ben« zu nennen. Das klang doch wie ein Grobian aus dem Pub um die Ecke.

Schon am frühen Nachmittag war er ins Theater zurückgekehrt, wo er seine Zeit jetzt damit zubrachte, nervös auf und ab zu laufen, im Weg herumzustehen und alle paar Minuten auf die große Uhr am Bühnenrand zu schielen. Er verfluchte seine Ungenauigkeit. In seinem letzten Brief an Christine hatte er lediglich geschrieben, dass er »jeden Abend« im Theater anzutreffen war. Doch wann war es Abend? Sah das nicht jeder ein wenig anders?

»He, Christopher.« John eilte auf ihn zu. »Na, sitzt der Text schon?«

Christopher blickte einen Moment schuldbewusst auf die Blätter, die er in der Hand hielt. Er hatte noch nicht einmal damit angefangen, und morgen war bereits Premiere. »Bis heute Abend sollte ich ihn einstudiert haben.« Er nickte mit vorgetäuschter Überzeugung.

»Gut, dann könntest du mir vielleicht ein wenig zur Hand gehen.« Erst jetzt bemerkte Christopher, dass John besorgt aussah. »Sally ist noch nicht da, und sie sucht für die Generalprobe sonst immer alle Kostüme zusammen. Meinst du, du könntest mir dabei helfen? Was fehlt, muss noch heute bestellt werden, andernfalls ist es nicht bis morgen da.« Er pausierte. »Das ist sonst gar nicht ihre Art«, meinte er leise.

»Sally, die auch für die Schminke zuständig ist?«, fragte Christopher.

John nickte und legte die Stirn in Falten. »Wann hast du sie zuletzt gesehen?«

Christopher erinnerte sich an ihr Lächeln, als er gestern ins Theater gekommen war. »Das muss gestern gegen Mittag gewesen sein. Sag mir einfach, was zu tun ist. Sie wird schon auftauchen, und bis dahin helfe ich dir.«

Eine gute Stunde später war Sally noch immer nicht da. Dafür wusste Christopher jetzt genau, wie viele Wämse, Westen, Kleider, Röcke, Hüte und Schuhe sich im Fundus des Theaters befanden. Es hatte riesigen Spaß gemacht, sich durch die Kostüme zu wühlen, und ihm zumindest ein wenig die Zeit vertrieben.

Von Christine fehlte dennoch jede Spur. Er hielt regelmäßig vor der Tür nach ihr Ausschau, nervte jeden im Theater mit der Frage, ob nicht jemand für ihn da gewesen sei. Mittlerweile war es dunkel geworden. Christopher zwang sich dazu, seinen Text zu lernen.

Die Stimme des Beleuchters riss ihn aus seinem Dialog mit dem bösen Fürsten. »Da fragt jemand nach dir, Chris.«

Christopher war sofort auf den Beinen. Er schnellte herum, eilte zum Eingang ... und blickte in das Gesicht von Matthew Rogers, Londons bestem Straßenverkäufer. Christopher war erstaunt, wie enttäuscht er darüber war, seinen Freund zu sehen. Wie sehr er offensichtlich gehofft hatte, endlich Christine gegenüberzustehen.

»Also, Chris«, begann Matthew gleich, »ich habe mich mal nach dieser Christine Beech umgehört.«

»Und?«

Matthew schüttelte den Kopf und entblößte seine schiefen Zähne. »Schwer zu sagen. Klar, ein paar Damen mit diesem Namen konnte ich ausfindig machen, aber ...«

»Was, Matthew?«, unterbrach Christopher ungeduldig.

»Tja, die eine ist eine senile Alte in der Brompton Road, die andere eine Näherin in Bow. Kaum zwölf, das arme Ding. Dann gibt es da noch die Angehörige eins Earls aus Sussex, die rauschende Feste in Chelsea abhält und in einen Skandal mit einem Wahrsager verwickelt war. Oh, dann ist da noch die Christine Beech, die mittlerweile Pigeon heißt und, nun ja, aus dem ältesten Gewerbe der Welt stammt.«

»Das war alles?« Christopher blickte Matthew ungläubig an.

Matthew zuckte mit den Schultern. »Für den Anfang, ja. Deine Miene zeigt mir aber, dass du nicht allzu zufrieden mit der Ausbeute bist.«

»Nicht direkt, nein. Aber dennoch vielen Dank, Matthew.«

Christopher verabschiedete den Verkäufer und zog sich mit seinem Text unter die Bühne zurück. Mittlerweile hatte er sich einigermaßen eingerichtet, hatte sich mithilfe einiger Decken, Vorhänge, einer Laterne und einem Bett ein kleines Zuhause geschaffen. Es war auf seine eigene Art beinahe gemütlich. So gemütlich sogar, dass er eingeschlafen war, bevor er seinen Text für die morgige Premiere ein weiteres Mal durchgearbeitet hatte.

Der nächste Tag begrüßte ihn auf eine Weise, die nur Schlechtes vermuten ließ. Seine Träume waren düster und unheimlich gewesen, es regnete, er hatte Kopfschmerzen und seinen Text noch immer nicht vollständig auswendig gelernt. In der Generalprobe schlug er sich mit einiger Anstrengung zwar ganz passabel, wirklich glücklich wirkte John Ryder aber vor allem mit seinen Fechtszenen nicht. Die würde er noch vor dem Abend üben müssen!

Doch der Abend war fern. Christopher saß mittlerweile auf derart glühenden Kohlen, dass er das Theater den ganzen Tag nicht verließ. Vielleicht würde sie ja früher vorbeischauen. Diesen Moment wollte er auf keinen Fall verpassen.

Er hatte sich gerade einen Kaffee aufgebrüht, als die Tür des Theaters aufgerissen wurde und eine bleiche, völlig aufgelöste Garderobendame in das Foyer stürmte.

»Tooooot!«, schrie sie aus vollem Hals und sah aus, als würde sie gleich selbst umfallen. Christopher standen die Haare zu Berge. »Sally ... sie ist ...«

Claire, die Garderobendame, schluchzte lauthals und sank an einer Säule zusammen. Von allen Seiten eilten Menschen auf sie zu, auch Christopher war von dem Geschrei ins Foyer getrieben worden.

»So beruhige dich doch, Claire«, redete John sanft auf sie ein. Doch das Schluchzen wurde nur lauter. »Was ist denn passiert?«

»Sally wurde ermordet!«, schrie Claire aus vollem Hals und war ganz offensichtlich nicht zu beruhigen.

Raunen und besorgte Blicke wanderten durch den Raum.

»Unsere Sally?«, fragte John. »Die Schminkdame?«

»Ja, Herrgott!«, schluchzte Claire und blickte ihn aus weit aufgerissenen Augen an. »Sie haben sie heute Morgen aus der Themse gezogen. Die Polizei hat gesagt, ihr wurde ...« Sie verstummte und weinte leise vor sich hin. »Ganz blau soll sie gewesen sein, blau und ...«

»Genug!«, durchschnitt Johns scharfe Stimme den Raum. Das brachte auch Claire einen Moment lang aus der Fassung. Augenblicklich verstummte sie. Deutlich ruhiger fügte er an: »Ich denke, wir können uns weitere Details sparen. Kann sich jemand um unsere liebe Claire kümmern? Ich werde zur Polizei gehen. Der Rest kann sich ein paar Stunden freinehmen. Wir treffen uns am Nachmittag zur finalen Besprechung. Das Haus ist ausverkauft, die Vorstellung abzusagen, ist unmöglich.«

Christopher konnte es nicht glauben. Es war nicht das erste Mal, dass die Polizei eine tote Frau aus der Themse zog. Dass es jemand war, der Christopher noch derart nett zugelächelt hatte, war allerdings noch nie passiert. Unweigerlich eilten seine Gedanken zu Christine. Natürlich hatte das nichts zu bedeuten. Aber was, wenn auch ihr etwas zugestoßen war? Es wäre allein seine Schuld, weil er sie in diese Angelegenheit hineingezogen hatte. Ganz zu schweigen davon, dass er vor Sorge um sie beinahe umkam.

Miss Barnacle würde in Sallys Ermordung natürlich sofort ein schlechtes Omen und eine Verbindung zu Christines Fernbleiben sehen. Aber Miss Barnacle hatte sich auch regelmäßig aus der Hand lesen lassen und wohl mehr Geisterbeschwörungen mitgemacht als jeder andere lebende oder tote Londoner. Nein, mit so etwas würde er gar nicht erst anfangen! Er holte seinen Mantel und beschloss, kurz vor die Tür zu gehen. Ein wenig frische Luft konnte jetzt nicht schaden.

Wie sich schnell herausstellte, war das an diesem Tag nicht seine beste Idee. Noch bevor er die Eingangstür hinter sich geschlossen hatte, bereute er diese Entscheidung. Direkt auf der Oxford Street zog ein Trauerzug vorbei. Die schwarzen Pferde geschmückt, die Fenster der schwarze Kutsche mit schwarzen Vorhängen verhüllt, die Menschen allesamt gekleidet in ernste Mienen und schwarze Mäntel, Röcke, Zylinder und Hemden.

Das durfte doch nicht wahr sein! Wieso war er ausgerechnet jetzt vor die elende Tür getreten? So langsam glaubte auch Christopher, dass das alles etwas bedeuten musste. Wie sollte er Christine finden, wenn ihr wirklich etwas zugestoßen war? Und selbst wenn die Ermordung, der Trauerzug und seine Träume keine bösen Omen gewesen waren: Wo blieb Christine dann nur?

Christopher konnte nicht länger herumsitzen. Für ihn war es schon schwer, eine Stunde auf eine Lieferung zu warten. Wenn er nicht bald etwas tat, würde er noch verrückt. Er warf einen kurzen Blick auf die Karte des Verborgenen, seufzte und machte sich auf den Weg. Es würde ein langer Marsch werden, aber es war einen Versuch wert und außerdem das Einzige, das ihm einfiel.

Als er die Deptford Station erreichte, war es beinahe Mittag. Schon von Weitem sah er die Bahnlinien. Sie fraßen sich regelrecht durch die Vorstadt und zogen allerlei zwielichtige Gestalten an. Was wohl passierte, wenn die Züge eines Tages tatsächlich unterirdisch fuhren, wie Christopher es vor einiger Zeit in einer Zeitschrift gelesen hatte? Nun, diese Gegend würde zumindest ein wenig freundlicher erscheinen, so viel stand fest.

Auch heute lungerten einige beunruhigende Figuren vor dem Bahnhof und in der Unterführung herum. Beinahe hoffte Christopher, dass Christine doch nicht den nächsten Punkt auf der Karte angesteuert hatte. Ein Mädchen in einer solchen Gegend. Nicht auszudenken, was alles passieren konnte! Unauffällig postierte er sich an der Mauer nahe des Verstecks und sah sich um. Hier musste selbst er auf der Hut sein. So gut sein Ruf auch sein mochte – derart weit außerhalb der Stadt kannte ihn nicht jeder.

Immerhin wusste er, wie man sich in solchen Situationen zu verhalten hatte. Er setzte eine grimmige Miene auf, blickte einen nach dem anderen herausfordernd an, tauchte im ersten unbeobachteten Moment in die kleine Vertiefung der Unterführung und bekam Christines Zettel zu fassen. Er rannte los und machte erst Halt, als er das südliche Themseufer erreicht hatte. Also war doch irgendetwas schiefgegangen!

Sein Eindruck verstärkte sich, nachdem er die kurze Notiz gelesen hatte. Wirklich schlau wurde er daraus nicht. Wieso kam sie nicht zu ihm ins Theater, wollte ihn aber dennoch unbedingt am Trafalgar Square treffen? Ergab das einen Sinn? Wohl kaum. Erst jetzt fiel Christopher die vorgeschlagene Uhrzeit auf.

»Fünf Uhr?«, entfuhr ihm. Als er das letzte Mal die Zeit an einer Turmuhr abgelesen hatte, war es bereits drei gewesen.

Jetzt aber los!

Außer Atem war Christopher selten. Als er jedoch den Trafalgar Square erreichte, musste er einen Moment pausieren und seinem rasenden Herzschlag einige Augenblicke Pause gönnen. Es war zehn Minuten vor fünf – wenn es um Pünktlichkeit ging, war immer auf ihn Verlass. Er schlenderte zur hohen Säule und betrachtete aufmerksam die Menschen auf dem Platz. Auf einige traf Matthews Beschreibung zu, doch aus irgendeinem Grund war Christopher davon überzeugt, dass *seine* Christine Beech jemand anderes war. Er konnte sie beinahe vor sich sehen in ihrem olivgrünen Parka. Auch wenn er fand, dass das eine recht merkwürdige Kleidung für ein Mädchen war. Und was war überhaupt diese Jeans, von der sie sprach? Es würde wohl irgendetwas Neumodisches sein, und für Mode hatte sich Christopher noch nie sonderlich interessiert. Nun, sie würde ihre Gründe haben. Bestimmt hatte sie dunkle lange Haare. Er wusste nicht, warum. Es passte einfach in seine Vorstellung.

Die Uhr an der National Gallery zeigte Viertel nach fünf, als Christopher neue Zweifel kamen. Wenn sie nicht bald auftauchte, musste er gehen. Eigentlich konnte er schon jetzt nicht mehr länger warten, wenn er die Premiere nicht verpassen wollte. Und sosehr er sich mittlerweile danach sehnte, diese Fremde kennenzulernen: Er durfte diese Chance im Theater nicht ungenutzt lassen!

Schweren Herzens kehrte er Admiral Nelson den Rücken und trat den Rückweg an. Er wusste längst nicht mehr, was er von dieser ganzen Sache halten sollte. Sicher, sie lebten in der größten Stadt der Welt, aber es konnte wohl kaum derart schwer sein, sich zu treffen. Wer oder was stand ihnen nur im Weg?

Noch immer in Gedanken versunken zog er sich in der Garderobe um. Die Stimmung war gedrückt, nicht alle waren zur Premiere erschienen. Niemand redete über Sallys Tod, allerdings sah Christopher jedem einzelnen Mitglied des Ensembles an, was es dachte. Einen kurzen Moment lang fühlte er sich schuldig, weil er in Gedanken wieder nur bei Christine war. Dann schlug der Gong, und für einen Augenblick war Sallys tragischer Tod vergessen.

Die Schauspieler eilten auf ihre Plätze, die Souffleuse bezog Stellung im Kasten vor der Bühne, die Beleuchter brachten sich in Position. Mittendrin zischte der Regisseur, Christopher war sich noch immer nicht sicher, ob er wirklich Mister Horse hieß oder nur so genannt wurde, letzte Anweisungen.

Christopher betrachtete sich im Spiegel. Er fand, er sah reichlich albern aus, trug einen breiten Hut, ein weißes Hemd und merkwürdig spitze Schuhe. Doch das war jetzt bedeutungslos. Die Bühne wartete!

Er atmete tief durch, dann hob sich der Vorhang. Und mit ihm sank Christophers Herz in seine Hose. Der Saal war voll. Bis auf den letzten Platz besetzt. Siedend heiß fiel ihm ein, dass er sein Fechtduell kein weiteres Mal geübt hatte. Diese Sache mit Christine brachte wirklich alles durcheinander. Er pendelte ständig zwischen Sorge um sie, Wut auf ihr Nichterscheinen und Kummer wegen des abermals nicht gelungenen Treffens und verpasste deswegen beinahe seinen ersten Einsatz.

Wütend über sich selbst fegte er alle störenden Gedanken beiseite ... und spielte.

Es war keine Meisterleistung. Es war kein unsterbliches Debüt, von dem die Zeitungen schreiben würden. Es war nichts, wofür man Szenenapplaus ernten konnte. Doch es erfüllte Christopher mit einer Freude und Leidenschaft, die ihn tatsächlich alles um sich herum vergessen ließ. Er hatte wenige Szenen, doch er fieberte jeder einzelnen von ihnen entgegen. Das war es, was er tun wollte! Auf einer Bühne stehen und spielen. Die Menschen im Saal waren vergessen, seine Sorgen waren vergessen, ja sogar sein Ich war vergessen. Er ging gänzlich in seiner Rolle auf.

Bis zum Fechtduell.

Die Beleuchter dunkelten das Licht ab, lediglich zwei starke Scheinwerfer strahlten Christopher direkt an. Sie sorgten dafür, dass er auf der Bühne nur Umrisse wahrnahm – ein dramatischer Effekt, der die recht holprige Fechtszene allerdings nur ein wenig kaschieren sollte. Christopher zog seinen Degen, ging in Position ...

Plötzlich erstarrte er.

Rauch wallte über die Bühne. Und aus dem Rauch schälte sich ein Schatten. Christopher versuchte, Ruhe zu bewahren, kniff die Augen zusammen, um den Schauspieler zu erkennen, mit dem er diese Szene spielte. Doch es war nicht Charles, der da auf ihn zukam. Es war etwas Körperloses. Bedrohliches. Christopher wandte sich verzweifelt zum Publikum um. Er konnte es kaum sehen, jedoch schien es Ruhe zu bewahren und das Spektakel zu beobachten. Auch hinter der Bühne rührte sich nichts.

Christopher war auf sich allein gestellt. Reflexartig hob er seinen Degen. Doch selbst wenn er wüsste, wie er damit umzugehen hätte: Er war sich sehr sicher, dass er mit dieser Waffe nicht weit kommen würde. Seine Hand zitterte. Er zwang sich zur Ruhe und versuchte, sich den Schatten genau einzuprägen. Er sah tatsächlich aus wie der normale Schatten eines Menschen – doch außer Christopher befand sich niemand auf der Bühne.

Der Schatten glitt auf ihn zu, lautlos, körperlos. Christopher hatte nicht die leiseste Ahnung, wie das alles zusammengehörte, doch er war sich sicher, dass dieses etwas hinter dem Paket her war. Dem Paket, das er gar nicht mehr hatte. Das Christine vielleicht längst in größte Bedrängnis gebracht hatte. Plötzliche Wut überkam ihn. Mit einem Schrei stürzte er sich nach vorn, stach mit dem Degen nach dem Schatten – und erwischte doch nur Rauch.

Die Bühne wurde wieder heller. Verwirrt taumelte er zur Seite, schirmte die Augen gegen das plötzliche Licht ab. Kurzer Applaus brandete auf, dann ging das Stück einfach weiter. Als wäre nichts geschehen.

»Christopher«, zischte eine Stimme. John stand am Bühnenrand und winkte ihm zu. »Runter da, deine Szene ist vorbei!«

Irritiert stolperte Christopher von der Bühne.

Was war da gerade passiert?

»Nicht übel für den Anfang«, raunte ihm John anerkennend zu und betrachtete das Geschehen auf der Bühne.

»Was?«, fragte Christopher. Er fühlte sich wie in Watte gepackt. Hatte denn niemand etwas gemerkt?

»Na, deine Solo-Fechtszene war wirklich anständig. Dafür, dass Charles nach den Vorfällen heute Morgen nicht mehr aufgetaucht ist, hast du dich wacker geschlagen.«

»Ich war allein auf der Bühne?«

»Aber natürlich«, lachte John. »Was denn sonst?«

Was denn sonst.

Dieser Satz hallte noch nach, als die Vorstellung längst vorüber war und Christopher sich wieder in seinen Unterschlupf verkrochen hatte. Davor hatte er das Theater einer gründlichen Untersuchung unterzogen, hatte geprüft, ob alle Fenster und Türen verschlossen waren. Die vage Hoffnung, dass Christine im Publikum gewesen war, hatte sich längst zerschlagen, und mittlerweile war Christopher mit seinem Latein vollständig am Ende.

Er zog die Karte des Verborgenen hervor. Das nächste Versteck war das Old Bell, ein Pub, der ihm wohlbekannt war. An Schlaf war jetzt ohnehin nicht zu denken, also kramte er Papier und Stift hervor und machte sich ans Schreiben. Wie es aussah, würde er heute Abend noch einen Ausflug in die Fleet Street machen.

Meine liebe Christine,

wo warst Du? Ich habe an der Säule auf Dich gewartet, musste aber um halb sechs dringend zurück ins Theater. Ich hatte vorhin meinen ersten Auftritt vor Publikum! Alles lief gut, ich wünschte nur, Du hättest es sehen können. Es mag seltsam klingen und ich hoffe, Du verstehst es nicht falsch, doch es hätte mir sehr viel bedeutet, wenn Du anwesend gewesen wärst.

Er hielt inne. Erst als er die Worte niedergeschrieben hatte, merkte er, dass sie ehrlich waren.

Während der Vorstellung ist abermals etwas Merkwürdiges passiert. Ich möchte Dich ungern beunruhigen, gehe jedoch fest davon aus, dass irgendjemand das Amulett unbedingt in seinen Besitz bringen will. Oder irgendetwas. Hast Du etwas darüber herausgefunden? Ist es besonders wertvoll? Ich wünschte, die

Übergabe wäre wie geplant über die Bühne gegangen. Ich wünschte, ich wüsste Dich außer Gefahr. Ich beschwöre Dich, bitte passe auf Dich auf und suche die verborgenen Orte keinesfalls nach Einbruch der Dunkelheit auf.
Warum warst Du nicht im Theater? Ich habe zwei Tage auf Dich gewartet, bevor ich die Deptford Station besucht habe – in der Hoffnung, Deinen Brief zu finden. Da du wahrhaftig weiter die Verstecke auf der Karte des Verborgenen aufsuchst, um Deine Briefe zu hinterlegen, werde auch ich bis auf Weiteres so verfahren. Ich kann mir nur nicht erklären, weshalb es uns nicht vergönnt ist, uns zu treffen. Denn um ganz ehrlich mit Dir zu sein, meine liebe Christine, möchte ich Dir sagen, dass ich mich danach sehne, Dich endlich kennenzulernen. Dich das erste Mal zu erblicken. Deine Hand zu halten.

In stiller Hoffnung, dass Du dasselbe denkst, verbleibe ich auf ewig Dein
Christopher

Konnte er diesen Brief hinterlegen? Sicher, er hatte die Wahrheit geschrieben, Wort für Wort. Um genau zu sein, hatte er sie eher abgemildert. Aber wie würde sie darauf reagieren? Würde er sie mit diesem Geständnis nicht eher erschrecken? Er kannte sich nicht aus in solchen Dingen. Bisher hatten sich seine Kontakte zum anderen Geschlecht auf seine Vermieterin und die eine oder andere Straßenverkäuferin beschränkt. Und das waren ausnahmslos Mädchen gewesen, denen man nicht derartige Briefe schrieb.

Egal. Entschlossen faltete er den Brief in einen Umschlag, hüllte sich in seinen Mantel und verließ das Theater. Diesmal achtete er besonders sorgfältig darauf, hinter sich abzuschließen. Ein Schatten am Abend war wirklich genug.

Christine

Matthew klatschte in die Hände und schaltete die Musik ab.

»Okay, Leute, das war ordentlich. Wenn das weiter so läuft wie heute, sehe ich für die Vorentscheidung zur Meisterschaft keine Probleme. Wir sehen uns in zwei Tagen. Christine, würdest du noch einen Moment hierbleiben, bitte?«

Seine Stimme war freundlich, aber bestimmt. Christine seufzte innerlich. Irgendwann musste das ja passieren. Sie hatte kaum annehmen können, dass Tessa dem Trainer gegenüber einfach die Klappe hielt und darauf verzichtete, ihren Triumph auszukosten.

Christine setzte sich auf die Bank und nahm einen Schluck aus ihrer Wasserflasche, während die anderen nacheinander in der Umkleide verschwanden. Alexa warf ihr noch einen beschwörenden Blick zu und hielt beide Fäuste mit gedrückten Daumen hoch – als Zeichen dafür, dass sie ihr Glück wünschte.

In solchen Momenten war Christine dankbar für Alexas Freundschaft. Es tat gut, jemanden auf seiner Seite zu wissen. Auch wenn die Gründe, die sie Alexa genannt hatte und aus denen ihre Freundin ihr im Moment den Rücken stärkte, nicht ganz der Wahrheit entsprachen.

»Christine, danke, dass du noch einen Moment erübrigen kannst.«

Matthew setzte sich neben sie. »Ich will gar nicht lange um den heißen Brei herumreden«, begann er und Christine erwartete das Schlimmste. »Tessa war bei mir und hat mir erzählt, dass du im Moment nicht ganz bei der Sache bist.«

Natürlich. Sie hatte es ja geahnt: Tessa. Diese Mistkuh. Christine wurde wütend und setzte bereits zu einer Antwort an, doch Matthew hob die Hand.

»Lass mich bitte erst ausreden. Dass Tessa jede Möglichkeit nutzt, um dir eins auszuwischen, ist uns beiden klar, darüber müssen wir nicht diskutieren. Wir wissen auch beide, warum sie das tut, und du kannst beruhigt sein: Ich glaube in diesem Fall nur maximal die Hälfte von dem, was sie sagt. Allerdings ist auch mir aufgefallen, dass du in letzter Zeit unkonzentriert bist und manchmal mit den Gedanken weit weg zu sein scheinst. Versteh mich nicht falsch: Das ist kein Vorwurf und du bist auch in diesem Zustand mein bestes Pferd im Stall, keine Frage. Dass wir gerade hier sitzen, ist nur der Tatsache geschuldet, dass ich mir ein wenig Sorgen mache. Hast du irgendwelche Probleme? Kann ich dir helfen? Ärger zu Hause oder in der Schule?«

Christine überlegte fieberhaft, was sie darauf antworten sollte. Matthew war nicht nur ein professioneller Trainer, der bereits sehr erfolgreich als Choreograf gearbeitet hatte. Er legte auch sehr viel Wert darauf, ein freundschaftliches Verhältnis zu seinen Schülern zu pflegen. Dazu gehörte auch, sie bei persönlichen Problemen zu unterstützen. Aber sosehr sie ihn mochte und ihm vertraute: Diese Geschichte war zu kompliziert und vor allem zu absurd, um sie ihm auf die Schnelle zu erklären.

»Christine, wir sitzen alle in einem Boot und ich möchte, dass du dich wohlfühlst. Du kannst nicht all deine Leidenschaft in den Tanz legen, wenn du die Bewegung nicht mit dem Herzen spürst, weil dieses Herz gerade schwer oder einfach woanders ist. Lass mich dir helfen, sofern es mir möglich ist.«

»Danke, Matt, das ist wahnsinnig nett.« Christine seufzte. »Ich weiß, ich war nicht ganz dabei in letzter Zeit und ich entschuldige mich dafür. Tessa hat ja nicht einmal unrecht, obwohl ich das gerne behaupten würde. Mach dir keine Sorgen. Ich habe weder Probleme zu Hause, noch in der Schule. Es ist alles in Ordnung.«

»Was ist es dann? Ein Junge?« Matthew grinste und Christine hasste sich dafür, dass sie rot wurde.

»Ja … nein … ich weiß nicht genau. Es ist ein bisschen kompliziert«, stotterte sie.

»Liebe ist leider immer kompliziert, auch wenn wir uns das in unseren Fantasien gerne anders vorstellen.« Matthew lächelte. »Aber lass dir eines gesagt sein: Selbst wenn es nicht immer gut für dich läuft und auch manchmal wehtut … die Momente, in denen man verliebt ist und die ganze Welt umarmen möchte, die sind jeden Schmerz wert. Man kann nicht immer gewinnen, aber man darf auch nicht aufhören, an das Glück zu glauben. Auch und gerade Verluste bringen uns weiter im Leben.«

Christine schluckte. Dass ausgerechnet Matthew das sagte, berührte sie zutiefst. Seine Frau war erst vor zwei Jahren bei einem Autounfall tödlich verunglückt. Doch er hatte nie aufgegeben, Tag für Tag gekämpft und dieses schreckliche Drama irgendwie überlebt.

»Ich wollte mich mit ihm treffen …«, brach es aus ihr heraus. »Gestern. Am Trafalgar Square.«

»Und? Warum hast du nicht?«

»Er ist nicht gekommen. Er hat mich einfach dort stehen lassen und ist nicht gekommen.« Christine war selbst überrascht, wie verbittert ihre Worte klangen. Schließlich kannte sie diesen Christopher nicht einmal. Noch schlimmer: Sie war gar nicht sicher, dass es ihn gab oder er noch am Leben war. Zumindest in ihrer Zeitrechnung. Alles war so kompliziert. Und es vereinfachte die Situation nicht, dass sie ihre romantischen Fantasien seit einigen Tagen in eine Vorstellung von diesem briefeschreibenden Freak zogen, der äußerst wahrscheinlich nicht einmal existierte.

»Vielleicht gab es einen Grund, warum er nicht gekommen ist? Weißt du, die Dinge sind nicht immer nur weiß oder schwarz.

Und nur, weil mal etwas schiefgeht, muss man nicht direkt den Teufel an die Wand malen. Oder man könnte, bevor man das tut, wenigstens zuerst nachfragen«, riss Matthew sie aus ihren wirren Gedanken.

Christine sah ihn an und ein Schauer durchfuhr sie. Sie dachte an Matthews Frau, die eines Abends auch einfach nicht mehr nach Hause gekommen war. Weil sie tot war. Gestorben. Einfach weg. Von einer Sekunde auf die andere. Vielleicht hatte Matthew mit dem Essen auf sie gewartet oder Kinokarten besorgt. Und sie kam nicht. Vielleicht war er enttäuscht oder sogar wütend. Und sie kam einfach nicht nach Hause. Weil sie tot war. Weil es einen Grund gab.

Sie musste Christopher fragen. Sie musste wissen, warum er nicht gekommen war. Sie wollte nicht einfach an den Freak glauben, der sich einen Scherz mit ihr erlaubte, wie Mister Thurgood vermutet hatte. Aus irgendeinem Grund erschien ihr das nicht nur zu einfach, sondern auch falsch zu sein.

»Danke, Matt.« Christine nickte langsam. »Du hast recht. Es ist nicht immer alles weiß oder schwarz. Und wahrscheinlich gibt es einen Grund für sein Verhalten. Ich werde ihn einfach fragen«, wiederholte sie die Worte ihres Trainers.

»So kenne ich dich.« Matthew klopfte ihr auf die Schulter, bevor er aufstand und sein Handtuch um das Genick legte. »Wenn du reden willst, du weißt, ich bin jederzeit für dich da, Christine. Und egal was du tust, wie und wofür du dich im Leben entscheidest: Vergiss dein Herz nicht. Und jetzt hau ab! Verschwinde auf deine Mission.«

»Mission?« Christine hob fragend die Augenbrauen.

»Mission ›Ich-finde-raus-ob-er-mich-toll-findet-oder-ein-Idiot-ist‹.« Matthew grinste. »Und glaub mir: Wenn er kein Idiot ist, dann wird er dich toll finden. Er hat gar keine andere Wahl.«

»Danke, Matt.« Christine stand auf. »Du hast mir sehr geholfen. Und jetzt … jetzt muss ich los. Ich hab noch was zu erledigen.« Sie lachte und Matthew rief ihr »Viel Glück!« nach, als sie in Richtung Duschen rannte.

Sie war selbst überrascht, dass ihr Herz einen kleinen Sprung gemacht hatte bei der Vorstellung, Christopher könnte sie toll finden. Wie absurd das Ganze doch war. Wie konnte sie im einundzwanzigsten Jahrhundert, im Zeitalter von Internet, Globalisierung und Billigflügen, in jemanden verliebt sein, den sie noch nicht einmal von Fotos, sondern nur aus Briefen kannte? Briefe, die noch dazu so altmodisch verfasst waren, dass man wirklich denken könnte, sie kämen aus einem anderen Jahrhundert. Oder war es gerade das, was Christine anzog? Dieses Anderssein, diese verstaubte Romantik, die sie sonst so gerne in den alten Büchern aus dem Antiquariat suchte? Wollte sie deshalb an die absurdeste Variante aller Erklärungen glauben? Die, dass Christopher ihr aus einer anderen Zeit schrieb?

Alexa hatte ihr einen Zettel an ihrem Spind hinterlassen:

> Musste leider schon los. Bin mit Danny verabredet. Hoffe, Du hast die Standpauke überlebt. Ich ruf Dich heute Abend an. Lex

Christine lächelte und stopfte den Zettel in ihre Sporttasche. Als sie einige Minuten später unter der warmen Dusche stand, dachte sie über Matthews Worte nach. Plötzlich schoss ihr ein Gedanke durch den Kopf: Was, wenn Matthew ins Schwarze getroffen hatte, ohne es zu wissen? Was, wenn ihre eigene, groteske Erklärung dieser Sache doch nicht so abwegig war? Was, wenn man einfach mal annähme, Christopher und sie kämen aus verschiedenen Zeiten? War er dann vielleicht doch zum Trafalgar Square gekommen und sie konnten sich schlicht und ergreifend nicht finden, weil er bereits vor einhundertsechzig Jahren dort gestanden und vergeblich auf sie gewartet hatte? Damals hatte es auch noch das Princess's Theatre auf der Oxford Street gegeben …

Ihre Gedanken rasten. Christine hatte das Gefühl, sie verknoteten sich regelrecht in ihrem Kopf. Sie wollte diese hanebüchene Geschichte gar nicht zu Ende denken. Nachher rutschte ihr Alexa gegenüber noch etwas heraus und die würde endgültig denken, Christine hätte nicht mehr alle Latten am Zaun.

»Konzentrier dich gefälligst, Christine«, ermahnte sie sich selbst, während sie sich trocken rubbelte und anzog. Angespannt überlegte sie, wie ihr nächster Schritt aussehen sollte.

Plötzlich fiel ihr ein, dass sie die letzte Nachricht an Christopher an der Deptfort Station, am nächsten Punkt auf der Karte des Verborgenen hinterlassen hatte. Vielleicht sollte sie einfach nachsehen, ob der Brief noch dort war? Vielleicht hatte er ihn noch gar nicht abgeholt, weil er in seinem Theater auf sie wartete und gar nichts von ihrem Vorschlag wusste, sich am Trafalgar Square zu treffen?

In Windeseile packte Christine ihre Sachen zusammen und schwang sich auf ihr Mountainbike.

Als sie gute fünfundvierzig Minuten später an der Deptford Station ankam, rannte sie zur Unterführung, ließ sich vor dem Versteck des Briefes auf die Knie fallen und tastete die Mauer eilig nach ihrer Notiz an Christopher ab. Sie war verschwunden. Christine suchte gründlich den Boden und alle weiteren Ecken ab, doch die Nachricht blieb verschollen.

Ihr Mund wurde trocken vor Aufregung und sie setzte sich auf die nächste Bank. Sie durchforstete ihren Kopf fieberhaft nach einer Lösung, einer Idee, wie sie Licht in diese tiefschwarze Sache bringen konnte. Und plötzlich lag es so klar vor ihr: Sie griff in die Innentasche ihres Parkas, in der sie noch immer Christophers letzten Brief aufbewahrte, zog die Papierbögen aus dem Umschlag und faltete sie auf. Dann studierte sie die Karte des Verborgenen.

Punkt Nummer fünf war die Old Bell Tavern in der Fleet Street. Laut dem Routenplaner ihres Smartphones waren es etwa acht Kilometer bis dahin. Christine seufzte. Sie hatte für ihren Geschmack heute schon genug Bewegung gehabt. Aber es war die einzige, winzige Möglichkeit, etwas von Christopher zu erfahren.

Während sie sich auf ihr Rad schwang, fragte sie sich, was eigentlich mit ihr los war. Sie hatte sich nie für diesen ganzen Kram mit Jungs und Dates interessiert, hatte das immer gerne Alexa und deren oberflächlichen Freundinnen überlassen. Sie war immer glücklich in ihrer eigenen Welt gewesen, hatte sich zwischen verstaubten Buchdeckeln und Geschichten aus anderen Welten geborgen gefühlt.

Was war plötzlich in sie gefahren, dass diese fixe Idee, dieser Christopher, sie so beeinflusste, beinahe schon Besitz von ihr ergriff? Sie ließ ihren Gedanken freien Lauf, während sie durch die Stadt fuhr und sich den kühlen Wind um die Nase wehen ließ.

Als sie den Pub erreichte, schloss sie ihr Fahrrad an die nächste Straßenlaterne und betrat den holzgetäfelten Raum durch eine verglaste Tür. Auf Christophers Karte war »Kamin« als Hinweis aufgeführt. Christine sah sich im Schankraum um. Der Kamin befand sich direkt links neben dem Tresen an der Wand und glücklicherweise war der Tisch daneben frei. Sie ließ sich auf den Stuhl fallen und sah sich im Raum um, ob sie jemand beobachtete. Doch die drei Gäste am Tresen waren vertieft in das Fußballspiel, ansonsten waren nur zwei weitere Tische besetzt.

Christine beugte sich nach hinten, um in den Kamin zu sehen und der vergilbte Briefumschlag fiel ihr sofort ins Auge. Blitzschnell griff sie zu und erkannte ihren Namen in Christophers altmodischer Handschrift. Sie steckte den Umschlag in ihre Jacke und stand auf.

»Was darf ich dir bringen, junge Lady?« Die tiefe Stimme hinter ihr verdoppelte ihren Pulsschlag innerhalb einer Sekunde.

»Ähm … nichts, danke.« Sie drehte sich zu dem dicken, bärtigen Kellner um. »Ich habe gerade einen Anruf bekommen und muss leider schon wieder los. Aber beim nächsten Mal trinke ich ganz bestimmt eine Cola. Versprochen.«

Der Bärtige lachte. »Na, wenn das ein Versprechen ist, dann will ich es wohl noch mal durchgehen lassen.«

»Versprochen. Ehrlich«, stotterte Christine und verließ fluchtartig den Pub.

Draußen schloss sie ihr Fahrrad auf und raste davon, als sei der Teufel hinter ihr her.

Was war das denn bitte? Nächstes Mal trinke ich eine Cola, versprochen!, äffte sie sich in Gedanken selbst nach. Klingt so bescheuert wie bei Dirty Dancing … »Ich habe eine Wassermelone getragen.« Sie hatte den Tanzklassiker vor zwei Wochen zusammen mit ihrer Mutter angesehen und sie hatten sich kaputtgelacht über diese Szene.

Christine machte erst halt, als sie im Hyde Park angekommen war. Hierher verzog sie sich oft, wenn sie auf dem Heimweg ein wenig Ruhe brauchte. Es gab eine kleine, vergessene Bank am Rande des Parks, direkt an der Mauer, beinahe eingewachsen hinter einem Gebüsch. Sie schob ihr Rad an die Mauer und ließ sich, geschützt vor den Blicken der Spaziergänger, auf die Bank fallen. Dann öffnete sie den Brief und begann zu lesen.

Meine liebe Christine,

wo warst Du? Ich habe an der Säule auf Dich gewartet, musste aber um halb sechs dringend zurück ins Theater. Ich hatte vorhin meinen ersten Auftritt vor Publikum! Alles lief gut, ich wünschte nur, Du hättest es sehen können …

Christines Herz raste. Plötzlich klang alles so vertraut. Als wollte er die Dinge, die er erlebte, mit ihr teilen, weil sie sich auf eine merkwürdige Art nah zu sein schienen, obwohl sie nicht zueinanderfanden. Nein, das hier konnte kein Scherz sein. Dafür klangen seine Worte zu aufrichtig, und ihr Gefühl sagte ihr zu deutlich, dass Christopher und sie eine vielleicht unrealistische, aber dennoch tiefe Verbindung zueinander hatten, die sie nicht zu erklären vermochte.

Als sie den Brief das dritte Mal gelesen hatte, starrte sie einfach vor sich hin.

Er hatte wirklich auf sie gewartet. Am Trafalgar Square. Und er war genauso enttäuscht wie sie selbst, weil er dachte, sie war nicht gekommen. Doch immerhin gab es jetzt einen Plan. Sie würden sich weiterhin Nachrichten an den Punkten von der Karte hinterlassen und so versuchen, eine Lösung zu finden.

Der nächste Punkt war die Waterloo Gallery im Apsleys House. Das würde sie heute allerdings nicht mehr schaffen. Langsam wurde es dunkel und sie wollte noch einen Abstecher zu Mister Thurgood machen, um ihm von den Neuigkeiten zu berichten. Christine grinste, weil sie wusste, dass es nicht damit getan war, den alten Antiquar anzurufen. Klar, er besaß ein Telefon und benutzte es auch, um dringende Nachrichten zu übermitteln. Doch längere Gespräche an dem Apparat, wie er es nannte, waren ihm zuwider und, wie er sagte, nicht geheuer. Sie schwang sich auf ihr Fahrrad und durchquerte den Park.

Im Antiquariat brannte noch Licht, also benutzte Christine die Vordertür. Die Glöckchen bimmelten wie immer freudig hell über ihrem Kopf, und heute wollte Christine in ihre Freude einstimmen. Sie lächelte, als sie den Buchladen betrat und Mister Thurgood um die Ecke schlurfte.

»Kleine Miss, was für eine schöne Überraschung«, begrüßte er sie wie immer. »Wie geht es dir heute? Du strahlst wie die frische Morgensonne.«

»Mister Thurgood … Ich glaube, ich hatte recht. Ich weiß, es ist absurd, aber Christopher hat mir geschrieben und …«

»Geschrieben?«, unterbrach der alte Buchhändler Christines Wortschwall. »Ich dachte, du wolltest ihn treffen? Am Trafalgar Square?«

»Da war ich auch. Aber er war nicht da. Das heißt, er war da, aber ich nicht. Also … ach, das ist alles so kompliziert, Mister Thurgood.«

»Nun mal langsam eins nach dem anderen, kleine Miss. Komm mit nach hinten. Lancelot wird sich freuen, dich zu sehen. Und dann erzählst du mir in aller Ruhe, bei einer schönen Tasse Filterkaffee, was genau passiert ist.«

Christine folgte dem Antiquar ins Hinterzimmer und begrüßte Lancelot, während Thurgood frischen Kaffee aufbrühte. Sie ließ sich in den Ohrensessel fallen und nahm die Tasse mit dem dampfenden, schwarzen Gebräu dankbar entgegen. Dann begann sie zu erzählen. Von ihrem verpatzten Treffen mit Christopher, von Matthew und von ihrer Idee, die nächsten Punkte auf der Karte aufzusuchen. Sie ließ nichts aus, und ihre Erzählung wurde begleitet von erstaunten Ausrufen des Buchhändlers. Als sie geendet hatte, kratzte er sich am Ohr und dachte einen Moment nach.

»Das hört sich wirklich alles sehr abenteuerlich und haarsträubend hanebüchen an. Andererseits … ich wäre kein anständiger Buchhändler, wenn ich meine Augen nur in der Realität hätte und mein Herz nicht durchaus an eine gute Geschichte verschenken könnte. Und spannend ist diese Geschichte allemal. Das muss man ihr lassen. Nehmen wir einmal an, du hast recht, und diese Unmöglichkeit ist Wirklichkeit … Ihr schreibt euch aus verschiedenen Zeiten. Wie müssten wir vorgehen? Ließe sich dieses Problem lösen? Und was wäre der nächste Schritt?«

»Darüber habe ich die ganze Zeit auf dem Weg hierher nachgedacht, Mister Thurgood.« Christine nickte. »Als Erstes muss ich herausfinden, ob das alles wahr ist. Ich muss ihm schreiben und ihn einfach fragen. Allerdings ist der nächste Punkt auf der Karte ein bisschen knifflig. Er ist in der Waterloo Gallery hinter einem Gemälde. Ich hab keine Ahnung, wie ich da rankommen soll.«

»Waterloo Gallery?«, rief Thurgood aus. »Kein Problem, kleine Miss. Ein guter alter Freund von mir ist dort Museumswächter. Wenn du möchtest, dann werde ich den Brief dort für dich platzieren. Ich sollte den alten Kauz ohnehin längst besuchen. Sonst segnet er noch das Zeitliche und ich merke es nicht einmal.«

»Ehrlich?« Christine horchte auf. »Das wäre super, Mister Thurgood. Nur … ich muss den Brief erst schreiben.«

Der Alte schmunzelte. »Ich nehme an, du möchtest dabei alleine sein?«

»Ich … also … ja … nein … ich weiß nicht …« Christine wurde rot.

»Kleine Miss, du musst es nicht leugnen. Spätestens während deiner Erzählung wurde klar, dass es dir dieser Christopher angetan hat und du die Geschichte mehr mit dem Herzen als mit dem Verstand wiedergibst. Was hältst du davon, wenn du deinen Brief oben schreibst? Immerhin habt ihr euch dort indirekt zum ersten Mal getroffen. Und du hast deine Ruhe. Ich muss hier ohnehin noch ein paar Telefonate führen.« Etwas widerwillig blickte er den Apparat an. »Morgen bringe ich deinen Brief ins Museum und stecke ihn hinter welches Gemälde du willst.«

Christine fiel dem Antiquar um den Hals. »Danke, Mister Thurgood. Vielen Dank!«

»Nun, nun, nicht so stürmisch, kleine Miss. Ich bin nicht mehr der Jüngste …« Thurgood lachte.

Christine stieg die Treppe zum ersten Stock hinauf und ließ

sich in einen der beiden Sessel fallen. Sie sah sich um und sog den Anblick des Raumes in sich auf. Hier hatte alles begonnen. Und nun war sie mitten in einer Geschichte, die sie mit dem Verstand nicht greifen konnte und deren Ausgang ungewiss war. Aber es war ihr egal. Wenn man es genau nahm, hatte sie sich längst darauf eingelassen, also würde sie es jetzt auch durchziehen.

Sie nahm sich den Block und einen Bleistift vom Tisch und begann zu schreiben:

Lieber Christopher,

es tut mir leid, dass wir uns am Trafalgar Square verpasst haben. Ich habe einige merkwürdige Dinge herausgefunden und muss Dich gleich am Anfang etwas sehr Skurriles fragen. Du wirst mich für verrückt halten und glaube mir: Ich habe das selbst auch getan. Aber bitte sag mir:
In welchem Jahr lebst Du?
Ich weiß, die Frage klingt vollkommen absurd, aber ich muss es wissen. Genaueres erkläre ich Dir in meinem nächsten Brief, denn vorher möchte ich versuchen, die Fakten klarzubekommen. All das ist so verwirrend und ich verstehe selbst nicht, warum es mich nicht loslässt. Eigentlich wollte ich das Amulett zurückgeben und dann nichts mehr von der ganzen Sache wissen, aber Du gehst mir nicht aus dem Kopf. Ich habe mir sogar schon vorgestellt, wie Du wohl aussiehst. Hast Du grüne Augen, bist groß und dünn? Dunkle Haare? Das ist alles so grotesk …
Was hat das Schicksal nur mit uns vor?
Bitte antworte schnell.
Deine Christine

P.S.: Übrigens hätte ich Dein Theaterstück sehr gerne gesehen. Bist Du in einer Schultheatergruppe? Welche Rolle hast Du denn gespielt? Ich tanze. Hip-Hop. Wir trainieren gerade für die Vorauswahl der Landesmeisterschaft und ich kann gut verstehen, dass Du aufgeregt warst. Ich bin es auch …

Christopher

Es war längst dunkel, als Christopher Apsley House erreichte. Schatten hin oder her – für manche Unternehmungen benötigte er den Schutz der Nacht. Und heute führte kein Weg daran vorbei.

Unauffällig blickte er über seine Schulter. Es war niemand in der Nähe. Regen und Donnergrollen machten selbst aus dem hartgesottensten Spaziergänger einen Stubenhocker. Christopher sollte es recht sein. Versuchsweise rüttelte er an den Eisenstäben des Zauns. Sie gaben keinen Laut von sich. Ein letzter Blick, schon hatte sich Christopher an ihnen hochgeschwungen und war weich auf dem Rasen der anderen Seite gelandet. Einen Moment lang kauerte er am nassen Boden und horchte angestrengt in die Nacht.

Nichts. Keine Schritte, keine Lichter, vor allem aber keine Hunde. Christopher erlaubte es sich aufzuatmen. Bislang hatte ihn erst ein Botengang zum Apsley House geführt, und schon damals hatte er nirgendwo Hunde entdecken können.

Alle Fenster des Anwesens waren dunkel. Das war nicht weiter verwunderlich. Die Besitzer des Hauses, die äußerst wohlhabenden Wellesleys, waren ständig auf Reisen und Empfängen. Und wenn sie doch mal zu Hause anzutreffen waren, gaben sie meist selbst ein rauschendes Fest. Beides machte es zum Kinderspiel, Apsley House unbefugt zu betreten.

Und genau das hatte Christopher jetzt vor.

Gebückt und leise schlich er am Gebäude entlang. Bei einem Haus mit Dutzenden von Zimmern war meist ein offenes Fenster zu finden. Immer wieder hielt er inne und horchte in die Dunkelheit. Nichts rührte sich. Nur das sanfte Rauschen des

Regens und das Grollen des Donners. Hin und wieder leuchtete ein ferner Blitz am Horizont auf.

Verschlossenes Kellerfenster, verschlossenes Fenster zu einem der Salons, verschlossenes Fenster im Treppenhaus … Dieses Haus würde doch wohl keine Ausnahme sein?

Nein. Das nächste Fenster stand einen Spalt offen! Christopher grinste. Wie so oft, war es das Küchenfenster. Behutsam hob er es ein Stück an. Es gab keinen Laut von sich, wurde wohl stets gut geölt. Rasch schob er es hoch, zog sich an der Mauer hinauf und betrat das Haus. Auch hier war es totenstill.

In der Küche roch es schwach nach Kräutern und Fett. Christopher verließ sie über einen langen Flur, der sich bis zur Empfangshalle erstreckte. Ein gleißend heller Blitz zerriss das Firmament und enthüllte Christopher für einen Moment die großen Säulen vor dem Haus. Sollte das Gewitter ruhig ordentlich wüten. Ihm war in dieser Nacht alles recht, was ihn zusätzlich schützte.

Er musste die Waterloo Gallery finden. So ruhig und verlassen Apsley House gerade auch erschien – Christopher wusste, wie schnell sich das ändern konnte.

Ein Gefühl von Einsamkeit und Vergessen durchströmte ihn, als er leise durch die weiten Flure und hohen Säle strich. Wie es sich hier wohl lebte? Ob die Besitzer viel lachten? Ob sie glücklich waren? Unerklärlicherweise musste er an seine Eltern denken. Ein schlechtes Gewissen überkam ihn. Wann hatte er das letzte Mal an sie gedacht? Wann das letzte Mal geschrieben?

Andererseits: Was sollte er ihnen schon erzählen? Dass er aus seiner Wohnung geflogen war, weil er von Schatten verfolgt wurde? Dass er jetzt in einem Theater wohnte? Dass er einem Mädchen durch halb London nachjagte, das genauso gut ein Geist sein konnte? Er wusste nicht, woher der Gedanke kam, doch urplötzlich verspürte er den dringenden Wunsch,

Christine seinen Eltern vorzustellen. Das war völlig absurd. Er kannte sie ja selbst noch nicht einmal!

Christopher zwang sich, diese Gedanken zu verdrängen. Was war los mit ihm? Selbst bei einem normalen Botengang war er nicht so unkonzentriert, und gerade befand er sich illegal in einem fremden Haus. Nicht der beste Moment, um irgendwelchen Fantastereien nachzuhängen. Seine heutige Mission war durchaus etwas anderes als unbefugt in den Zoo einzusteigen.

»Reiß dich zusammen«, zischte er leise und setzte seine Erkundung fort.

Wenig später hatte er die Waterloo Gallery gefunden. Sie war tatsächlich nicht zu verfehlen gewesen. So viele Bilder auf einem Haufen hatte Christopher noch nie gesehen. Bilder in Goldrahmen, in Holzrahmen oder auf Leinwänden, kleine und große, runde und eckige Bilder bedeckten die hohen Wände von oben bis unten. Wie sollte er da das Porträt von Arthur Wellesley finden? Christopher hatte ihn einmal auf einem Bild in der *Illustrated London News* gesehen. Thurgood hatte ihm erzählt, dass er in der Schlacht von Waterloo maßgeblich am Sieg über Napoleon beteiligt gewesen war. Das alles war vor Christophers Zeit passiert, doch diese Information ließ auf ein militärisches Bild schließen, das gut sichtbar im Raum hing.

Bei jedem Blitz suchte Christopher die Wände ab, bis er endlich fündig wurde. Das musste es sein! Die Arme vor der Brust verschränkt blickte ein junger Mann stolz in den Raum. Obwohl der echte Wellesley schon längst nicht mehr hier wohnte, hatte er zumindest in diesem Raum die Zügel klar in der Hand.

Vorsichtig zog er einen mit Samt bezogenen Stuhl heran, kletterte darauf, suchte den edlen Goldrahmen mit schweißnassen Händen nach einer Nachricht von Christine ab. Er musste sich strecken, weil er relativ hoch hing, tastete am Rahmen entlang, wurde immer aufgeregter, immer nervöser, immer angespannter. Bis sich seine zitternden Finger um einen Umschlag schlossen. Sie war hier gewesen! Sie hatte einen weiteren Brief hinterlegt! Vielleicht würde sich jetzt alles klären.

Schwer atmend zog Christopher den Brief hervor. Sein Herz raste, als er seinen Namen auf dem Kuvert erblickte. Er hielt sich an der Lehne des Stuhls fest, um herunterzusteigen, rutschte ab, verlor die Balance und landete mit lautem Gepolter unsanft auf dem Boden.

Und diesmal blieb er nicht unbemerkt.

Eilige Schritte näherten sich. Christopher sah den flackernden Widerschein einer Laterne im Flur.

Verdammt, nichts wie weg!

Hastig verstaute er den kostbaren Brief in seinem Mantel, eilte zum Fenster und öffnete es. Natürlich, ausgerechnet dieses Fenster musste erbärmlich knarren!

»Halt! Stehen bleiben!«

Der Nachtwächter erschien in der Tür, als Christopher gerade auf der Fensterbank saß und die Beine über den Rand geschwungen hatte. Welcher Idiot gehorchte einer solchen Aufforderung eigentlich? Christopher ließ sich fallen, landete im nassen Gras und sprintete sofort zum Zaun. Bloß nicht zurückschauen, bloß hoffen, dass der Nachtwächter keine Waffe hatte.

Ein lautes Bellen hinter ihm ließ ihm das Blut in den Adern gefrieren. Er erstarrte. Auch das noch. Ein kurzer Blick über die Schulter verriet ihm genug, um sofort wieder loszurennen, als wäre der Teufel hinter ihm her. Und eigentlich kam das der Realität ziemlich nah: Zwei schwarze Hunde stürzten ihm aus der geöffneten Tür entgegen, nicht mehr als viel zu schnelle Formen in der verregneten Nacht.

Er hechtete an den Zaun, kletterte mit panischer Angst darüber, jeden Augenblick darauf gefasst, von übermächtigen Kiefern zu Boden gezogen zu werden. Sein Mantel verfing sich an den Eisenspitzen, er zog daran, etwas riss ... dann war er auf der anderen Seite. Er machte sich gar nicht erst die Mühe, sich umzuschauen, und rannte sofort weiter. Die Schreie des Nachtwächters und das wilde Kläffen der Hunde verfolgten ihn noch zwei Straßen weiter, dann wurde es langsam ruhig.

Christopher blieb erst stehen, als er das Theaterviertel Blackfriars erreicht hatte. Hier war um diese Uhrzeit jede Menge los, offenbar war gerade eine Vorstellung zu Ende. Ihm sollte es recht sein. Diesmal war es wirklich knapp gewesen. Diesmal war er seinen Verfolgern haarscharf entkommen.

Im Seiteneingang des Blackfriars-Theaters fand Christopher ein ruhiges Plätzchen. Er konnte keinen Moment länger warten! Aufgeregt zog er den ramponierten Brief aus seiner Jackentasche und begann zu lesen.

»Ist er das?«

»Ja, ganz sicher.«

»Na dann, mitkommen, Freundchen!«

Erst jetzt merkte Christopher, dass er selbst der Gegenstand dieser Unterhaltung war. Er hing immer noch am ersten Absatz von Christines Brief und hatte keine Ahnung, was sie eigentlich von ihm wollte. Weshalb wollte sie wissen, in welchem Jahr er lebte?

Verwirrt blickte er auf – und sah den Nachtwächter neben einem Polizisten mit schwarzem Hut und in einem langen schwarzen Mantel stehen. Beide blickten mit grimmiger Genugtuung auf ihn herab, hinter dem Nachtwächter saßen zwei Rottweiler auf dem Boden. Sie knurrten leise und ließen Christopher nicht aus den Augen.

Christopher war so perplex, dass er nicht einmal etwas darauf erwidern konnte, als ihn der untersetzte Polizist packte.

»Was hatten wir denn im Apsley House zu suchen?«, fragte er süffisant. »Ein kleines Gemälde? Etwas Schmuck?«

»Nein, ich ...«

»Ach, halt die Klappe! Ihr Straßenjungs seid doch alle gleich.«

»Wie?« Christopher war noch immer nicht ganz in der Realität angekommen. Was hatte Christine da geschrieben?

In welchem Jahr lebst Du?

Was zum Henker hatte das zu bedeuten? Weiter darüber nachdenken konnte er jedoch gerade nicht.

»Du dachtest wohl, du entwischst mir, was?« Die Augen des Nachtwächters blitzten triumphierend. »Aber da hast du deine Rechnung ohne Jack und Jim gemacht. Pass das nächste Mal besser auf, dass du keine Stofffetzen zurücklässt, wenn du schon irgendwo einbrichst, du Lump.« Er spuckte aus und wandte sich an den Polizisten. Christopher hatte ihn noch nie gesehen – und er kannte viele von ihnen. »Sie kümmern sich um ihn, Wachtmeister?«

Der Polizist blickte bösartig auf ihn herab. »Worauf Sie sich verlassen können.«

Er zog Christopher durch die belebten Straßen. Es war nicht das erste Mal, dass er von einem »Peeler«, wie die Polizisten nach ihrem Gründer John Peel genannt wurden, in aller Öffentlichkeit abgeführt wurde. Es war aber das erste Mal, dass er wirklich bei einem Verbrechen ertappt worden war. Und ausgerechnet einem Polizisten in die Hände fiel, den er noch nie gesehen und ihm somit auch noch nie einen Gefallen erwiesen hatte. Schöner Mist!

Und wieso war er ausgerechnet in Blackfriars erwischt worden? Zum Newgate-Gefängnis waren es von hier nur ein paar hundert Meter! Christopher hatte genug über dieses Gefängnis gehört, um bislang einen weiten Bogen darum zu machen. Jetzt wurde er auf direktem Weg in Londons berüchtigste Strafanstalt gebracht. Und er konnte nichts dagegen tun.

Als sie an den Galgen vor dem Gefängnis vorbeikamen, bekam Christopher weiche Knie.

»Willkommen in deinem neuen Zuhause«, grunzte der feiste Polizist und schubste Christopher durch das Tor. Jetzt wurde es langsam Zeit für ein kleines Wunder.

»Ich habe wirklich nichts gestohlen«, begann Christopher kleinlaut. Er hasste es zu flehen, hatte aber keine andere Idee. »Ich habe nur etwas abgeholt, was dort für mich hinterlegt war.«

Der Polizist schnaubte. »Mitten in der Nacht. Im Haus der Wellesleys. Aber natürlich, kleiner Prinz, ich glaube dir.« Er lachte schallend und hieb mit der Faust an eine Holztür. »Nachschub für euch!«

Die Tür öffnete sich, der Polizist stieß Christopher grob hindurch, warf ihm ein letztes »Wünsche wohl zu ruhen« an den Kopf und ließ die Tür krachend ins Schloss fallen.

Schattiges Zwielicht umfing ihn. Von allen Seiten drangen Schreie, Wimmern und lautes Rufen auf ihn ein. Und was noch schlimmer war: Es stank derart erbärmlich, dass Christopher augenblicklich übel wurde.

»Name?«, knurrte ihn eine Stimme aus dem Halbdunkel an.

Christopher befand sich offensichtlich in einem Vorraum, nur durch eine Tür von den todgeweihten Fluren dieser Hölle aus Stein geschützt.

»Blackpool«, erwiderte er sofort. Wenn er hier wieder heil herauskommen wollte, musste er einen guten Eindruck machen. »Christopher Blackpool.«

»Vergehen?«

»Man bezichtigt mich des Einbruchs, obwohl ich nur einen Brief abgeholt habe, der im Apsley House für mich …«

»Einbruch mit schwerer Körperverletzung und Vandalismus«, spuckte die Stimme aus. Der Schemen, zu dem sie gehörte, kritzelte etwas in ein gewaltiges Buch. »Das wird dich teuer zu stehen kommen, du Hund.« Ein bulliger Glatzkopf tauchte aus der Dunkelheit vor ihm auf. »Willkommen in Newgate.

Dem Tod aller Hoffnung.« Dann, lauter: »Abführen! Es gibt Frischfleisch!«

Zwei Wärter kamen durch eine Tür, packten Christopher und schleiften ihn fort. Todesangst brandete in ihm auf. »Nein, nicht!«, schrie er. »Ich habe nichts getan!«

»Dürfte ich erfahren, was dieser Lärm zu bedeuten hat?«

Christopher traute seinen Ohren kaum. Er kannte diese Stimme! Ein weiterer Polizist betrat den Vorraum und postierte sich vor den beiden Wärtern. Es war Francis Welkin, ein unbestechlicher Polizeiinspektor mit tadellosem Ruf. Christopher hatte ihm schon mehr als einmal bei seinen Ermittlungen geholfen. Den schickte der Himmel!

»Nur ein Neuankömmling, Sir. Einbruch, Körperverletzung, Vandalismus und wer weiß, was sonst noch so alles. Kennt man ja.«

Welkin bemaß Christopher keines Blickes und schritt langsam um ihn herum. »So so, kennt man das? Ist er bereits verhört worden?«

»Seit wann …«

»Ist er bereits verhört worden?«, unterbrach ihn der Inspektor schneidend.

»Nein, ich denke nicht.«

»In eine Einzelzelle mit ihm, sofort. Ich werde das selbst übernehmen.«

Christopher wagte es erst aufzuatmen, als Francis Welkin die Tür der kleinen Zelle hinter sich geschlossen hatte. Auch hier stank es erbärmlich, auch hier waren die Schreie zu hören. Aber immerhin war er allein. Und innerhalb der Mauern von Newgate war das purer Luxus.

Francis legte den Finger an die Lippen und bedeutete ihm, sich auf die harte Holzpritsche zu setzen. Als sich der Inspektor überzeugt hatte, dass niemand auf dem Gang war, setzte er sich neben ihn.

»Christopher, was ist hier los?«, begann er leise. Und blickte ihn forschend an. »Ich will die Wahrheit hören!«

»Das ist kompliziert«, begann Christopher.

»Dann streng dich an. Die Aussicht auf eine Gruppenzelle sollte als Motivation genügen, denke ich.«

In groben Zügen umriss Christopher die Geschichte, ließ gewisse Details großzügig aus und lenkte die Aufmerksamkeit des Polizisten auf seine Zuneigung zu Christine. Einmal mehr merkte er, dass er dabei gar nicht übertreiben, sondern sich eher zügeln musste.

»Dachte ich es mir doch«, flüsterte Welkin, als Christopher am Ende angelangt war. »Ich hätte mich doch sehr in dir getäuscht.«

»Also kann ich gehen?«

Der Inspektor lächelte traurig. »Das wird leider nicht möglich sein. Morgen früh kann ich dich gehen lassen, heute Nacht musst du jedoch hierbleiben.« Als Welkin Christophers schockiertes Gesicht sah, wurde sein Grinsen etwas breiter. »Keine Sorge, du kannst hier in dieser Zelle bleiben. Dafür sorge ich. Morgen früh wird man dich herauslassen, also spiel mir bloß den geläuterten Kleinkriminellen, der gerade noch einmal mit dem Schrecken davongekommen ist, ja?« Ein besonders lauter Schmerzensschrei zerriss die Unterhaltung. »Das können die anderen hier nicht von sich behaupten«, fügte er traurig an, erhob sich und wandte sich zum Gehen.

»Inspektor?«, zischte Christopher, als Welkin gerade die Tür geöffnet hatte. Ihm war etwas eingefallen.

»Was denn, Christopher?«

»Haben Sie vielleicht einen Stift?«

Als die Schritte des Inspektors verklungen waren, holte Christopher den Brief hervor. Er konnte noch immer nicht fassen, welch großes Glück er gerade gehabt hatte, war aber in Gedanken längst wieder bei Christines seltsamer Frage. Das änderte sich schnell, als er den Rest des Briefes gelesen hatte. Sie hatte sich also auch vorgestellt, wie er aussah? Und nicht nur das: Es entsprach mehr oder weniger den Tatsachen. Ein Schaudern überlief ihn. Was ging hier vor sich? Und was hatte sie so Merkwürdiges herausgefunden?

Dass sie ihn fragte, in welchem Jahr er lebte, war dennoch das Merkwürdigste überhaupt. Nun, sie würde ihre Gründe haben. Er drehte Christines Brief um und begann, seine Antwort auf die Rückseite zu schreiben.

Liebe Christine,

bitte entschuldige die Umstände bei meiner Antwort auf Deinen Brief. Ich befinde mich gerade in einer unpässlichen Lage und muss in Ermangelung eigenen Briefpapiers auf die Rückseite Deines Briefes zurückgreifen – Deines Briefes, der mich, gelinde gesagt, sehr verwundert hat.

Was meinst Du mit der Frage, in welchem Jahr ich lebe? Ich hörte einmal von einer fremden Religion, die in einer anderen Zeitrechnung lebt, doch da ich nicht davon ausgehe, dass Deine Frage darauf abzielte, bin ich tatsächlich ratlos, was Deine Hintergründe angeht.

Wir schreiben das Jahr 1851, soweit ich das beurteilen kann, das Jahr der Weltausstellung im Crystal Palace. Doch ich frage Dich, meine liebe Christine, wieso stellst Du mir diese Frage? Mit Sicherheit weißt Du doch ebenso gut wie ich, in welchem Jahr wir leben. Bitte kläre mich doch über Deine Beweggründe auf.

Was Deine anderen Fragen angeht, so muss ich Dich heute leider vertrösten. All das werde ich erklären, wenn wir uns endlich, endlich leibhaftig gegenüberstehen. Für heute muss ich mich der Hoffnung anvertrauen, Dir in meinen Träumen zu begegnen. In ihnen bin ich Dir ganz nah, meine liebe Christine. In ihnen hält uns niemand ab, uns endlich zu begegnen.

Auf ewig Dein
Christopher

Er faltete den Brief so sorgsam wie möglich zusammen und steckte ihn wieder ein. Er würde bis morgen warten müssen, bevor er den Brief zu den königlichen Stallungen bringen konnte, dem nächsten Punkt auf der Karte des Verborgenen. Doch eines war sicher: Wenn Christines Antwort nicht endlich Licht ins Dunkel brachte, würde er sich Thurgood anvertrauen. Er hatte das Gefühl, wahnsinnig zu werden, wenn er diese Sache noch länger allein mit sich herumschleppte.

Aber zuerst musste er schlafen. Die Pritsche war hart und unbequem, doch Christopher war es gewohnt, keine weiche Matratze zu haben. Einzig auf die nicht enden wollenden Schreie hätte er verzichten können. Vor dem Einschlafen dachte er darüber nach, was er in den letzten Tagen auf sich genommen hatte. Was er durchgemacht hatte. Wie immer, eilten seine Gedanken dabei rasch zu Christine. Er lächelte. Immerhin hatte er sie durch all diese Schwierigkeiten überhaupt erst kennengelernt.

In der modrigen Dunkelheit wurde ihm etwas klar. Für sie würde er noch viel mehr auf sich nehmen.

Christine

Der Wart der königlichen Stallungen war vertieft in seine Erklärung zur goldenen Kutsche. Sie war das Prunkstück der royalen Sammlung. Unter normalen Umständen hätte Christine an seinen Lippen gehangen und sich vorgestellt, wie Könige und Prinzessinnen damit durch die Länder gereist waren. Doch heute war nicht der richtige Tag dafür.

»Wo genau musst du hin, kleine Miss?«, flüsterte Thurgood. Er hatte angeboten, sie zu begleiten, um im Notfall den Fremdenführer abzulenken, damit sie sich von der Gruppe davonstehlen und Christophers Brief suchen konnte.

»Hier steht ›Letzte Box links‹«, wisperte Christine, während sie den wohl einhundertsten prüfenden Blick auf die Karte des Verborgenen warf.

»Jetzt wäre sicher kein schlechter Moment«, sagte der Antiquar grinsend. »Die Boxen sind da hinten und dieser Kerl ist so in seinem Element, dass ich mir sicher bin, er ist selbst einer der Kutscher. Dieser Zylinder steht ihm außerordentlich gut zu Gesicht, das muss man ihm lassen. Kleine Miss?«

Christine hörte ihn nicht mehr. Sie hatte sich bereits davongeschlichen. Jetzt war nicht die Zeit, sich Thurgoods Meinung über die Kopfbedeckung des Kutschers anzuhören – oder was auch immer dessen Berufsbezeichnung war. Sie musste in diese Box.

Sie schlenderte den breiten Gang des Stalls entlang und versuchte, so natürlich wie möglich zu wirken. Das war ein Teil des Plans, den sie sich zurechtgelegt hatten, sollte sie hierbei erwischt werden: Sie, die pferdeverrückte Enkelin von Mister Thurgood, die sich einfach heimlich von der Gruppe entfernt, um Pferde zu streicheln. Etwas Spannenderes war ihnen auf die

Schnelle nicht eingefallen, doch Christine war sich sicher, dass Thurgood die Rolle ihres Großvaters im Notfall perfekt inszenieren würde. Im Stall war weit und breit niemand zu sehen, sogar die meisten Pferdeboxen waren leer. Laut des Zylindertypen waren viele der Tiere im Einsatz oder bei Trainigseinheiten. Ihr sollte es recht sein.

Als sie die letzte Box erreichte, stöhnte Christine leise auf. Natürlich war diese als Einzige in der Reihe nicht leer. Ein schwarzer Riese sah sie aus großen Pferdeaugen an und schnaubte. Christine hatte nicht sehr viel Erfahrung mit Pferden. Wie bei allen Mädchen hatten irgendwann einmal Pferdeposter in ihrem Zimmer an den Wänden gehangen, doch die Begeisterung war schneller verflogen, als es zur ein oder anderen Reitstunde gereicht hätte.

»Meine Güte, ein Minipony bist du nicht gerade ... Black Prince«, flüsterte sie dem riesigen Tier mit einem Blick auf das Namensschild an der Box zu. Sie wusste nicht, ob sie damit das Pferd oder eher sich selbst beruhigen wollte, doch beides war der Situation zuträglich.

Christine schob die schwere Gittertür nur einen Spaltbreit auf und zwängte sich in die Box. Sie hatte nicht die leiseste Ahnung, ob das, was sie hier tat, gefährlich war, oder nicht. Doch sie hatte noch nie davon gehört, dass ein Pferd jemanden gefressen hätte. Das beruhigte sie zumindest fürs Erste.

Der schwarze Prinz schnaubte und seine großen Nüstern bebten, als er Christine beschnupperte. Sie zitterte innerlich, blieb aber ruhig stehen, und ließ es über sich ergehen. Sie fand es nur höflich, sich dem Bewohner dieses Apartments vorzustellen, wenn sie es schon betrat, ohne nach Erlaubnis zu fragen.

Black Prince beschnüffelte ihre Jackentaschen, doch als er nichts fand, was auch nur im Entferntesten nach Zucker, Karotten oder Äpfeln roch, verlor er schnell das Interesse an ihr.

Christine stand mit dem Rücken zur Wand und sah sich fieberhaft in der Box um, während sie das pechschwarze Tier im Augenwinkel behielt. Sie wollte gerade beginnen zu fluchen, da sah sie es: In der rechten Ecke, über dem Fenster, war ein Stein locker und ein Brief steckte in der kleinen Zementspalte.

»Spinnt der? Wie soll ich da hochkommen?«, zischte sie nervös. Sie sah sich noch einmal prüfend um, während Black Prince genüsslich eine Handvoll Heu kaute. Neben der Tränke stand ein schwarzer Plastikeimer. Wenn sie sich richtig streckte, könnte das funktionieren.

Christine bewegte sich langsam, um das riesige Tier nicht zu erschrecken, umrundete es und nahm sich den Eimer. Sie drehte ihn um und stellte ihn vor das Fenster. Dann stieg sie darauf, hielt sich an den Gitterstäben des Fensters fest und zog sich so weit hoch, wie es ihr möglich war. Es fehlten mindestens zwei Zentimeter.

Christine hielt die Luft an und streckte sich erneut, doch sie bekam den Brief nicht zu fassen.

»Scheiße, scheiße, scheiße! Christopher ... was denkst du, wie groß ich bin?«, fluchte sie leise vor sich hin.

Dann sammelte sie sich und atmete zwei-, dreimal tief ein.

Okay, Christine. Alles auf eine Karte. Du schaffst das. Aufgeben ist keine Option.

Innerlich gestärkt und motiviert ging sie in die Knie und stieß sich vom Eimer ab. Im Sprung bekam sie den Brief zu fassen und riss ihn aus der Spalte. Leider passierte genau das, was sie befürchtet hatte: Sie rutschte vom Eimer ab und knallte ziemlich unsanft auf den Boden.

Black Prince erschrak und wieherte, während er den Kopf in die Luft warf.

»Schschsch ...«, versuchte Christine, ihn zu beruhigen. »Es tut mir leid. Ich wollte dich nicht erschrecken«, flüsterte sie, während sie langsam vom Boden aufstand, immer darauf bedacht, den Hufen nicht zu nahe zu kommen. Davon getreten zu werden, stellte sie sich außerordentlich schmerzhaft vor. Doch der schwarze Riese beruhigte sich schnell. Aus irgendeinem Grund schien er Christine zu vertrauen.

Sie schob sich an ihm vorbei durch die Tür und zog sie zu.

Keine zwei Sekunden später hörte sie die Stimme des alten Thurgoods am Eingang der Stallgasse. »Wenn ich es Ihnen sage … Meine Enkelin hat sich sicher zu den Pferden geschlichen. Ich kenne niemanden, der so pferdeverrückt ist wie sie. Ganz sicher hat sie nichts Böses im Sinn.«

Gemeinsam mit dem Zylinderkerl betrat Thurgood die Stallgasse und zwinkerte ihr zu, während er seine Rolle perfekt weiterspielte: »Christine, Kind, da bist du ja. Dachte ich mir doch, dass wir dich hier finden.«

»Tut mir leid, Grandpa …« Christine stieg sofort in das Spiel ein. »Ich konnte nicht anders. Ich wollte unbedingt die Pferde sehen, aber sie sind fast alle weg.«

Der Fremdenführer baute sich vor Christine auf, die immer noch vor der Box stand und den Brief eilig in die hintere Tasche ihrer Jeans stopfte.

»Unbedingt die Pferde sehen, was? Wir sind doch hier nicht auf dem Jahrmarkt, wo man einfach hinlaufen und sich ansehen kann, was man möchte, junge Dame. Das hier sind die Stallungen der Königsfamilie und ohne den Stallmeister ist es niemandem gestattet, diesen Bereich zu betreten.«

»Es … es tut mir leid.« Christine setzte eine zerknirschte Miene auf. »Wirklich. Entschuldigen Sie bitte. Natürlich haben Sie recht, aber ich habe dieses wunderschöne Pferd gesehen und da hat mein Verstand ausgesetzt.«

»Meine Enkelin wollte sicher nichts anstellen«, mischte sich Thurgood ein. »Und man muss zugeben … alle Achtung …« Er schnalzte mit der Zunge und nickte mit dem Kopf in Richtung Box. »Das ist ein Prachtkerl. Da hätte mein Verstand auch ausgesetzt. Wissen Sie, ihre Pferdeverrücktheit hat meine Enkelin von mir. Ich war früher Kunstreiter beim Zirkus. Fahrende Schausteller. Leider hat meine Tochter so gar nichts von meiner Leidenschaft geerbt und einen schrecklich spießigen Banker geheiratet. Aber dieses Prachtmädchen hier ... die ist noch aus altem Schaustellerholz geschnitzt. Wissen Sie, was sie letztes Jahr getan hat?«

Der Fremdenführer unterbrach Thurgoods Redefluss mit einer raschen Handbewegung. »Das ist eine sehr abenteuerliche Geschichte, gewiss. Aber Sie entschuldigen, wenn ich Sie unterbreche. Wir müssen die Stallungen jetzt wirklich verlassen. Zumal die Führung längst vorbei ist und Sie die letzten Gäste auf dem Gelände sind. Unbefugt, wenn ich das anmerken darf.«

»Natürlich, natürlich«, winkte Thurgood ab. »Entschuldigen Sie. Aber wenn ich einmal ins Erzählen komme ... Sie wissen ja sicher, wie das ist. Komm, mein Mädchen ... wir wollen nicht, dass der Herr Ärger bekommt.«

Christine nickte und setzte sich in Bewegung, während Thurgood noch einen letzten Blick auf den Rappen warf. »Ein wahrer Prachtkerl ... Potzblitz ...«

»Ja, das ist er«, flüsterte der Freak mit dem Zylinder plötzlich. »Er ist der ganze Stolz des Stallmeisters, aber leider kaum zu bändigen. Gott sei Dank hat sich Ihre Enkelin nicht in die Box geschlichen. Dieses Tier ist der personifizierte Teufel.«

Christine wurde schlecht.

Sie wollte sich gar nicht vorstellen, was alles hätte passieren können.

Als sie das Gelände verließen, hatte Thurgood den Fremdenführer so weit, dass dieser nicht nur von Sanktionen ihnen gegenüber absah, sondern sie sogar einlud, bald wieder zu einer seiner Führungen zu kommen. Thurgood bedankte sich herzlich und schüttelte ihm die Hand, bevor er Christine unterhakte und sie ins nächstgelegene Café zog.

»Und? Hast du ihn?«, raunte er ihr zu, während er sich an einen kleinen Tisch setzte.

»Ja, ich hab ihn. Das war verdammt knapp. Sie hätten keine Sekunde früher kommen dürfen. Und wie Sie diesen Kerl um den Finger gewickelt haben … großartig.« Christine kicherte. »Zirkusreiter … Wie sind Sie nur auf eine solch absurde Geschichte gekommen?«

»Absurd? Ich muss doch sehr bitten, kleine Miss.« Thurgood tat empört. »Zirkusreiter sind ein sehr stolzes Völkchen. Zumindest habe ich das neulich gelesen.«

Thurgood holte sein Monokel aus der Westentasche. »Nun los. Lies, was er schreibt. Wenn deine Vermutung richtig ist, was ich übrigens immer noch für unmöglich halte, dann wäre das eine Sensation.«

Christine bestellte zuerst zwei Kaffee bei der Kellnerin, die gerade an ihrem Tisch vorbeilief, zog den Umschlag aus ihrer Gesäßtasche und ließ sich auf den Stuhl fallen.

Sie riss den Umschlag auf und runzelte die Stirn.

Das war gar nicht Christophers Art. Nicht, dass sie sonst beide darauf achteten, tolles Briefpapier zu verwenden, aber er hatte seine Nachricht auf die Rückseite ihres letzten Briefes gekritzelt. Das Papier war an mehreren Stellen eingerissen, voller Flecken und sah ziemlich ramponiert aus.

»Was ist?« Thurgood beobachtete aufmerksam ihre Mimik.

»Ach … nichts«, winkte sie ab. »Wahrscheinlich hatte er gerade nur kein neues Papier zur Hand.«

»Hmm … ja. Wahrscheinlich. Nun lies, kleine Miss. Ich bin schrecklich neugierig.«

Und Christines Augen flogen über Christophers Zeilen.

Ihr Atem stockte und ihr wurde abwechselnd heiß und kalt. Der schmutzige Brief in ihrer Hand begann zu zittern, als sie Thurgood mit ungläubig aufgerissenen Augen ansah.

»Was? Was ist los?«, fragte der Antiquar besorgt.

Christine konnte nur langsam den Kopf schütteln. Das, was los war, war völlig unbegreiflich. Und doch stand es hier. Schwarz auf weiß. Ihre Vorahnung hatte sich bestätigt. Christopher lebte in einer anderen Zeit.

Wie, zum Teufel, war das möglich?

Ihr Schock über diese haarsträubende Erkenntnis wurde erstaunlich schnell abgelöst durch heftiges Herzklopfen, als sie seine letzten Worte las: *Für heute muss ich mich der Hoffnung anvertrauen, Dir in meinen Träumen zu begegnen. In ihnen bin ich Dir ganz nah, meine liebe Christine.*

»Christine? Sag was! Du siehst aus, als hättest du ein Gespenst gesehen. Spann mich nicht so lange auf die Folter.«

Thurgood klang ungeduldig, während er laut seinen Kaffee schlürfte. Christine ließ den Brief sinken und sah ihn fassungslos an.

»Ich hatte recht, Mister Thurgood. Christopher lebt im Jahr 1851!«

Sie brauchte zwei Sekunden, um sich zu sammeln. Dann begann sie leise, dem alten Antiquar Christophers Brief vorzulesen. Dessen Augen wurden immer größer und er schüttelte beinahe ununterbrochen den Kopf. Christine ließ die letzten drei Zeilen der Nachricht aus, denn die waren für sie alleine bestimmt. Die wollte sie auch nicht mit dem alten Thurgood teilen.

Als sie geendet hatte, sah der Antiquar sie staunend an: »Wenn ich das alles richtig kombiniere und wahnwitzigerweise davon ausgehe, dass dein Christopher wirklich im Jahre 1851 lebt … hat er dann dieses Amulett, das du gefunden hast, für meinen Vorfahren Aelfred Thurgood versteckt und es hat die Zeit überdauert? Diese Geschichte ist beinahe grotesk. Nein … sie ist grotesk. Andererseits … sind das denn nicht die besten Geschichten?« Er wiegte seinen alten Kopf hin und her. Dann kicherte er, als wäre er geisteskrank, und sagte: »Lass uns gehen, kleine Miss. Ich glaube, ich weiß, wo wir mit unserer Recherche beginnen.«

Er winkte nach der Kellnerin, ließ eine Fünf-Pfund-Note auf dem Tisch liegen und schlurfte bereits zur Tür, als Christine, noch immer etwas benommen, den Brief einsteckte. Sie beeilte sich, dem Antiquar zu folgen. Mit dem nächsten Bus fuhren sie zurück zu Thurgoods Buchladen.

Die nächsten Stunden verbrachten sie damit, das alte Tagebuch von Thurgoods Ur-Ur-Urgroßvater zu studieren. Sie machten sich Notizen, Christine googelte und recherchierte mithilfe ihres Smartphones, während Thurgood in alten Schubladen und Bücherstapeln wühlte, aus denen er ständig neues Material hervorkramte.

Bald war der Schreibtisch übersät mit Büchern, Papieren, kleinen Zettelchen und Christophers Briefen, deren Inhalte sie mit den Ereignissen verglichen, die sich zu dieser Zeit in London abgespielt hatten. Mit jeder Kleinigkeit, die sie herausfanden, begann Christine die Briefe besser zu verstehen und spätestens jetzt war ihr auch klar, warum Christopher sich so merkwürdig ausdrückte. Er kam aus einer vollkommen anderen Zeit. Einer Zeit, die sie nur aus Büchern kannte. Büchern, die zu lesen sogar ihr manchmal schwerfiel, denn die damals üblichen Ausdrucksformen klangen in ihren Ohren fremd und verstaubt.

Thurgood war vollkommen in seinem Element. Er hatte hochrote Backen, während er sich durch die Papierhaufen wühlte und innerlich ganz im London des Jahres 1851 versunken zu sein schien. Er hatte ein Ahnenbuch gefunden und versuchte, so viel wie möglich über seinen Vorfahren Aelfred C. Thurgood herauszufinden, während Christine sich in ihren Gedanken an Christopher verlor.

Was war das für eine verrückt-komplizierte Geschichte und warum war ausgerechnet sie da hineingeraten? Warum ließ sie der Gedanke an diesen Jungen nicht los und warum schien es ihm genauso zu gehen? Das alles war vollkommen absurd. Sie lebten nicht in verschiedenen Städten oder Ländern, sondern in verschiedenen Zeiten. In einer anderen Welt. Trotzdem fühlte sie sich ihm so nah wie noch keinem anderen Jungen zuvor. Sie spürte wohl, dass er anders war als die Jungs, die sie kannte. Diese halbstarken Machos, die nur Fußball und Autos im Kopf hatten. Diese pubertären Idioten, die Romantik mit Kitsch verwechselten und sie deshalb von vornherein aus ihrem Leben ausschlossen.

Christopher war anders. Allein die Worte, die er benutzte, und die Ehrlichkeit, mit der er ihr seine Gefühle beschrieb, ließen Christines Herz jedes Mal bis zum Hals schlagen. Mit jeder Nachricht, die sie von ihm las, wurde ihre Sehnsucht größer und in ihr wuchs ein merkwürdiges Gefühl der Zusammengehörigkeit. Als wäre Christopher ein lange verlorener Teil ihrer selbst. Ein Teil, den sie vergessen und zufällig wiedergefunden hatte, ohne den sie jetzt aber nicht mehr leben konnte. Wie dieser grüne Pullover, den sie vollkommen aus ihrer Erinnerung gestrichen und neulich in einer Schublade gefunden hatte. Jetzt war es ihr Lieblingspullover und sie fragte sich permanent, wie sie ihn hatte vergessen können.

Sie grinste, als ihr auffiel, wie bescheuert dieser Vergleich war, doch ein besserer fiel ihr nicht ein.

»Ha! Ich hab's! Kleine Miss, ich hab etwas!« Thurgood klappte das riesige Ahnenbuch zu und eine kleine Staubwolke ließ Christine niesen.

»Gesundheit.« Thurgood nickte, reichte ihr ein Taschentuch und fuhr fort: »Also, diesen Christopher nach Allgemeinwissen zu fragen, um die Tatsachen zu verifizieren, ist Humbug. Ich wette, wenn ich dich fragen würde, wer damals Königin war oder welches Gebäude eigens für die Weltausstellung errichtet wurde, würdest du in zwei Minuten mithilfe dieses kleinen

Computertelefons herausfinden, was ich wissen will. Das wäre also kein Beweis für die Echtheit seiner Behauptung.«

Christine stimmte ihm zu, sparte sich aber die Bemerkung, dass sie auch ohne das Internet wusste, dass damals Königin Viktoria und Prinz Albert auf dem Thron gesessen und für die Weltausstellung eigens den Crystal Palace im Hyde Park in Auftrag gegeben hatten.

»Also müssen wir nach etwas Persönlichem fragen«, ereiferte Thurgood sich weiter. »Da wir aber nichts Persönliches von Christopher wissen und somit auch nichts nachprüfen können, musst du ihn in deinem nächsten Brief bitten, eine persönliche Information von Ur-Ur-Ach-ich-weiß-nicht-wie-viel-Großvater Aelfred einzuholen. Nämlich: Wie hieß der Neffe von Aelfreds zweiter Frau? Diese Information kann man nicht aus diesem Internet bekommen.«

»Gute Idee, Mister Thurgood. Der nächste Punkt auf der Karte ist das Lyceum Theatre. Dahin schaffe ich es heute sowieso nicht mehr, aber morgen ist Sonntag und ich habe genug Zeit, meinen Brief dort zu hinterlegen. Jetzt muss ich wirklich nach Hause. Meine Eltern machen sich sonst Sorgen.«

»Natürlich, natürlich.« Thurgood nickte. »Fahr du nach Hause. Es ist schon dunkel. Gib mir Bescheid, sobald du etwas Neues weißt. Ich recherchiere solange hier weiter. Vielleicht stoßen wir ja auf etwas, das euch beiden helfen könnte. Ich habe die ganze Zeit das Gefühl, wir übersehen etwas. Aber ich komme nicht darauf, was es sein könnte.«

Thurgood kratzte sich hinter dem Ohr, während er seine alte Taschenuhr aus der rechten Hosentasche zog. »Nun aber hurtig, kleine Miss. Es ist schon … nanu? Meine Taschenuhr hat ihren Geist aufgegeben. Ist das denn die Möglichkeit? Nach Jahrzehnten treuer Dienste … grundgütiger Himmel.«

»Vielleicht ist es nur eine Kleinigkeit, Mister Thurgood. Das lässt sich bestimmt reparieren.«

»Ja ja, hoffentlich hast du recht. Hoffentlich! Nun aber ab mit dir. Viel Erfolg bei deinem Brief. Oh, und kleine Miss?«

Christine wandte sich um. »Ja, Mister Thurgood?«

Der Alte grinste. »Das ist eine vollkommen verrückte Sache, nicht wahr? Aber ich denke, es macht Spaß, sich auch einmal auf etwas Verrücktes einzulassen.«

Christine fiel in das Grinsen ein. »Und ob! Danke für Ihre Hilfe, Mister Thurgood.«

»Gern geschehen, kleine Miss. Gute Nacht!« Damit schloss er die Tür.

Christine schwang sich auf ihr Fahrrad und machte sich auf den Weg durch den Hyde Park.

Zunächst bemerkte sie nicht, was anders war. Doch irgendetwas störte sie, als sie das Tor zum Hyde Park passierte.

Es war dunkler als sonst. Offenbar waren alle Laternen ausgefallen. Christine lief ein Schauer über den Rücken. Natürlich hatte sie Licht an ihrem Fahrrad, trotzdem war der Park in rabenschwarzer Nacht ziemlich gruselig. Sie überlegte kurz, ihren Vater anzurufen und zu Thurgood zurückzufahren. Er würde sie sicher dort abholen.

»Reiß dich zusammen!«, ermahnte sie sich selbst. So weit würde es noch kommen, dass sie zu Hause anrief und sich abholen ließ, weil sie Angst im Dunkeln hatte wie ein Kleinkind.

Sie trat in die Pedale und gewann schnell an Tempo. Zum Glück kannte sie auf diesem Weg jede Biegung und jeden Stein, sodass sie ihn auch blind hätte entlangfahren können.

Sie hatte bereits zwei Drittel der Strecke hinter sich gebracht, als sie plötzlich ein heftiges Knacken hinter sich hörte.

Sie drehte ihren Kopf für den Bruchteil einer Sekunde in die Richtung, aus der das Geräusch kam, und als sie wieder nach vorne sah, blieb ihr beinahe das Herz stehen: Sie sahen aus wie schwarze Gestalten, doch etwas stimmte nicht. Das Bild vor ihren Augen erinnerte Christine eher an Schatten, an körperlose Figuren. Sie wich aus und verlor beinahe die Kontrolle über ihr Rad. Ihr Herz schlug im Stakkato-Takt und es fühlte sich an, als wollte es ihr aus der Brust springen.

Die Angst lähmte sie, und sie zwang sich, ihren Verstand wach zu halten. Reflexartig trat sie mit aller Kraft, die sie noch hatte, in die Pedale und verbot sich selbst, nach hinten zu sehen. Ihr Instinkt sagte ihr, dass ihre einzige Chance darin bestand, nach vorne zu schauen und abzuhauen, so schnell es ihr möglich war. Jeder Blick über die Schulter würde sie aufhalten und damit nur noch mehr gefährden.

Den letzten Rest der Strecke fuhr sie in halsbrecherischem Tempo. Als sie den Park verließ und zu ihrer Erleichterung sah, dass die Straßenlaternen in ihrem Wohngebiet funktionierten, atmete sie auf, reduzierte aber nicht ihr Tempo. Sie wollte nur nach Hause – und das auf schnellstem Wege.

Als sie in ihre Straße einbog, sah sie, dass ihr Vater wieder einmal das kleine Gartentor offen gelassen hatte und sie direkt bis vor die Tür fahren konnte, ohne vom Rad steigen zu müssen. Ihre Mutter konnte es nicht leiden, wenn ihr Vater vergaß, das Tor zu schließen, doch heute war Christine sehr dankbar für die Tatsache, dass er es trotzdem ab und zu tat.

Heute würde sie sogar darauf verzichten, ihr Fahrrad anzuketten oder in die Garage zu schieben. Bloß ins Haus! Mit zitternden Fingern schloss sie die Tür auf und hätte am liebsten vor Erleichterung geweint, als diese beschützend hinter ihr ins Schloss fiel.

»Dieser Scheißpark …«, flüsterte sie. Ihr Herz raste noch immer.

»Christine? Bist du das?«

»Ja, Mum!« Sie versuchte, ihrer Stimme einen normalen Tonfall zu geben.

»Dein Vater ist noch mal ins Büro gefahren, weil er Unterlagen vergessen hat, und ich bin in der Badewanne. Du kommst spät. Hast du dich wieder mit Mister Thurgood verquatscht?«

»Ja, Mum. Ich geh gleich ins Bett. Ich bin total erledigt«, rief Christine Richtung Badezimmer.

»Okay.« Die Stimme ihrer Mutter klang enttäuscht. »Ist alles in Ordnung?«

»Ja, mach dir keine Sorgen. Ich bin nur hundemüde. Gute Nacht.«

»Gute Nacht, Schatz.«

Christine nahm immer zwei Stufen auf einmal, warf ihre Zimmertür hinter sich zu und ließ sich auf ihr Bett fallen.

Was zum Teufel war das? Jetzt fiel ihr wieder ein, dass sie erst neulich im Park dasselbe mulmige Gefühl hatte wie gerade eben. Aber beim letzten Mal hatte sie keine dieser Gestalten gesehen. Konnte das Einbildung gewesen sein? Und wenn sie wirklich Schatten gesehen hatte: Wo waren die dazugehörigen Körper? Sie schnappte sich einen Block und einen Stift und begann zu schreiben, um sich zu beruhigen.

Lieber Christopher,

Du wirst nicht glauben, was wir herausgefunden haben. Und es passieren merkwürdige Dinge. Ehrlich gesagt, habe ich Angst und wünschte, Du wärst hier. Ich habe keine Ahnung, wem ich mich anvertrauen soll. Allein Mister Thurgood weiß von unserem Geheimnis, aber mein Thurgood ist nicht Dein Thurgood. Das ist alles so kompliziert und ich sollte vielleicht von vorne beginnen.
Es mag absurd für Dich klingen, aber Christopher, bitte glaube mir, wenn ich Dir jetzt sage, dass ich im Jahr 2014 lebe. Ich habe den ganzen Tag mit Mister Thurgood recherchiert

und wir haben herausgefunden, dass all die Punkte auf unserer Karte eines gemeinsam haben: Sie existierten sowohl 1851, in Deiner Zeit, als auch immer noch heute, 2014, in meiner Zeit und unglaubliche 163 Jahre später!
Wir glauben, alleine deshalb ist es möglich, dass wir uns diese Briefe schicken. Von Ort zu Ort, die alle zu funktionieren scheinen wie Briefkästen, die die Zeit überbrücken. Ich weiß, es hört sich bescheuert an. Aber es ist die einzige Erklärung, die wir für all die Ungereimtheiten finden konnten. Bitte, Christopher, kannst Du Deinen Thurgood fragen, wie der Neffe dessen zweiter Frau heißt? Denn das ist eine Information, die Du Dir nicht einfach beschaffen könntest, wenn Du nicht der wärst, der Du behauptest zu sein. Nicht, dass ich einen Beweis bräuchte, weil ich Dir nicht vertraue. Bitte denke das nicht. Ich vertraue Dir merkwürdigerweise mehr, als ich je einem Fremden vertraut habe. Denn eigentlich ... fühlst Du Dich für mich gar nicht mehr fremd an. Doch bitte frage Thurgood nach dieser Information. Es ist wichtig.
Vorhin im Park hatte ich Todesangst, denn ich wurde von ziemlich komischen Schatten verfolgt. Vielleicht war alles Einbildung, aber mein einziger Gedanke war, dass ich mir wünschen würde, Dich noch zu treffen, falls das hier schiefgeht. Ich sollte einfach nicht nachts durch den Hyde Park fahren, ich weiß. Aber es war das erste Mal, dass ich körperlose Gestalten gesehen habe. Ich glaube, ich bin einfach übermüdet und durcheinander von all diesen verrückten Ereignissen.
Bitte antworte mir schnell, liebster Christopher. Bis dahin treffe ich Dich in meinen Träumen und umarme Dich in Gedanken.
Deine Christine

Christopher

Christopher starrte missmutig in den Himmel. Seit zwei Tagen regnete es ununterbrochen, und ein Blick in die dunkelgrauen Wolkenberge über London verriet ihm, dass es noch eine Weile so weitergehen würde.

Noch immer hatte er Rückenschmerzen von der harten Pritsche in seiner Zelle. Er war nicht für das Gefängnis gemacht, das wusste er spätestens jetzt. Vielleicht sollte er nach dieser ganzen Sache einen ehrbaren Beruf ergreifen und bei seinem Vater in die Lehre gehen? Nächte wie diese würden ihm dann zumindest erspart bleiben.

So ein Unsinn.

Er wischte die Gedanken beiseite wie eine lästige Fliege. Schließlich war alles gut gegangen. Trotzdem hatte er gewisse Vorkehrungen getroffen und Pip gebeten, seinen Brief in den königlichen Stallungen zu platzieren. Die Polizei hatte in nächster Zeit bestimmt ein besonderes Auge auf ihn und er wollte es um jeden Preis vermeiden, Newgate erneut von innen zu sehen. Selbst der Tower konnte zu seinen berüchtigsten Zeiten als Gefängnis kaum schlimmer gewesen sein. Wenn er nur an diesen Gestank dachte. An die Schreie ...

Christopher hatte sich seit einigen Stunden in einem Hauseingang postiert, von dem er das Lyceum Theatre unbemerkt beobachten konnte. Im Gegensatz zu manch anderem Ort auf der Karte des Verborgenen fühlte er sich hier zu Hause. Covent Garden und seine Straßenkünstler waren gleich um die Ecke, das Opernhaus und zahlreiche weitere Theater nur ein paar Meter weiter. Das hier waren seine Straßen, hier fühlte er sich sicher. Es war seine Welt.

Irgendetwas hinderte ihn dennoch daran, das Lyceum sofort zu betreten und nach Christines Brief zu suchen. Er verstand noch immer nicht, was ihr letzter Brief zu bedeuten hatte. Ihre Zeilen hatten so verwirrt geklungen, unsicher und über weite Strecken komplett unverständlich. Was zum Henker meinte sie nur mit diesem »Hip-Hop-Tanz«? Christopher kannte gewiss nicht alle Tänze, doch von einem solchen hatte er noch nie gehört.

Was, wenn ihr nächster Brief ähnlich viele Fragezeichen hinterließ? Was, wenn er ihn wieder nicht verstand? Er fürchtete, sie zu verlieren – und das, bevor er sie überhaupt gefunden hatte. Was für ein ausgemachter Unsinn!

»Los jetzt, trau dich!«, sprach er sich selbst Mut zu. Er zog seine Kappe tiefer ins Gesicht, eilte über die Straße, trat unter die hohen Säulen und befand sich einen Augenblick später bereits im Foyer des prunkvollen Baus. Hier schaute ihn niemand merkwürdig an, hier war er nicht unerwünscht. Man kannte ihn. Und das machte die Sache endlich einmal deutlich angenehmer.

Betont langsam schlenderte er in den Saal, war wie immer überwältigt von dessen Größe, den edlen Samtbezügen der unzähligen roten Sitze, den Verzierungen der Loge und dem glänzenden Licht der Lampen. Zum wiederholten Mal stellte er sich vor, wie es wohl wäre, auf einer solchen Bühne zu spielen. Es musste großartig sein!

Er zwang sich zur Konzentration. Die Schauspielerei musste warten. Auf der Karte des Verborgenen war »Reihe A, Sitz 13« vermerkt worden, und Christopher wunderte sich einmal mehr über Sinn und Zweck dieser Karte. Wie taugte solch ein öffentlicher Ort als Versteck? Noch dazu in der ersten Reihe, direkt vor dem glänzenden Parkett der Bühne?

Je näher er der ersten Reihe kam, desto stärker schlug sein Herz. Christopher hielt es nicht mehr aus. Die letzten Meter nahm er im Laufschritt, tastete den Sitz ab und bekam ein Stück Papier zu fassen – ja, es war Christines Brief! Mit fahrigen Händen riss er den Umschlag auf, wollte nur noch in ihren Worten versinken, ihr zumindest auf dieser fernen Ebene nah sein.

Seine Augen flogen über die Zeilen, verschlangen förmlich die Sätze, die sie ihm geschrieben hatte ... und hielten inne. Verwirrt blickte Christopher auf, die Stirn in tiefe Falten gelegt. Dann las er ihre Zeilen erneut, bemühte sich, ihnen einen Sinn abzuringen.

Vergeblich.

Fassungslos ließ er sich in Sitz 13 sinken. Das, was Christine ihm geschrieben hatte, konnte unmöglich der Wahrheit entsprechen. Doch wieso spürte er instinktiv, dass es wahr war? Wieso verknotete sich sein Magen zu einem schmerzhaften Knäuel? Alles andere in ihm verschwamm, um einem einzigen, pulsierenden, fürchterlichen Gedanken Platz zu schaffen.

Ich werde sie niemals sehen.

Ich werde sie niemals in den Arm nehmen.

Ich werde sie niemals küssen.

Das durfte nicht sein. Wieder und wieder huschten seine Augen über die Zeilen, in der Hoffnung, den Irrtum aufzuklären.

Es gab keinen.

Christine lebte im Jahr 2014, er im Jahr 1851. Das zumindest verrieten ihm ihre Zeilen. Sie hatte noch eine ganze Menge mehr geschrieben, doch Christophers Gedanken kreisten nur um diese Information.

Er hatte keine Erklärung dafür, doch er zweifelte zu keiner Sekunde an ihren Worten. Christopher hatte schon von der Zukunft gehört, hatte sogar einen Roman gelesen, der seines Wissens mehr als 150 Jahre in der Zukunft spielte. Doch darin war von einer Welt in Trümmern die Rede gewesen und nicht von einem London, in dem Christine lebte und aus dem sie ihm Briefe schrieb. Christophers Gedanken rasten. So begeistert er von neuen Erfindungen, von den teilweise absurden Innovationen war, die auf der Weltausstellung im Crystal Palace ausgestellt wurden: Sein Verstand weigerte sich, das alles zu begreifen. Es war schlicht unmöglich.

Und dennoch ...

Würde das nicht sehr viel erklären?

Und würde es nicht gleichzeitig unendlich viele neue Fragen aufwerfen? Fragen, auf die niemand eine Antwort hatte. War das am Ende alles nur ein dummes Spiel, mit dem man ihn zum Narren hielt? Ausgeschlossen. War Christine vielleicht nicht ganz richtig im Kopf? Der Gedanke beschämte ihn, bevor er ihn überhaupt zu Ende gedacht hatte.

Ruhe bewahren!

Christopher versuchte, sich die Zukunft vorzustellen. Die Welt, in der Christine angeblich lebte. Was hatte sie in ihrem Brief geschrieben? Sie lebte 163 Jahre später. Das würde bedeuten, dass er längst zu Staub zerfallen war, bevor sie überhaupt geboren wurde. Und dennoch lebte er und schrieb Briefe an dieses Mädchen. Es war zum Verrücktwerden.

Mit schwirrendem Kopf taumelte Christopher aus dem Theater. Er hatte so sehr gehofft, endlich ein wenig Klarheit in dieses Mysterium zu bringen. Stattdessen fand er sich jetzt mit etwas konfrontiert, das sein Verstand nicht einmal ansatzweise greifen konnte. Oder wollte. Wie sollte etwas Derartiges überhaupt möglich sein?

Wie in Trance stolperte Christopher durch Londons Straßen und fand sich urplötzlich vor Thurgoods Antiquariat wieder. Wie war er hierhergekommen? Er erinnerte sich nicht. All seine Gedanken führten ins Leere. Sobald er versuchte, sich das Jahr 2014 vorzustellen, hatte er das Gefühl, sein Kopf verknotete sich. Und da war er noch nicht einmal bei der Frage angelangt, wie seine Briefe in die Zukunft und ihre Briefe in die Vergangenheit reisen sollten.

Genug! Er hatte genug davon! Es war an der Zeit, Thurgood alles zu erzählen. Eigentlich hatte er viel zu lange damit gewartet. Selbst Christine hatte ihn längst eingeweiht. Er korrigierte sich: Sie hatte Thurgoods Nachfahren eingeweiht. Was für ein Durcheinander!

Er riss die Tür zum Antiquariat auf, stolperte hinein und wurde sich erst dann bewusst, dass Thurgood nicht allein war. Eine Frau beugte sich über die Theke des vollgestopften Ladens und redete mit dringlicher Stimme auf ihn ein. Der Antiquar schien vor ihr zurückzuweichen, wirkte noch fahler und ausgezehrter als sonst. Niemand schien Christopher bemerkt zu haben. Die beiden waren offensichtlich in ein Streitgespräch vertieft.

»Aber wenn ich es Ihnen doch sage, meine Teure«, gab Thurgood kleinlaut von sich. »Es ist bald so weit!«

»Bald! Bald!«, brummelte die hochgewachsene Dame. Sie hatte glatte schwarze Haare bis zum Kinn und schien sehr ungehalten zu sein. Christopher war derart versunken in seinen Problemen, dass er die Vorgänge im Laden nur schemenhaft wahrnahm. Erst als ihn die Dame anrempelte, klärte sich sein Blick.

»Pass doch auf, du Lümmel!«, zischte sie und schob sich an ihm vorbei. Erst jetzt erkannte Christopher in ihr eine Kundin, die in den letzten Monaten wiederholt im Antiquariat gewesen war. Wie gewöhnlich, war sie auch heute nicht sehr freundlich und ganz offensichtlich verärgert.

»Christopher, dich schickt der Himmel!«, brachte Thurgood erleichtert hervor, nachdem das Klingeln über der Tür verstummt war. Er rieb sich die Augen und stützte sich an der Theke ab. »Manche Kunden rauben mir den ...« Er hielt entsetzt inne, nachdem er seine Augen wieder geöffnet hatte. »Du meine Güte, Junge, was ist denn mit dir passiert? Du siehst aus, als hättest du einen Geist gesehen.«

Wäre Christopher bei Sinnen gewesen, wäre ihm aufgefallen, wie absurd Thurgoods Aussage eigentlich war. Der Einzige, der wie ein Geist aussah, war der reichlich mitgenommene Antiquar selbst. Weil er jedoch nichts anderes im Kopf hatte als Christines schicksalhaftes Schreiben, brachen die Worte aus ihm heraus wie aus einem geöffneten Damm. Er erzählte Thurgood alles, ließ nichts aus, berichtete dem alten Mann lückenlos, was sich abgespielt hatte, seit er in jener Nacht von den schwarzen Schatten durch ganz London gejagt wurde.

Thurgood schwieg die ganze Zeit und sah ihn forschend an. Als Christopher geendet hatte, schürzte der Antiquar die Lippen und blickte eine Weile ins Leere.

»Ein Amulett, sagst du?«, war das Erste, was er wieder von sich gab.

Christopher hätte mit allem gerechnet, aber nicht damit. »Das ist richtig, ja«, sagte er nach kurzem Zögern. »Aber wieso …«

»Sch.« Thurgood hob einen Finger an seine Lippen. Er stand auf und lief im Kreis umher. »Dann ist es also wahr«, murmelte er und verschwand schließlich im Obergeschoss.

»Mister Thurgood, was soll das alles?«, rief Christopher verzweifelt. Wieso warf alles, was er tat, immer noch mehr Fragen auf?

»Gleich«, hörte er die ungeduldige Stimme seines alten Freundes. »Ich habe da eine Idee!«

Heute hatte Christopher keine Geduld mit Thurgoods Marotten. Er folgte ihm und stieß am Treppenabsatz beinahe mit ihm zusammen, als dieser wieder herunterkam.

»Nun aber!«, entfuhr dem Antiquar und für einen kurzen Moment huschte Ärger über seine Züge. Dann breitete sich ein verständiges Lächeln über seine Runzeln aus. »Ach, bitte verzeih mir, ich muss vergessen haben, was du gerade durchmachst.«

»Was halten Sie denn von all dem?«, fragte Christopher. Thurgood hatte sich noch mit keinem Wort dazu geäußert. »Ist das nicht verrückt?«

»Verrückt?« Thurgood kratzte sich am Kopf und blickte auf das Buch herab, das er in den Händen hielt. »Zweifellos. Aber weißt du was, Junge? Die Welt *ist* verrückt. Diese Stadt ist verrückt. Dieses wertvolle Buch hier beispielsweise ...« Er hielt Christopher einen alten Schmöker mit abgewetzten Ecken und seltsamen Symbolen auf dem Einband unter die Nase. »... hast du vor einigen Wochen in mein Antiquariat gebracht. Erinnerst du dich?«

Christopher dachte einen Augenblick nach. »Wenn mich nicht alles täuscht, wurde ich damals auch verfolgt.«

»Ganz recht, mein Junge, ganz recht. Jetzt wissen wir auch, weshalb.«

»Wissen wir das?«

»Aber ja. Deine kleine Freundin Christine hat das Päckchen, das du unter größter Gefahr in Sicherheit gebracht hast, allem Anschein nach geöffnet.«

»Und?« Christopher verlor zunehmend die Geduld. Wohin führte das alles?

»Uuund«, holte Thurgood wie immer, wenn er etwas zu verkünden hatte, besonders lange aus, »dank dieses Buches hier weiß ich, dass es eventuell eine Möglichkeit gibt, euer Problem zu lösen!«

Damit hatte Christopher nicht gerechnet. Er blickte den Antiquar ungläubig an. »Aber wie ...«

Thurgood winkte ab. »So genau kann ich das alles auch nicht sagen. Ich weiß nur, dass ich in diesem Buch von einer Apparatur gelesen habe, mit deren Hilfe man die Zeit überbrücken kann. Es ist alles sehr schwer zu entziffern, bisweilen gar unmöglich. Fest steht jedoch, dass es unter anderem besagtes Amulett benötigt, um diese Zeitbrücke zu erschaffen.« Thurgood blickte Christopher erwartungsvoll an. »Was sagst du?«

»Eine Zeitbrücke?« Christopher wusste nicht, ob er lachen oder weinen sollte. »Ist das nicht alles ein wenig weit hergeholt?«

Thurgood nahm seine Brille ab und musterte ihn schmunzelnd. »Weiter hergeholt also als deine Geschichte? Die glaubst du doch auch, oder?«

»Das tue ich tatsächlich«, gab Christopher zu. »Aber wie …?«

»… wir das anstellen sollen? Nun, ich schätze, da kommt mein Nachfahre ins Spiel. Wie hieß er doch gleich?«

»Alfred.«

»Alfred, so so, sehr einfallsreich. Andererseits sollte ich mich wohl freuen, dass mein Name derart unbeschadet durch eine Handvoll Generationen geschickt wurde, was?«

Christopher nickte nur. Er konnte der ganzen Sache längst nicht mehr folgen.

»Nehmen wir mal an«, senkte Thurgood die Stimme, »ich gäbe dir dieses kostbare Buch, das ich seit vielen Jahrzehnten gesucht habe, und du würdest es über eure Verstecke an deine Christine weitergeben. Vielleicht könnte mein Nachfahre entschlüsseln, was für diese Zeitbrücke nötig ist. In 163 Jahren hat sich gewiss einiges getan, meinst du nicht auch?«

»Das würden Sie für mich tun, Mister Thurgood?«

»Nun, Junge, ich sehe doch, dass du bis über beide Ohren in dieses Mädchen verliebt bist.«

Christopher lief hochrot an. Das hatte er dem Antiquar gegenüber nicht erwähnt.

»Ja, ja, auch ein alter Mann wie ich weiß, was Liebe ist.«

»Vielen Dank!« Beschämt stellte Christopher fest, dass er Thurgood tatsächlich noch nie mit irgendetwas anderem in Verbindung gebracht hatte als mit alten Büchern. Er wusste weniger über seinen alten Freund, als ihm je klar gewesen war. Dabei war Thurgood ganz offensichtlich Vater, denn immerhin tauschte sich Christine im Jahr 2014 mit einem seiner Nachfahren aus. Jetzt fiel ihm auch wieder die seltsame Bitte aus Christines Brief ein.

»Ach, Mister Thurgood, ehe ich es vergesse: Christine bat mich, Ihnen eine Frage zu stellen. Um zu beweisen, dass wir wirklich in verschiedenen Zeiten leben, denke ich.«

Der Alte zog die Augenbrauen in die Höhe. »Und wie beabsichtigt sie das zu beweisen?«

»Sie bittet mich, Sie zu fragen, wie der Neffe Ihrer zweiten Frau heißt.«

Thurgood lachte. »Was für ein cleveres Mädchen. Die Idee könnte glatt von mir sein. Ernest heißt er. Hier.« Thurgood hielt Christopher das Buch hin. Er zwinkerte ihm zu. »Sieh zu, dass du es durch die Zeit schickst!«

Liebste Christine,

mir fehlen die Worte. Noch vor einigen Wochen hätte ich das, was Du mir in Deinem letzten Brief schriebst, als einzige Albernheit abgetan. Dann kamst du in mein Leben, und urplötzlich bin ich sogar bereit, jener aberwitzigen Vorstellung anheimzufallen, dass wir in verschiedenen Zeiten leben. Ich weiß, dass es stimmt, und dennoch ist es einfach zu absurd, um es zu glauben. Geschweige denn zu verstehen. Verstehst Du es? Deine Enthüllung traf mich wie ein Blitz. Für einige Zeit unterlag ich der Vorstellung, dass wir nie zusammenfinden würden. Sie war wie ein schwerer Stein, der mich tief hinabzieht bis auf den Grund des Meeres, mir die Luft zum Atmen nimmt und nie wieder an die Oberfläche kommen lässt. Die Vorstellung, Dir niemals zu begegnen, ist schlimmer als der Tod, liebste Christine, sodass mir selbst der Gedanke, im Jenseits endlich bei Dir sein zu können, tröstend vorkam.

Doch, Christine, vielleicht muss es nicht enden wie in „Romeo und Julia". Vielleicht gibt es Hoffnung für uns. Thurgood, und damit meine ich „meinen" Thurgood sozusagen, bat mich, Dir dieses Buch zu übermitteln. Bitte gehe sorgsam damit um, es ist ein großer Vertrauensbeweis, dass er mir dieses kostbare Werk überhaupt anvertraut hat. Es heißt, es berge den Schlüssel zu einer Zeitbrücke, die mithilfe jenes sonderbaren Amuletts errichtet werden kann. Vielleicht kann sich „Dein" Thurgood dieser Sache einmal annehmen? Er lässt übrigens ausrichten, besagter Neffe heiße Ernest.

Ach, es wäre zu schön, um wahr zu sein, ließe sich diese tückische Geißel namens Zeit dieses eine Mal austricksen. Ich bin bereit, alles zu versuchen, wenn ich nur bei Dir sein kann, meine Liebe. In der Zukunft, von der ich hoffe, dass sie so strahlend schön ist, wie du es in meinen Gedanken bist.

In Liebe
Dein Christopher

Christine

In Liebe, Dein Christopher ... In Liebe, Dein Christopher ... In Liebe, Dein Christopher.

Christine stand, den Brief in der Hand, auf der Besucherterrasse des Wellington Arch und ließ ihren Blick über den Hyde Park schweifen. Doch ihre Augen nahmen nichts wahr, transportierten keine Information an ihr Gehirn. Sie konnte sich nicht einmal für das uralte Buch begeistern, das sie in den Händen hielt. In ihren Gedanken wiederholten sich immer dieselben Worte.

In Liebe, Dein Christopher ... In Liebe, Dein Christopher.

Konnte das wahr sein? War es möglich, dass er genauso empfand wie sie? Dass aus dieser völlig bescheuerten Geschichte eine Liebesgeschichte wurde? Sie kannten sich noch nicht einmal, hatten keine Ahnung, wie der andere aussah, wie er sprach, sich bewegte, wie er roch, sich anfühlte. Sie hatten nichts als eine Handvoll Briefe und ein paar schöne Worte. So etwas gab es sonst nur im Kino und wurde von den Zuschauern als unrealistischer Kitsch abgestempelt.

Christine lächelte.

Stimmt. Sie hatte keine Ahnung, wie Christopher aussah.

Doch es war ihr vollkommen egal. Sie liebte die Art, wie er schrieb, seine höfliche Zurückhaltung und diese verstaubte Romantik. Christopher hatte bezüglich ihrer Vorstellung von einer romantischen Liebe genau ins Schwarze getroffen.

Mochte sie für kitschig halten, wer wollte, es war ihr gleich.

Christine betrachtete das Buch, das Christopher diesmal zusammen mit seinem Brief versteckt hatte. Es musste uralt sein und ihr wurde erst jetzt bewusst, welche Kostbarkeit sie vor sich hatte. Sie bemühte sich, ihre Gedanken von Christopher loszureißen, doch es wollte ihr nicht gelingen. Immer wieder verlor sie sich in dem Bild, das sich in ihrem Kopf formte, wenn sie sich vorstellte, in Christophers Zeit zu leben. Zwischen Kutschen und Gaslaternen, ohne Geld und Luxus, mit Überlebensängsten als täglichem Begleiter.

War die Liebe nicht früher viel besonderer als heute? Gerade weil man nicht im Überfluss lebte und das wenige, das man hatte, gerne mit dem teilte, den man liebte? War die Liebe in einer solchen Zeit nicht das Einzige und gleichzeitig Stärkste, das man besaß?

Die Melodie von »Miss Marple« riss sie unsanft aus ihren Gedanken.

»Christine? Wo steckst du? Wir warten alle auf dich.« Alexas Stimme zischte aus dem Smartphone.

»Scheiße, Lex, sorry, ich hab die Zeit vergessen. Ich bin schon unterwegs. Gib mir fünfzehn Minuten, ja?«

»Du hast echt Nerven …«, hörte sie die Stimme ihrer Freundin noch, bevor diese auflegte.

»Mist, Mist, Mist. Ausgerechnet heute …« Christine war wütend auf sich selbst. Es war das letzte Training vor der Landesmeisterschaftsauswahl und sie stand hier oben und dachte an Christopher.

»Reiß dich zusammen«, ermahnte sie sich selbst, legte den Brief in das alte Buch und steckte beides vorsichtig in ihren Rucksack.

Sie rannte die Treppe der Besucherplattform hinunter und schwang sich auf ihr Mountainbike, das sie unten an eine Laterne angeschlossen hatte.

Als sie gute fünfzehn Minuten später in der Schule ankam, war der Rest der Gruppe schon mitten im Training. Matthew winkte ihr zu und gab weiter Anweisungen.

»... uuuund kick, double step, kick … diesen Teil lassen wir aus, bis Christine sich aufgewärmt hat ... zwei, drei, roundkick, vier ...«

Christine beeilte sich, sich umzuziehen, verstaute den Rucksack sorgfältig in ihrem Spind und schloss ihn ab. Dann lief sie in die Halle und begann, sich aufzuwärmen. Als sie so weit war, reihte sie sich in die Gruppe auf ihren Platz ein und folgte konzentriert Matthews Befehlen und der Choreografie.

Sie durfte das hier nicht vermasseln. Diese Ausscheidung am Wochenende war die größte Chance, die sie und ihre ganze Tanzgruppe je bekommen hatten. Christine wusste, dass sie sich nie wieder in der Schule blicken lassen konnte, wenn das schiefging, nur weil sie einen fremden Jungen und ein paar staubige Briefe im Kopf hatte. Sie versuchte, sich zusammenzunehmen und sich ganz in ihre Bewegungen fallen zu lassen, so wie früher, bevor sie Christopher gekannt hatte. Doch der Gedanke an ihn schlich sich immer wieder in ihr Bewusstsein und sie war vollkommen machtlos dagegen.

»Wir machen eine kurze Pause, Mädels. Gut gemacht«, rief Matthew nach einer gefühlten Ewigkeit und kam auf Christine zu, während sich die anderen auf den Boden setzten, um zu Atem zu kommen und einen Schluck Wasser zu trinken.

»Na?« Er grinste. »Darf ich annehmen, dass dein Zuspätkommen etwas mit demselben jungen Mann zu tun hat, der dich auch ein wenig unkonzentriert wirken lässt?«

»Matt, es tut mir leid, wirklich.« Christine setzte zu einer Entschuldigung an, doch Matthew winkte ab.

»Halb so wild. Reiß dich einfach am Wochenende zusammen, dann werden wir das Ding schon schaukeln. Vielleicht möchtest du ihn einladen? Bestimmt tanzt du wie der Teufel, wenn Prinz Charming im Publikum sitzt?« Matthew schmunzelte und Christine merkte, wie sie rot wurde.

»Pssst ... Matt ... bitte. Das müssen nicht alle wissen. Ich kann ihn nicht einladen. Diese ganze Geschichte ist so verworren.«

»Okay, schon verstanden.« Matthew zwinkerte ihr zu und klatschte in die Hände: »Seid ihr so weit, Ladies? Kann es weitergehen?«

Die Mädchen standen auf und nahmen ihre Ausgangspositionen ein.

Während Matthew sich an der Musikanlage zu schaffen machte, zischte Alexa Christine zu: »Ach, und Matt weiß also mehr über diesen Typen als deine beste Freundin, ja? So langsam nehme ich das alles echt persönlich.«

Christine seufzte. »Lex, das ist alles nicht so, wie du denkst.«

»Natürlich nicht«, gab diese schnippisch zurück. »Das ist es ja nie.«

Noch bevor Christine etwas erwidern konnte, setzte die Musik ein und sie nahm sich vor, nach dem Training mit Alexa zu sprechen. Ihr zumindest so viel zu erklären, wie es ihr möglich war, ohne dass die Freundin sie für vollkommen hirnverbrannt hielt.

Etwa eine Stunde später klatschte Matthew in die Hände und rief: »Danke, Ladys, das reicht für heute. Wir sehen uns übermorgen um acht Uhr hier und fahren dann alle zusammen. Vielen Dank, das war ein sehr gutes Training. Bitte ruht euch morgen aus, geht früh ins Bett, kein Fastfood und denkt an alles, nur nicht ans Tanzen. Und jetzt unter die Duschen mit euch.«

Christine drehte sich zu Alexa um, doch die war bereits auf dem Weg zur Umkleide. Christine rannte ihr nach. Als sie Alexas Spind erreichte, hatte diese schon ihre Jacke an und verstaute ihre Tanzschuhe in ihrer Tasche.

»Lex? Gehst du nicht duschen?«

»Nein. Ich dusche zu Hause«, antwortete Alexa knapp.

»Lex, hör zu. Das ist alles eine ziemlich komplizierte Geschichte. Ich wollte sie dir längst erzählen, aber immer wenn …«

»Spar es dir doch einfach, Christine«, unterbrach Alexa sie barsch. »Ich will deine blöden Ausreden nicht mehr hören. Ich will deine Geschichte nicht erzählt bekommen und ich will auch nichts über diesen Typen wissen, kapiert? Wenn du neuerdings lieber mit Matt deine Geheimnisse teilst: bitte schön. Viel Spaß dabei. Aber ruf mich ja nicht an, wenn der Typ mal nicht mehr aktuell ist und du dich ausheulen willst.«

Alexa knallte die Tür ihres Spindes zu, warf sich ihre Tasche über die Schulter und stapfte zornig zum Ausgang.

»Lex, jetzt warte doch! Lex!«, rief Christine der Freundin nach. Doch die war schon durch die Tür.

Christine ließ sich auf die Bank fallen.

Warum musste das alles so schwierig und konfus sein? Warum konnte sie nicht einfach einen stinknormalen Typen kennenlernen und sich in den verlieben? So wie alle anderen Mädchen auch? Nein, es musste ein Kerl aus einem anderen Jahrhundert sein. Und jetzt war ihre beste Freundin auch noch sauer, weil sie dachte, sie hätte Geheimnisse, die sie nicht mit ihr teilen wollte. Grundsätzlich war das ja sogar so, doch Christine war sich in diesem Moment nicht sicher, ob es ihr nicht besser gefiele, wenn Alexa dachte, sie hätte einen kompletten Dachschaden. Alles war besser, als dieser verletzte Gesichtsausdruck, den sie zuvor noch nie bei ihrer Freundin gesehen hatte. Aber warum auch? Es war das erste Mal, dass sie ein Geheimnis vor Alexa hatte, und für ihre Freundin war es neu, dass Christine etwas im Alleingang tat.

Sie seufzte, stand auf und griff nach dem Vorhängeschloss ihres Spinds, um die Zahlenkombination einzugeben.

Doch plötzlich stutzte sie und ihr Herzschlag wurde schneller: Das Vorhängeschloss sah merkwürdig verbogen aus, als hätte jemand versucht, es gewaltsam zu öffnen. Doch wer konnte ein Vorhängeschloss verbiegen? Das war vollkommen absurd. Sie stellte die Ziffern ein. Als sie das Schloss aufzog, war sie sich sicher, dass sich jemand daran zu schaffen gemacht hatte. Es ließ sich beinahe nicht öffnen.

Fieberhaft nahm sie den Rucksack aus dem Spind, öffnete ihn und atmete erleichtert auf, als sie sah, dass das Buch noch dort war, wohin sie es gesteckt hatte. Sie wollte keine Zeit mehr verlieren und zog sich ihren Kapuzenpulli über den Kopf. Dann tauschte sie ihre Tanzschuhe gegen Straßenschuhe, zog ihren Parka an und verließ, den Rucksack in beiden Händen, die Umkleidekabine, bevor die anderen Mädchen aus den Duschen kamen.

Auf dem Weg nach Hause überlegte Christine nervös. Wer hatte in den zwei Stunden, während sie trainiert hatten, versucht, sich Zugang zu ihrem Spind zu verschaffen? Und vor allem: Was hatte derjenige gesucht? Sie war sich sicher, dass Alexa nicht genug Vorsprung hatte, um in ihren Sachen herumzuwühlen. Ganz davon abgesehen, war Alexa auch nicht kräftig genug, um ein Vorhängeschloss zu verbiegen. Und sie war ihre Freundin. Sicher, sie war gerade ziemlich sauer. Vielleicht auch enttäuscht. Trotzdem würde sie so etwas nicht tun, selbst wenn sie es könnte. Christine war sich ganz sicher, dass Alexa als Verdächtige ausschied.

Zu Hause angekommen warf Christine ihren Rucksack nicht, wie sonst, einfach in ihr Zimmer, sondern öffnete ihn und zog behutsam das alte Buch heraus. Sie sah es sich genau an, ohne es aufzuschlagen. Den alten, an einigen Stellen eingerissenen Einband zierten merkwürdige Muster, die beinahe aussahen wie fremde Schriftzeichen. Christine erkannte unter der Verschmutzung eine Aufschrift, jedoch konnte sie sie nicht entziffern, denn auch diese Formen waren ihr fremd.

Sie packte das Buch nach unten in den Korb mit ihrer Schmutzwäsche und beeilte sich, unter die Dusche zu kommen. Sie wollte noch ins Antiquariat, bevor es dunkel wurde.

Im Eiltempo duschte sie, zog sich an und ließ eine knappe Stunde später die Glöckchen an Thurgoods Tür bimmeln, als sie durch selbige trat.

»Kleine Miss …«, rief der Antiquar erfreut, als er aus dem Hinterzimmer in den Laden schlurfte. »Dass ich dich heute noch sehe … sehr schön. Wie geht es dir? Gibt es etwas Neues von deinem Christopher?«

»Hallo, Mister Thurgood. Ja, es gibt etwas Neues. Ich kann nicht sehr viel damit anfangen, habe mich aber heute auch noch nicht wirklich damit beschäftigen können.«

Sie verschwieg ihm absichtlich die Sache mit dem Schloss ihres Spindes. Sie wollte den alten Mann nicht unnötig beunruhigen.

Christine zog das Buch aus ihrem Rucksack und Thurgoods Augen weiteten sich vor Erstaunen. »Was ist das?«, fragte er neugierig. »Woher hast du es? Und warum, in Gottes Namen, hältst du es in den Händen, als wäre es ein billiges Telefonbuch? Gib her. Lass den alten Thurgood mal sehen …«

Der Alte streckte seine Hände nach dem alten Buch aus und Christine überließ es ihm bereitwillig. Er drehte es, strich sanft über den alten Einband und schlug es schließlich vorsichtig auf.

»Ich habe nicht die leiseste Ahnung, was diese Schriftzeichen bedeuten könnten.« Thurgoods Monokel fiel ihm aus dem Auge, als er Christine ansah. »Aber dieses Buch muss Jahrhunderte alt sein. Woher hast du es?«, fragte er noch einmal.

»Christopher hat es zusammen mit seinem letzten Brief versteckt. Er liegt ganz hinten im Buch«, antwortete Christine.

»Darf ich ihn lesen?«, fragte der alte Mann.

Christine spürte, wie sie schon wieder rot wurde. Was war heute nur los? Dann nickte sie. »Ja, sicher. Lesen Sie ihn. Vielleicht können Sie etwas mit den Informationen anfangen.«

Thurgood schlurfte ins Hinterzimmer und bedeutete Christine, ihm zu folgen. Dort setzte er sich an seinen Schreibtisch, während sie sich in den Ohrensessel fallen ließ. Thurgood zog Christophers Brief aus dem alten Buch und begann zu lesen. Als er geendet hatte, schmunzelte er und sah Christine an: »›In

Liebe, Dein Christopher‹, was? Da hat es euch beide aber ganz schön schnell erwischt, würde ich behaupten wollen. Und das nur, wegen ein paar Seiten beschriebenen Papieres.«

Christine starrte auf ihre Finger, die sie ineinanderverknotet hatte, und der Antiquar kicherte, bevor er fortfuhr: »Warum so schüchtern? Liebe ist nichts, wofür man sich schämen sollte. Und ich muss schon sagen: Diese Geschichte ist zwar hochgradig absurd, aber gerade deshalb wohl eine der besten, die ich je gehört habe. Bestenfalls dem alten Shakespeare würde man ein solch grotesk anmutendes Märchen zutrauen. Es ist beinahe wie im *Sommernachtstraum*.«

Christine sah den alten Buchhändler an und lächelte. Eigentlich hatte er recht. Es gab keinen Grund, sich zu schämen.

»Was mir nur nicht einleuchten will ...«, fuhr Thurgood stirnrunzelnd fort, »... was meint er mit dem Schlüssel zu einer Zeitbrücke? Soll sich dieser, laut meines Vorfahren, in diesem Buch befinden?«

»Ich weiß es nicht. So genau konnte ich es, wie gesagt, noch nicht studieren«, antwortete Christine schulterzuckend.

»Na, dann lass uns mal sehen.« Thurgood blätterte vorsichtig die Seiten des alten Buches um. Eine nach der anderen. Sie waren übersät mit denselben merkwürdigen Schriftzeichen, die sich auch auf dem Einband befanden. Etwa in der Mitte des Buches wurden die eng beschriebenen Seiten von einer Zeichnung unterbrochen. Christine sah dem Antiquar neugierig über die Schulter. Die Skizze sah aus wie eine Art Bauplan, doch Christine konnte nicht erkennen, was sie darstellen sollte.

»Was ist das?«, fragte sie.

»Ich weiß es nicht, kleine Miss, ich weiß es nicht«, murmelte Thurgood und drehte das Buch mit der Ansicht des Plans in alle Richtungen, um einen Sinn dahinter zu entdecken. »Einen solchen Plan habe ich noch nie gesehen, aber es scheint mir, dass sich etwas bewegen soll. Sieh nur …« Thurgood deutete auf einen Teil der Zeichnung, der viele kleine, ineinanderlaufende Zahnräder zeigte. »Es könnte vielleicht so etwas wie ein Motor sein. Aber was sollte ein Motor mit diesem Amulett zu tun haben?«

In diesem Moment klingelten die Glöckchen der Haupttür und Thurgood erschrak. »Beim Teutates, ich habe vollkommen die Zeit vergessen. Ist nicht längst Ladenschluss?«

Während er aufstand und Richtung Verkaufsraum schlurfte, zog er seine Taschenuhr aus der Westentasche und ließ den Deckel aufspringen. »Es ist doch zum fuchsteufelswild werden …«, meckerte er plötzlich. »Ich bin so an diese Uhr gewöhnt, dass ich immer wieder vergesse, dass sie kaputt ist.«

»Kann man sie denn nicht reparieren lassen?«, fragte Christine, schnappte sich Christophers Brief und folgte dem alten Mann in den Hauptraum, in dem eine teuer gekleidete, streng frisierte Dame an der Tür stand.

»Guten Tag …«, begrüßte Thurgood die Kundin und Christine hatte den Bruchteil einer Sekunde das Gefühl, als würde er zusammenzucken, bevor er sich wieder ihr zuwandte. »Ich weiß es nicht, kleine Miss. Es gibt einen Uhrmacher hier in der Nähe. Man sagt, er ist spezialisiert auf alte Uhren, aber ich bin nicht sicher, ob diese Reparatur noch lohnt … Dieser Zeitmesser ist uralt.« Thurgood kicherte ein bisschen über seinen Wortwitz. Christine grinste schief. »Wissen Sie was? Ich nehme sie mit und fahre auf dem Heimweg schnell dort vorbei. Dann soll er sich die Uhr ansehen und vielleicht wissen wir schon morgen, ob sie sich reparieren lässt oder nicht.«

»Das würdest du tun?« Thurgood strahlte über sein faltiges Gesicht. »Meinen verbindlichsten Dank, kleine Miss. Ein alter Kauz wie ich hängt doch an seinen Gerätschaften. Hier …«

Er drückte Christine die Taschenuhr in die Hand und lächelte sie dankbar an, bevor er sich zu seiner Kundin umdrehte, die noch immer an der Tür stand und darauf zu warten schien, dass er ihr seine Aufmerksamkeit schenkte.

»Was kann ich für Sie tun?«, fragte er die Dame und Christine winkte ihm zu, während sie an der Kundin vorbei zur Tür ging. Ein teurer und doch merkwürdig stechender Geruch ging von ihr aus und Christine schüttelte ein wenig den Kopf, als sie an der frischen Luft war, um ihn aus der Nase zu bekommen. Dann steckte sie Thurgoods Uhr in ihre Jackentasche und googelte mit dem Smartphone nach Uhrmachern. Es gab nur einen in der Nähe und Christine radelte los.

In nicht einmal fünf Minuten hatte sie die angegebene Adresse erreicht. Doch sie stand vor einem Pub. Sie betrat die düstere Spelunke und durchquerte den Raum bis zum Tresen, hinter dem eine dicke Wirtin stand.

Die wandte sich ihr sofort zu. »Was kann ich für dich tun, junge Dame?«, krächzte sie mit heiserer Stimme.

»Eigentlich suche ich einen Uhrmacher. Ich habe ihn unter dieser Adresse gegoogelt, aber …«

»Ah, du meinst Adrian«, unterbrach sie die Wirtin. »Der hat seinen Laden im Hinterhof. Geh einfach durch die Hintertür, dann über den Flur hinaus in den Hof. Er müsste noch da sein.«

»Vielen Dank.« Christine folgte den Anweisungen der Wirtin und als sie auf den Hinterhof hinaustrat, fiel ihr gleich das Messingschild über den erleuchteten Fenstern gegenüber auf:

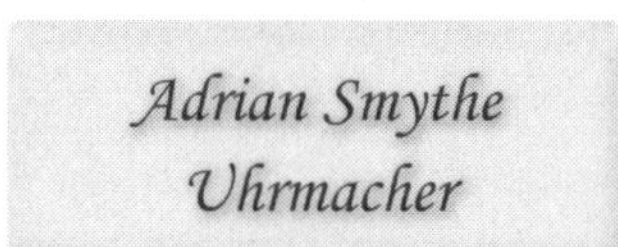

Christine betrat den Laden und ein blonder, ernst aussehender junger Mann sah von seinem Arbeitstisch auf. Er mochte um die dreißig sein, was Christine überraschte. Aus irgendeinem Grund hatte sie sich den Uhrmacher mindestens so alt wie Thurgood vorgestellt.

»Hey, kann ich dir helfen?«, fragte der junge Mann und stand auf.

»Ich weiß nicht. Ich hoffe es«, antwortete Christine und fischte die Taschenuhr aus der Innentasche ihres Parkas. »Können Sie so etwas reparieren?« Sie hielt ihm die Uhr hin und der junge Mann griff danach.

»Wow, das ist ein schönes Stück. Geerbt?« Er schnalzte mit der Zunge.

»Keine Ahnung.« Christine zuckte mit den Schultern. »Sie gehört einem Freund, aber sie hat den Geist aufgegeben.«

»Na, dann wollen wir mal sehen ...« Der Uhrmacher ging zurück zu seinem Arbeitstisch und nahm einen winzigen Schraubenzieher zur Hand. Er wollte ihn gerade am Gehäuse der Taschenuhr ansetzen, als irgendwo ein Telefon klingelte.

»Mist«, fluchte er und legte den Schraubenzieher weg. »Hast du noch zwei Sekunden?«

Christine nickte, während der junge Mann eilig hinter einem Vorhang verschwand, um das Telefon abzunehmen.

Sie sah sich in dem kleinen Raum um. Sie liebte Londons Straßen, versteckte Hinterhöfe und skurrile Läden. Dieser hier sah aus, als hätte man seit Jahrhunderten nichts darin verändert – wenn man von einigen modernen Errungenschaften wie einem Laptop und einer Kaffeemaschine absah.

Christine fiel eine wunderschön verzierte Spieluhr ins Auge, die auf einem großen Tisch an der Wand stand. Sie ging da-rauf zu, um das kleine Kunstwerk aus der Nähe betrachten zu können. Doch als sie sich über den Tisch beugte, zog etwas anderes ihre Aufmerksamkeit auf sich.

Auf dem Tisch ausgebreitet lagen große Papierbögen.

Christines Augen verengten sich zu schmalen Schlitzen, als sie sie über die Skizzen auf den Bögen gleiten ließ, und stoppten abrupt, als sie eine Zeichnung erfassten, die sie bereits kannte.

Sie hielt den Atem an und beugte sich tiefer über die Pläne, um sie genauer ansehen zu können. Es gab keinen Zweifel: Dieser Plan sah exakt so aus wie der, den Thurgood und sie in dem alten Buch gefunden hatten.

Und jetzt wusste Christine auch, was es war.

Auf dem Plan war kein Motor aufgezeichnet.

Es war ein Uhrwerk.

Christopher

Ich glaube nicht an die Zukunft«, meinte Pip salopp und schob sich eine weitere Erdnuss in den Mund. Anscheinend hatte er das Streichholzgeschäft hinter sich gelassen und war unter die Lebensmittelverkäufer gegangen. Christopher fragte sich, ob es hilfreich war, dass er seine Ware am liebsten selbst verzehrte.

»Wie meinst du das, du glaubst nicht an die Zukunft?« Er bereute es schon wieder, Pip nach der Zukunft gefragt zu haben. Guter Rat war bei dem rothaarigen Burschen eher rar gesät. Er hatte jedoch den Drang verspürt, mit jemandem darüber zu sprechen – über die Zeit, in der Christine lebte.

»Nun, nehmen wir mal an, es gäbe so etwas wie die Zukunft. Wann wäre die denn genau? In einem Augenblick?« Er wartete und wirkte, als horche er angestrengt in Londons kühlen Tag hinaus. »Da, siehst du?«, meinte er triumphierend. »Schon wieder vorbei, die Zukunft. Nein, nein, eigentlich gibt es nur das Hier und Jetzt. Was«, fügte er nach einem Blick auf seine fast leer gegessene Erdnussschale an, »nun auch nicht unbedingt eine rosige Aussicht ist.«

Christopher schüttelte verärgert den Kopf. »Das ist doch albern. Was ist denn mit der Zeitspanne von einem Jahr? Von zehn Jahren? Von ... 160 Jahren?«

Pip zuckte mit den Schultern. »Alles dasselbe. Es ist so lange Illusion, bis es da ist. Und dann ist es auch schon wieder vorbei.«

»Na, Jungs, noch was zu trinken?« Der Wirt beugte sich über die Theke. »Oder sind wir dazu heute zu philosophisch?«

Wie viele andere Straßenhändler auch, saßen Christopher

und Pip im Hog's Head, einer heruntergekommenen kleinen Kaschemme unweit der Themse. Das roch man mal mehr, mal weniger. Heute war es erfreulicherweise zu kühl, um den Gestank des Flusses in den niedrigen Pub zu tragen.

»Nein danke«, meinte Christopher und verputzte das letzte Stück seines Lamm-Pies. Zumindest hoffte er, dass es Lamm war. Der einzige Pie, auf den man sich in Läden wie diesem verlassen konnte, war der Aal-Pie. Und wer den aß, hatte jedwede Selbstachtung verloren. In der Zukunft gab es den bestimmt nicht mehr! »Ich muss sowieso los.«

»Jetzt schon?« Pip wirkte enttäuscht. »Ich dachte, wir plaudern noch ein bisschen.«

»Dafür ist keine Zeit mehr, ich muss ins Theater.« *Und unbedingt noch mit jemand anderem über die Zukunft reden*, fügte er in Gedanken hinzu.

Die Zukunft. Wie das schon klang! Als er sich auf den Rückweg ins Theater machte, wanderten seine Gedanken abermals zu Christine. Das Verrückte war, dass im Hier und Jetzt noch nicht einmal ihre Großmutter auf der Welt war und er ihr dennoch Briefe schrieb, als würde sie in seiner Zeit leben. Offensichtlich lebte sie zwar in dieser Stadt, aber eben erst in 160 Jahren. Und dennoch hatte er sich in sie verliebt. Reife Leistung, das musste Christopher zugeben. Das erste Mädchen, das sein Interesse tatsächlich zu wecken vermochte, war eine Illusion, ein Phantom aus der Zukunft.

Konnte es nicht ein ehrbares Mädchen aus Greenwich sein? Oder seinetwegen eine Blumenverkäuferin aus Covent Garden? Nein, es musste eine Tänzerin sein, die Tänze tanzte, von denen sich Christopher sicher war, dass es sie noch gar nicht gab.

Wie es wohl war, das London der Zukunft? Bestimmt ein unsagbar spannender Ort, eine Stadt, über der gewaltige Luftschiffe kreisten. Durch die ellenlange Pferdekutschen fuhren. Die Tag und Nacht von gleißendem Gaslicht erhellt war. Schon jetzt sog Christopher jeden noch so kleinen Zeitungsartikel über die Weltausstellung auf, als hinge sein Leben davon ab, träumte sich in ferne Länder und stellte sich vor, eines Tages mit einem messingfarbenen Unterseeboot um die ganze Welt zu fahren. Oh ja, die Zukunft musste ein toller Ort sein!

»Wie kommst du darauf, dass es in der Zukunft so toll ist?«, knurrte ihn Matthew wenig später an. Heute stand der Straßenhändler am Charing Cross und versuchte, mehr oder weniger frische Fische loszuwerden. Das schien selbst einen Spitzenverkäufer wie Matthew vor manche Herausforderungen zu stellen. Seine Miene jedenfalls war so düster wie der Himmel über der Stadt.

»Bedenke doch nur, was dann alles möglich sein wird!« Christopher konnte es nicht verstehen. Fand denn niemand die Zukunft spannend?

»Wahrscheinlich haben sie in der Zukunft noch mehr miese Ware aufgetrieben, die wir verkaufen sollen. Vielleicht gibt es in der Zukunft noch grausamere und gemeinere Gefängnisse als das Newgate Prison.« Matthew spuckte aus, was einige potenzielle Kunden sogleich verschreckte. Mit gerümpfter Nase eilten die Damen in Richtung Trafalgar Square davon. »Nein, Chris, ich halte nicht allzu viel von der Zukunft. Was soll für Leute wie uns in einer Gegenwart wie dieser schon besser werden? Außerdem habe ich vor einiger Zeit ein Buch gelesen, ich glaube es hieß *Der letzte Mensch* oder so ähnlich. Du weißt schon, von dieser Mary Shelley, die auch *Frankenstein* geschrieben hat.«

»Und?« Christopher war zunehmend genervt.

»Dieses Buch spielt zum Ende des 21. Jahrhunderts und enthält mehr als genug Gründe, die Zukunft eher zu fürchten.«

»Aber das ist doch nur ein Buch!«

Matthew verzog den Mund. »Mir egal.«

Christopher seufzte. »Ich muss aufbrechen, Matthew. Viel Erfolg mit deinen Fischen!«

Er eilte weiter. Im Theater würde er mehr Glück haben. Dort trieben sich Schauspieler herum, Regisseure, Autoren. Die würden seine Faszination von allem Zukünftigen gewiss teilen können. Schon merkwürdig. Wer würde denn diese Zeit nicht gegen eine andere, bessere, spannendere tauschen wollen? Er hätte nichts dagegen, die Botengänge, den Dreck und den Gestank hinter sich zu lassen. Denn die Zeit, in der Christine lebte, da war er sich aus irgendeinem Grund sehr sicher, war sauber und stank nicht. Alles andere passte schließlich nicht zu ihr.

Christopher wusste zwar nicht, weshalb, doch wenn Thurgood sagte, dass es möglicherweise einen Weg gab, die Zeit zu überwinden, war das mit Sicherheit keine völlig aus der Luft gegriffene Behauptung. Auf seinen alten Freund war Verlass, da war sich Christopher sicher. Diese Tatsache allein ließ seinen Puls rasen und sorgte für eine Aufregung, die er in dieser Form bislang noch nicht einmal auf der Bühne gespürt hatte.

Was, wenn es tatsächlich einen Weg gab, die Zeit zu überwinden? Wenn es eine Möglichkeit gab, dass er und Christine doch zusammenfinden konnten?

Die emsige Betriebsamkeit im Princess's Theatre holte ihn für den Moment in die Wirklichkeit zurück. Weil einer der anderen Schauspieler ausgefallen war, hatte John kurzerhand Christophers Rolle erweitert. Nach dem Vorfall mit den Schatten auf der Bühne war er in der Gunst des gesamten Ensembles gestiegen – und das, obwohl Christopher mit Todesangst gekämpft und dann geflohen war. Shakespeare hatte einmal mehr recht gehabt: Das Leben war eine Bühne.

»Ah, Christopher, gut, dass du da bist!« John Ryder eilte mit großen Schritten auf ihn zu. »Heute Abend gilt es für dich. Ich hoffe, du bist mit dem neuen Text zurechtgekommen?«

Christopher nickte. »Sicher. John, danke für diese Möglichkeit. Ich weiß das sehr zu schätzen.«

»Ach.« John winkte ab. »Nach deiner letzten Darbietung ist das hochverdient. Was ist da auf der Bühne nur geschehen? Ich konnte nicht mehr zwischen Spiel und Realität unterscheiden.«

»Ich auch nicht«, murmelte Christopher leise. Diese elenden Schatten jagten ihm beim bloßen Gedanken an sie einen Schauer den Rücken hinab. »Aber hör mal ...«

»Was denn?«, meinte John im Gehen. An Tagen wie diesem blieb Christopher nichts anderes übrig, als ihm zu folgen. »Ich habe da eine Frage.«

»Eine Frage, so so.« Mittlerweile war John in der Garderobe angekommen. »Sei so gut und hilf mir in dieses Hemd, Christopher.«

»Oh, natürlich.« Umständlich stopfte er John Ryder in ein merkwürdig berüschtes Hemd, das hinten offen war.

Der Schauspieler schaute sich zweifelnd im Spiegel an. »Das ist zu eng, findest du nicht? Es wirkt nicht.«

»Also, nun, vielleicht ein wenig zu eng, ja. Was ich sagen wollte ...«

»Ich bin ganz Ohr«, meinte John, als er sich wieder aus dem grässlichen Hemd herausschälte.

»Wie stellst du dir die Zukunft vor, John?«

»Die Zukunft?« Jetzt hielt er sogar für einen Moment inne und bemaß Christopher mit einem merkwürdigen Blick. »Welch kuriose Frage.«

»Nein, überhaupt nicht«, winkte Christopher ab. »Ich interessiere mich sehr dafür. Weißt du, diese Weltausstellung bringt mich zum Nachdenken, wie das Leben in ein paar Jahrzehnten aussehen wird. Oder beispielsweise im Jahr ... 2014.«

»Aber wieso denn ausgerechnet 2014?« John nahm ihn beiseite. Endlich hatte Christopher seine ungeteilte Aufmerksamkeit. »Ich weiß nicht viel über die Zukunft«, begann er beinahe väterlich und Christopher merkte, wie gern er seinen Mentor bereits hatte. Er erhob den Finger, bevor er fortfuhr. »Doch eines weiß ich: Blickst du in die Sterne, so blickst du direkt in die Vergangenheit.«

Christopher schaute ihn verständnislos an. »Wie meinst du das?«

»Ich habe erst kürzlich gelesen, dass das Licht der fernen Sterne ungemein lang unterwegs ist, bis es die Erde erreicht. Siehst du also einen Stern am Firmament glitzern, kann es gut sein, dass er schon vor Tausenden von Jahren erloschen ist.«

Christopher stellte sich den Nachthimmel vor. War er wirklich nichts als ein Blick in eine ferne Vergangenheit?

Ihm kam eine Idee. »Und wenn man ein sehr starkes Teleskop auf einem der Sterne aufstellen würde? Eines, mit dem man genauso schnell schauen kann wie das Licht …«

»… würde man von dort in die Zukunft blicken können. Theoretisch zumindest, denn solch ein Teleskop gibt es nicht. Und so ganz nebenbei«, meinte er und kramte in einem Schrank nach einem passenden Hut, »müsste man erst mal dort hinaufkommen, nicht wahr?«

Er klopfte Christopher auf die Schulter und verschwand in Richtung Bühne.

Blickst du in die Sterne, so blickst du direkt in die Vergangenheit.

Johns Worte lösten etwas in ihm aus. Sie hatten einen Ton angeschlagen, der noch nachhallte, als die Aufführung unmittelbar bevorstand. Wenn Christine die Sterne betrachtete, betrachtete sie also auch die Vergangenheit. Christopher wusste nicht, weshalb, doch diese Vorstellung hatte etwas ungemein Tröstendes.

»Noch fünf Minuten!«, hörte er eine Stimme durch die Gänge gellen. Rasch zog er sich seinen Wams über, legte den Degen an und bereitete sich auf seinen Auftritt vor. Heute würde er mehr Szenen haben als bei der letzten Vorstellung, noch dazu ein romantisches Stelldichein mit einer Prinzessin. Er atmete tief durch, warf einen letzten Blick auf den neuen Text, trank einen Schluck Wasser.

Dann betrat er die Bühne.

Diesmal jagten ihm keine Phantome hinterher. Diesmal wurde er nicht auf der Bühne bedroht. Diesmal ... fehlte das gewisse Etwas. Er spielte, ja, er spielte sogar gut, verpasste keinen Einsatz, beherrschte seinen Text und bewegte sich selbstsicher über die Bühne. Was fehlte, war die Magie, das Andersweltliche, das eine bloße Theaterdarbietung von großer Schauspielerei unterschied.

Bis zu der Liebesszene.

Auf die hatte sich Christopher am wenigsten vorbereitet, hier galt es immerhin nur, eine Handvoll schmeichelnde Worte ins Ohr der verwöhnten Prinzessin träufeln zu lassen. Und weil er wusste, wer die Prinzessin spielte, hatte er keine allzu große Lust darauf. Victoria Bendlam, dieses verwöhnte Ding! Ihr den Hof zu machen, war wirklich alles andere als eine angenehme Vorstellung.

Deshalb konnte sich Christopher auch nicht erklären, was geschah, als er ihre behandschuhten Finger in seine Hände nahm und ihr tief in die Augen blickte. Victoria verschwamm, die Welt um ihn herum verschwamm, und plötzlich stand er allein auf der Bühne.

Allein? Nicht ganz.

Vor ihm stand Christine und blickte ihn mit großen Augen an. Ein Teil von Christopher wusste, dass er noch immer im Princess's Theater seine Rolle spielte, ein anderer Teil jedoch schwebte weit jenseits dieser Zeit und dieses Ortes. Dort, wo er mit Christine zusammen sein konnte. Wo sie niemand störte.

Und urplötzlich war das mit der Magie, mit dem andersweltlichen Element des Theaters kein Problem mehr. Er versank ganz in der Rolle, beteuerte seine Liebe derart lodernd, dass Victoria schon nach wenigen Sätzen Tränen in den Augen standen.

Erst der irgendwann aufbrandende Applaus holte ihn in die von Scheinwerfern erhellte Welt der Bühne zurück. Victoria blickte ihn ungläubig an, auch vom Bühnenrand fühlte er förmlich Augenpaare auf sich ruhen. Tosender Beifall begleitete ihn hinter die Bühne, zweimal musste er wieder zurück, bevor sie ihn gehen ließen. Hinter der Bühne war das Bild ein ganz ähnliches. Von allen Seiten stürmten sie auf ihn ein, strahlten, weinten, schüttelten ihm die Hände. Er sah John, wie er lässig an einer Säule lehnte, die Zigarette im Mundwinkel, und ihm anerkennend zunickte.

Ja, er hatte allen gezeigt, was er konnte. Doch er wollte keinen Moment länger in diesem Theater verweilen. Die Liebesszene hatte ihm so deutlich wie nie zuvor aufgezeigt, wie viel er tatsächlich für Christine empfand. Und das überstieg seine kühnsten Vorstellungen. Er musste mit ihr zusammen sein. Eine andere Möglichkeit gab es nicht. Und eines wurde ihm klar, als er sich durch den Hinterausgang aus dem Theater schlich. Er würde alles dafür tun, um sie endlich in seinen Armen zu halten.

Wirklich alles.

Der nächste Punkt auf der Karte des Verborgenen war St. Paul's Cathedral. Er verstand diese Karte noch immer nicht. Zu welchem Zweck war sie gezeichnet worden? Doch wohl kaum, um zwei jungen Menschen irgendwann dabei zu helfen, sich Nachrichten durch die Zeit zukommen zu lassen. Andererseits wäre das wohl kaum abwegiger als die Tatsache, dass dieser Briefwechsel überhaupt möglich war. Er beschloss, Thurgood danach zu fragen und sich für den Moment nur auf Christines Brief zu freuen.

Die Kathedrale war wie immer geöffnet. Ein unschätzbarer Vorteil von Gotteshäusern, befand Christopher. Sonst hatte er nicht allzu viel mit ihnen am Hut, in besonders nassen, windigen oder kalten Nächten hatten sie ihm jedoch schon mehr als einmal die willkommene Möglichkeit geboten, sich aufzuwärmen.

Leise schlüpfte Christopher durch die Tür in das schummrige Dunkel. Hier und da waren Kerzen entzündet, von irgendwoher aus der Dunkelheit wehte ein leiser Gesang zu ihm herüber. Laut Karte war das nächste Versteck das Grab von Lord Nelson. Es zu finden war für jeden Engländer ein Kinderspiel. Seit der Beisetzung des Kriegshelden vor fast 50 Jahren gab es wohl niemanden, der in London lebte oder die Stadt besuchte und keinen Blick auf das Grab geworfen hatte. Es war ein schwarzer Holzsarg, der auf einem Marmorpodest ruhte. Irgendwo hatte Christopher gelesen, dass der Sarg aus dem Holz eines Schiffes bestand, das Nelson in der Schlacht von Trafalgar besiegt hatte. Irgendwie geschmacklos, fand er.

Langsam schritt er durch schwach erhellte Gänge. Die unzähligen Ecken, Nischen und Türme um ihn herum lagen in beinahe vollkommener Schwärze.

Wenn mich hier jemand beobachtet, würde ich ihn erst sehen, wenn es viel zu spät ist, dachte er bei sich. Doch es rührte sich nichts. Mit Ausnahme des sonoren Gesangs blieb alles vollkommen ruhig. Was natürlich nichts daran änderte, dass nur wenige Meter entfernt so viele Schatten lauern konnten, wie Christopher sich nicht vorzustellen wagte.

Ruhig bleiben.

Er umrundete das Grabmal, tastete unauffällig den Marmor ab. Nichts. Er schaute sich um, vergewisserte sich, dass ihn wirklich niemand beobachtete, und kletterte auf das Podest.

Der Sarg bot unzählige Verstecke und Vertiefungen, doch als Christopher nach endlosen Minuten an seiner Seite herabsank, gab es nur eine Gewissheit.

Christine hatte keinen Brief hinterlassen.

Dafür konnte es unzählige Gründe geben. Sie hatte noch keine Möglichkeit gehabt, die Kathedrale aufzusuchen. Jemand hatte den Brief entfernt. Sie hatte die Karte falsch gelesen.

Doch so viele Gründe sich Christopher auch ausmalte: Die Enttäuschung blieb. Eine Weile saß er in der schweren Dunkelheit der gewaltigen Kathedrale. Dann nahm er Stift und Papier zur Hand und hinterließ ihr eine kurze Notiz in einer der Vertiefungen des Holzsargs, bevor er mit schweren Schritten den Heimweg antrat.

Christine

Liebster Christopher,

bitte entschuldige, dass ich mich erst jetzt wieder melde, aber in den letzten Tagen ist so vieles passiert, dass ich ganz durcheinander bin. Ich wollte erst all die Ereignisse und meine Gedanken ordnen, bevor ich mich wieder melde.
Vorgestern war die Vorauswahl zur Hip-Hop-Landesmeisterschaft, und stell Dir vor: Wir sind dabei! Ich kann es immer noch nicht glauben und befinde mich in einer Art Freudentaumel. Dass wir das wirklich geschafft haben, ist eine kleine Sensation und eigentlich ist es ziemlich egal, wie wir letztendlich abschneiden. Gestern Abend wurden wir in der Schule mit einer Party überrascht und ich bin dementsprechend heute schon den ganzen Tag müde, weil wir so lange gefeiert haben. Dieser Erfolgsrausch ist ein wahnsinnig tolles Gefühl und ich möchte jeden Moment davon festhalten. Und das, obwohl ich immer dachte, mir ist so etwas egal. Aber wahrscheinlich ist es einfach menschlich, den Applaus zu lieben für etwas, das man selbst geschaffen hat. Sicher kennst Du das als Schauspieler auch gut, oder?
Doch bitte glaube mir, wenn ich Dir sage, dass Du trotzdem immer bei mir, in meinem Herzen, warst. Du hast mich die ganzen Tage begleitet. Ich habe mir vorgestellt, dass Du im Publikum sitzt und mir die Daumen drückst. Das hat mich zu Höchstleistungen angespornt und mein Trainer sagte danach, er habe mich noch nie so unglaublich tanzen sehen. Ich würde so gerne mit Dir sprechen, all diese wahnsinni-

gen Momente mit Dir teilen, Dich um Rat fragen und mich einfach an Dir anlehnen. Doch leider müssen wir uns noch immer auf dem Weg des Briefwechsels austauschen. Ich gebe jedoch die Hoffnung nicht auf, dass wir eines Tages eine andere Lösung finden. Wenn es möglich ist, die Zeit mit Briefen zu überwinden, warum sollte es dann nicht auch möglich sein, dass wir uns irgendwann irgendwie treffen?
Mister Thurgood und ich haben aufgrund Deines Buchs ein paar Dinge herausgefunden, die den Hauch einer Spur bedeuten könnten. Du hast mir geschrieben, es würde eventuell den „Schlüssel zu einer Zeitbrücke" beinhalten. Ich weiß beim besten Willen nicht genau, was Du damit meinst, doch wir haben eine Zeichnung entdeckt, die ich in beinahe exakt der gleichen Ausführung rein zufällig bei einem Uhrmacher auf dem Tisch gefunden habe. Ich habe die Pläne heimlich mit dem Smartphone fotografiert, um sie, zusammen mit Thurgood, mit den Skizzen im Buch zu vergleichen.
Ich befürchte nur, der Uhrmacher hat es bemerkt. Er kam aus dem Nebenraum zurück, als ich das Telefon gerade wieder in die Tasche stecken wollte, aber noch über die Pläne gebeugt stand. Er hat sie zusammengerafft, als würden sie ein Staatsgeheimnis beinhalten. Das alles kam mir wirklich komisch vor. Gestern Morgen war ich gleich bei Thurgood und wir haben die Fotos mit der Zeichnung im Buch verglichen. Ganz offensichtlich handelt es sich dabei um den Plan für ein Uhrwerk.
Merkwürdig ist nur: Es scheint nicht ein ähnlicher Plan eines anderen Uhrwerkes zu sein, sondern exakt derselbe. Alle Teile, die wir verglichen haben, waren absolut identisch. Mister Thurgood ist gerade dabei, herauszufinden, ob es vielleicht so ist, dass Uhrwerke immer identisch sind und nur das Drum-

herum variiert. Denn was sollte dieser fremde Uhrmacher plötzlich mit alldem zu tun haben? Er hat seine Werkstatt im Hinterhof eines unangenehmen Pubs namens „George Inn". Ich war nur zufällig bei ihm, weil Thurgoods alte Taschenuhr kaputt ist. Im Moment gehe ich also davon aus, dass das Innere eines Uhrwerks sich nicht von anderen unterscheidet und meine Entdeckung somit nur bedeutet, dass es in Deinem Buch um ein solches geht. Inwiefern das aber mit dem „Schlüssel zu einer Zeitbrücke" zusammenhängt, kann ich Dir noch nicht sagen. Vielleicht finde ich ja morgen mehr heraus, wenn ich Thurgoods Uhr aus der Reparatur hole. Ich werde auf jeden Fall die Augen offen halten.

Liebster Christopher, für Dich mag es merkwürdig klingen, aber mit jedem Brief, den ich nicht nur von Dir bekomme, sondern auch selbst an Dich schreibe, wirst Du mir vertrauter. Es ist, als würde ich Dich ewig kennen und ich verstehe nicht, wie das alles so schnell passieren konnte. Wie ist es möglich, dass ich mich durch ein paar Worte auf einem Blatt Papier in Dich verliebt habe? Und viel wichtiger: Dir scheint es genauso zu gehen.

Ich denke an Dich. Dauernd.

Deine Christine

Christine verzichtete darauf, den Brief noch einmal durchzulesen. Sie hatte Angst, dass sie ihr klares Liebesgeständnis aus Furcht vor seiner Antwort doch noch zurückziehen würde, wenn sie jetzt zu lange überlegte.

Also steckte sie den Brief in einen Umschlag und klebte ihn zu. Sie hatte bereits auf der Karte des Verborgenen nachgesehen und wusste, dass der nächste Ort für ihren Brief das Grab von Lord Nelson in der St. Paul's Cathedral sein würde.

Danach blieben ihnen nur noch drei Punkte übrig, und Christine fragte sich, ob sie dann wieder von vorne beginnen oder der Einfachheit halber einfach bei einem Übergabeort bleiben könnten? Aktuell schien niemand mehr hinter diesem Amulett her zu sein. Zumindest war ihr nichts Ungewöhnliches aufgefallen, seit das Schmuckstück in Thurgoods Schreibtischschublade lag.

So ein Blödsinn.

Christine schüttelte den Kopf.

Hinter dem Ding war auch nur in Christophers Zeit irgendjemand her. Wer sollte sich 160 Jahre später denn noch daran erinnern?

Ich werde auch schon ganz bescheuert, dachte sie, riss den Umschlag noch einmal auf und ergänzte:

P.S.: Was tun wir denn, wenn wir alle Punkte auf der Karte abgearbeitet und bis dahin keine Lösung gefunden haben? Fangen wir wieder von vorne an? Ich will eigentlich kein zweites Mal in die Box zu diesem Pferd müssen.

Christine steckte den Brief in einen neuen Umschlag, klebte ihn zu und stand vom Schreibtisch auf. Sie zog sich Schuhe und Jacke an und lief die Treppe hinunter.

Eine gute halbe Stunde später stand sie vor Lord Nelsons Grab in der St. Paul's Cathedral. Sie tat, als würde sie sich die Grabstätte sehr genau ansehen. Das entsprach auch der Wahrheit. Allerdings nicht, weil sie daran interessiert war, sondern nur deshalb, weil sie die beste Stelle finden wollte, um den Brief an Christopher zu platzieren.

Diese Aufgabe war schwerer als erwartet, doch schließlich fand Christine einen kleinen Spalt in der Grabplatte. Sie tastete zuerst mit den Fingern hinein, um sicherzugehen, dass der

Brief nicht irgendwo in die Tiefe des Grabes auf die Überreste des ehrwürdigen Nelson fallen würde, wenn sie ihn hineinschob. Doch die Platte schien an dieser Stelle aufzuliegen, also konnte sie es riskieren. Sie fischte den Umschlag aus ihrer Jackentasche und tastete ein zweites Mal mit den Fingerspitzen vor, um die richtige Position für den Brief zu finden.

Ihr blieb nicht viel Zeit. Noch war St. Paul's geöffnet, jeden Moment konnten wieder Touristen die Grabstätte belagern. Dass sie jetzt gerade alleine hier war, war ohnehin eine kleine Sensation.

Christine erschrak, als ihre Fingerspitzen plötzlich etwas ertasteten, das sich nach Papier anfühlte. Sie war sich ganz sicher, dass vor einer Minute noch nichts in der Spalte gesteckt hatte. Sie zog es heraus und wusste nicht, ob sie lachen oder weinen sollte, als sie Christophers Handschrift erkannte. Ganz offensichtlich hatte er dieselbe Idee gehabt und ihren Brief nicht mehr erwarten können.

Ihr blieb beinahe das Herz stehen, als ihr bewusst wurde, was das heißen musste: Christopher war hier. Jetzt in diesem Moment. Er hatte gerade in dieser Sekunde eine Nachricht für sie hinterlassen. Ohne nachzudenken und so schnell es ihre zitternden Finger zuließen, stopfte sie ihren Brief in den Spalt der Grabplatte und wartete. Sie wusste selbst nicht genau, worauf.

Christopher würde sich kaum vor ihren Augen materialisieren, so viel war klar. Trotzdem schlug ihr Herz bis zum Hals, als sie daran dachte, dass Christopher genau jetzt und doch vor 160 Jahren hier neben ihr stand und ebenfalls an sie dachte.

Das war alles so absurd.

In diesem Moment kam eine Gruppe Touristen hinter einem Touristenführer auf die Grabstätte zu. Christine beeilte sich aufzustehen und bemühte sich, die Inschrift auf der Grabplatte so interessiert wie möglich zu betrachten. Dann stellte sie sich ein wenig abseits daneben, während der Touristenführer sein Programm durchzog, und entfaltete Christophers Zettelchen.

Geliebte Christine,

ich kann nicht aufhören, an Dich zu denken. Sieh zu den Sternen und Du schaust in die Vergangenheit. Dort warte ich auf dich – flehend, hoffend, Dich eines Tages in meinen Armen zu halten.

Auf ewig Dein
Christopher

Christines Herz hüpfte in ihrer Brust und sie hatte das spontane Bedürfnis, irgendjemanden zu umarmen. Am besten die ganze Welt. Jetzt gab es keinen Zweifel mehr: Christopher empfand dasselbe für sie.

Sieh zu den Sternen und Du schaust in die Vergangenheit ...

Er war so wundervoll poetisch, so hoffnungslos romantisch und so durch und durch das, was sie liebte.

Christopher, Christopher, Christopher.

In Christines Kopf hatte nichts anderes mehr Platz.

Konnte ein Mensch so viel Glück auf einmal ertragen? Und warum empfand sie die Situation überhaupt als glücklich? Schließlich war Christopher nicht hier. Zumindest nicht in ihrer Zeit. Doch im Moment genügte es zu wissen, dass auch er in sie verliebt war. Das reichte, um Christine glücklich zu machen.

Die Touristengruppe lief weiter und Christine beugte sich noch einmal hinunter zu der Spalte in der Grabplatte, um den Brief wieder herauszuholen. Ihr war eingefallen, dass Christopher ihre Antwort wahrscheinlich auf dem nächsten Punkt der Karte erwarten würde und sie ihren Brief dorthin bringen sollte. Ihn unter diese Grabplatte zu stecken, war ja vollkommener Blödsinn. Sie tastete sich durch die ganze Spalte, nach hinten und wieder nach vorne, doch es bestand kein Zweifel: Der Brief war weg.

Christine lächelte und saß auf dem Boden vor Lord Nelsons Grab, mit der Hand an der Grabplatte. Sie stellte sich vor, dass auch Christopher jetzt so dasaß und dasselbe tat. Und beinahe fühlte es sich an, als könnte sie seine Anwesenheit spüren.

»Sieh zu den Sternen und du schaust in die Vergangenheit …«, flüsterte sie lächelnd, bevor sie aufstand, weil die nächste Gruppe gackernder Touristen auf das Grab zusteuerte.

Christopher

Die Kuppel von St. Paul's ragte hinter Christopher empor wie ein dunkler Vollmond. Bedrückt stieg er die breiten Stufen hinab, setzte einen schweren Fuß vor den anderen. Er konnte sich nicht erklären, weshalb er so niedergeschlagen war. Wahrscheinlich, weil er bislang nie auf einen von Christines Briefen gewartet hatte. Weil er bislang immer sofort in ihren Worten versunken war.

Christopher blieb stehen, wandte sich zu dem riesigen Bau um. Irgendetwas hielt ihn davon ab weiterzugehen. Oder irgendjemand. Hatte er tatsächlich überall gesucht? Und was sollte er jetzt tun? Er konnte unmöglich zurück zum Theater! Etwas lenkte seine Schritte, ließ ihn immer schneller werden. Wieder hinein durch das Haupttor, den dunkelnden Gang entlang und hinunter in die Krypta. Unheilvoll schimmerten die Lichter an den Wänden, als Christopher atemlos weiter eilte. Er hinterfragte nicht, was gerade passierte, stellte sich nicht vor, wie lächerlich er sich bestimmt gleich vorkommen musste. Er konzentrierte sich einzig und allein auf eine Sache.

Christines Brief.

Wieder umrundete er Nelsons prunkvolles Grab, tastete nach einem Blatt Papier. Da! Seine Hand zuckte fast zurück, als er etwas zu fassen bekam. Etwas, das zweifellos nicht seine kurze Notiz an Christine war!

Mit zitternden Fingern zog er das Papier aus einer Vertiefung im Sarg hervor. Er tastete sich weiter – und bemerkte, dass sein Zettel fehlte. Christopher hielt den Atem an. Das bedeutete, dass Christine hier gewesen war. Oder es noch immer war. Am selben Ort und doch durch über 160 Jahre getrennt. Hatte ihn das zurückgebracht? Hatte er sie gespürt? Er wusste nicht, ob das ein reichlich alberner Gedanke war, doch es war ihm egal.

»Christine«, flüsterte er leise in die Stille. Er streckte seine Hand aus, stellte sich vor, sie zu berühren. Was sie wohl trug? Wie sie duftete? Christopher konnte nur hoffen, das eines Tages herauszufinden.

Er las den Brief hier in der Krypta, zu Füßen von Nelsons Grab. Er hatte sich Christine nie so nah gefühlt, wollte diesen heiligen Moment um keinen Preis opfern. Er las von einem merkwürdigen Uhrwerk und einem Uhrmacher, der augenscheinlich etwas zu verbergen hatte. Das alles war neu, verwirrend und mit Sicherheit wichtig für sie. Auch dieses Smartphone rief nur Stirnrunzeln bei ihm hervor. Was war das nur für ein merkwürdiger Gegenstand? Einmal mehr verschwamm das jedoch vor Christophers Augen, als er zum Ende des Briefes huschte.

Ist es möglich, dass ich mich durch ein paar Worte auf einem Blatt Papier in Dich verliebt habe?

Wieder und wieder huschten seine Augen über die Zeilen. Seine Knie wurden weich, und wenn er nicht bereits an der kühlen Marmorwand gelehnt hätte, wäre er spätestens jetzt an ihr herabgerutscht.

Als er St. Paul's verließ, kam es ihm vor, als liefe er auf weichsten Federn. Jetzt schien alles klar. Sie mussten nur noch die Zeit in die Knie zwingen, und einem gemeinsamen Leben stand nichts mehr im Wege. Und so absurd das auch klingen mochte: An diesem Abend hatte Christopher das Gefühl, dass sie es schaffen konnten!

»Nein, Junge, du störst doch nicht«, begrüßte ihn ein offensichtlich verschlafener Thurgood wenig später an der Hintertür des Antiquariats. Er sah müde aus, wirkte noch immer ausgezehrt.

Christopher hatte keine Augen dafür. »Heute wäre mir das ausnahmsweise auch mal egal gewesen«, meinte er ungewohnt keck und schob sich an Thurgood vorbei in das schummrige Innere des Büchertempels.

Thurgood rieb sich die Augen und stolperte Christopher hinterher. »Nanu, was ist denn in dich gefahren?«

Christopher strahlte über das ganze Gesicht. »Ach, Sie wissen schon, Mister Thurgood.«

»Mit Verlaub, Christopher, das tue ich nicht«, seufzte Thurgood und ließ sich ächzend in einen Stuhl sinken. Christopher hatte ihn offensichtlich geweckt.

»Christine, sie ...«

»Ja?« Thurgood hob eine Augenbraue.

»Ach, zum Teufel. Sie liebt mich! Aber das ist nicht einmal das, was ich Ihnen sagen will. Sehen Sie mal, was sie noch geschrieben hat.«

Christopher hielt dem verdutzten Thurgood den Brief vor die Nase. Der setzte sich seine Brille auf und bewegte die Lippen, während er las. »Das, mein Junge«, begann der Antiquar feierlich und stand auf, »ist eine Sensation!« Über seine Falten huschte ein Grinsen, urplötzlich wirkte der alte Mann gar nicht mehr so müde und abgekämpft. »Weißt du, was das bedeutet?«, rief er aufgeregt.

»Äh, ich fürchte nicht, nein«, meinte Christopher verdutzt.

»Dass wir der Lösung eures kleinen Problems einen großen Schritt näher gekommen sind. Das bedeutet es!«

Thurgood begann, aufgeregt auf und ab zu laufen, die Hände hinter dem Rücken, den Kopf gesenkt, die Stimme auf ein Murmeln reduziert. Nachdem Christopher eine Weile ratlos zugesehen hatte, hielt Thurgood plötzlich inne, baute sich vor ihm auf und packte ihn fest an beiden Schultern.

»Du willst Christine doch sehen, oder?«

Christopher nickte.

»Ihr gegenüberstehen, endlich in derselben Zeit sein wie sie, oder?«

Wieder ein Nicken.

»Und du bist bereit, alles dafür Nötige zu tun.«

Ein erneutes Nicken. »Mister Thurgood, ich weiß wirklich nicht …«

»Sch!«, unterbrach ihn der Antiquar. »Hör mir zu. Wenn du es wirklich willst, wenn du wirklich bereit bist, alles dafür zu tun …« Er legte eine bedeutungsvolle Pause ein. »… musst du mir blind vertrauen.«

Was sollte das alles? Das tat Christopher doch sowieso längst. »Ja, sicher, Mister Thurgood, aber …«

»Kein Aber! Wenn ich sage, dass etwas zu tun ist, ist es zu tun, und wenn ich sage, dass etwas zu lassen ist, dann ist es zu lassen. Einverstanden?«

Diesmal begnügte sich Christopher wieder mit einem Nicken. Auch wenn ihm der urplötzlich strenge Tonfall seines alten Freundes unnötig vorkam. »Einverstanden.«

»Gut. Warte hier, bis ich wieder da bin.«

Als Thurgood eine gute Stunde später zurückkam, war es Christopher, der beinahe eingeschlafen war. Das monotone Ticken der großen Standuhr hatte ihn erst zynisch daran erinnert, welch träges und tückisches Ding die Zeit doch war, dann hatte es ihn hypnotisiert.

»Aufwachen, du Schlafmütze!« Thurgood schüttelte Christopher und deutete aufgeregt auf einige alte Dokumente, die er auf dem Tisch im Hinterzimmer ausgebreitet hatte. »Das dürfte dich hoffnungslos Verliebten gewiss interessieren.«

Christopher war sofort Feuer und Flamme. »Wo waren Sie, Mister Thurgood?«

»Das tut nichts zur Sache«, brummelte der alte Mann und breitete eine alte Skizze aus. »Hier, du musst Christine fragen, ob das die Skizze ist, von der sie gesprochen hat.«

Christopher blickte auf die komplizierte Zeichnung voller Zahnräder, Federn und Schrauben. »Was ist das?«

»Das, mein lieber Christopher, ist ein Uhrwerk. Nicht irgendein Uhrwerk, mit Verlaub. Nein, das ist das Uhrwerk, das uns womöglich dabei helfen kann, die Zeit zu überwinden!«

Christopher schaute einige Augenblicke länger auf die komplizierte Zeichnung. Er wusste, dass Thurgood ihm gerade etwas wirklich Wichtiges mitteilen wollte, doch er konnte beim besten Willen nicht folgen. »Und wie?«

»Steht alles hier drin!« Thurgood hielt ein kleines Büchlein in die Höhe. Schon wieder eines von denen, die über und über mit fremdartigen Symbolen übersät waren. »Als Christine das Uhrwerk erwähnte, fiel mir wieder etwas ein, was ich in diesem Buch hier gelesen hatte. Glücklicherweise konnte ich mich noch daran erinnern, wem ich es verkauft hatte.«

Christopher wurde unruhig. »Und was? Was ist Ihnen eingefallen?«

»Entschuldige, mein Junge, ich möchte dich nicht auf die Folter spannen. Es ist alles nur so schrecklich aufregend und ein klein wenig kompliziert. Jedenfalls«, fuhr er fort, nachdem er einen Schluck kalten Tee genommen hatte, »deutet alles darauf hin, dass dieses Uhrwerk an eine bestimmte Stelle in irgendeinen linken Turm in dieser Stadt eingesetzt werden muss, um mithilfe des Amuletts eine Zeitbrücke zu erschaffen. Vorausgesetzt natürlich, diesen Turm gibt es noch in ihrer Zeit, doch davon gehe ich fest aus. Christine muss jedenfalls dieses Uhrwerk in ihren Besitz bringen! Bitte schreib ihr das!«

Zeitbrücke? Ein Turm? »Aber wie kommt da das Amulett ins Spiel?« Christopher konnte immer weniger folgen.

»Ganz einfach«, meinte Thurgood und zwinkerte ihm zu. »Es ist ein Schlüssel. Ein Zeitschlüssel, wenn du so willst. Und jetzt schreib ihr! Ihr habt eine Zeitbrücke zu erschaffen.«

Geliebte Christine,

ich weiß nicht, was ich schreiben soll. Wie ich es ausdrücken soll. Kann man ein Gefühl wie dieses überhaupt in Worte fassen? Ich gewiss nicht, weshalb ich mich bei Lord Byron bedienen möchte, um Dir zu schreiben, was ich fühle.

Sie naht in Schönheit wie die Nacht,
Gewölklos, rein und sternenlicht;
Des Dunkels wie des Schimmers Pracht
Eint sich in Aug' und Angesicht
Mit jenes Lichtes sanfter Macht,
Das dem geschmückten Tag gebricht.

Ich liebe Dich, Christine. Ich liebe Dich.

Dein Christopher

Schon wollte er den Brief in einen Umschlag stecken, als ihm siedend heiß einfiel, dass er Thurgoods Botschaft an sie und die Skizze des Uhrwerks völlig vergessen hatte. Er musste über sich selbst grinsen und nahm den Stift wieder zur Hand.

P. S.: Beinahe hätte ich vergessen, Dir diese Skizze beizufügen. Thurgood, also in diesem Fall natürlich „mein" Thurgood, lässt fragen, ob diese Skizze der Zeichnung entspricht, die Du gesehen hast. Wenn dem so ist, so bittet er Dich um einen merkwürdigen Gefallen: Du musst dieses Uhrwerk in Deinen Besitz bringen. In Verbindung mit dem Amulett soll es sich dabei um eine Zeitbrücke handeln! Christine, stell Dir vor, vielleicht gibt es tatsächlich die Möglichkeit, dass wir der Zeit ein Schnippchen schlagen und uns schon bald in den Armen halten. Ich möchte an nichts anderes mehr denken.

Christine

Hallo! Ich nehme an, du möchtest dieses Prachtstück einer Taschenuhr abholen?«

Der Uhrmacher sah von seiner Arbeit auf und grinste, als Christine den Laden betrat.

»Ja … genau. Ähm … hallo.« Christine räusperte sich. Sie wusste nicht, wie sie sich verhalten sollte, denn ihr letztes Zusammentreffen mit dem jungen Mann hatte ein recht unentspanntes und jähes Ende genommen. Christine hatte aktuell noch nicht die leiseste Ahnung, wie sie den Auftrag, den sie auszuführen hatte, angehen sollte. Sie musste sich wohl oder übel auf ihr Bauchgefühl verlassen und improvisieren.

»Hören Sie, wegen letzter Woche …« Sie entschied sich für die Flucht nach vorne. »Also, ich wollte hier nicht herumschnüffeln. Das müssen Sie mir wirklich glauben. Ich fand diese Pläne nur so interessant und wollte sie mir deshalb genauer ansehen. Ich konnte ja nicht wissen, dass sie geheim sind.«

»Wie kommst du darauf, dass sie geheim sind? Und du musst mich nicht siezen. So alt bin ich noch gar nicht.« Der Uhrmacher zog die Augenbrauen nach oben und sah Christine fragend und ein wenig belustigt an.

»Okay, also … also, weil du irgendwie sauer warst, als du bemerkt hast, dass ich sie angesehen habe. Und dann hast du sie sofort weggeräumt.«

Christine war verunsichert. Sie hatte sich die heftige Reaktion des jungen Mannes doch nicht eingebildet? Immerhin hatte er sie beinahe rausgeworfen.

»Unsinn.« Er winkte ab und wich Christines Blick aus. »An diesen Plänen ist gar nichts Besonderes. Sie sind nur für einen bestimmten Kunden und ich versuche einfach, einen gewissen Datenschutz zu wahren. Außerdem hatte ich kurz vorher ein recht unangenehmes Telefonat, wenn du dich erinnerst. Dementsprechend leicht bin ich aus der Haut gefahren. Das hatte wirklich nichts zu bedeuten.«

Christine glaubte ihm kein Wort. Diese Lüge kam zu schnell über seine Lippen. Und überhaupt: Datenschutz? In einer Uhrmacherwerkstatt? Wollte der Typ sie auf den Arm nehmen? Immerhin standen sie hier nicht in der Bank of England. Was sollte es die Kunden einer Uhrmacherwerkstatt schon interessieren, ob andere Leute ihre kaputten Uhren oder eben Pläne für Neuanfertigungen sahen? Christine hielt das alles für völligen Blödsinn und fragte sich, ob er nicht vielleicht sehr genau wusste, was es mit diesem Plan auf sich hatte. Versuchte er vielleicht, dieses Uhrwerk so unspektakulär wie möglich aussehen zu lassen, um ihre Aufmerksamkeit davon abzulenken?

Christine lächelte ihn an und hoffte, damit unbewusst sein Vertrauen zu gewinnen.

»Datenschutz. Natürlich.« Sie nickte und strahlte ihn weiter an. »Das hätte ich mir echt denken können. Sorry. Ich wollte dir wirklich keine Schwierigkeiten machen. Ich war nur so neugierig. So eine komplexe, interessante Zeichnung hatte ich vorher noch nie gesehen.«

Christine setzte auf seinen Ehrgeiz und versuchte, durch ihr Lob die Informationen aus ihm herauszukitzeln, die sie wollte. Und es schien zu funktionieren.

Der Uhrmacher lächelte zurück, als er sagte: »Kein Problem. Ich kann ja auch verstehen, dass das sehr interessant für dich war. Ich bin Uhrmacher geworden, weil ich einen solchen Plan gesehen habe und nicht mehr aufhören konnte, daran zu denken, wie man ihn wohl baut.«

»Ja, das kann ich verstehen.« Christine schmeichelte ihm weiter. In diesem Punkt waren die Männer doch alle gleich:

Man musste ihnen nur genug Honig ums Maul schmieren, sagte Thurgood immer. Dann würde man als junge Lady schon bekommen, was man wollte. Das war einer der Gründe, warum er Christine geschickt hatte, um herauszufinden, wo sich das Uhrwerk befand, das sie suchten.

»Du wirst es viel leichter haben, das, was wir wissen wollen, aus ihm herauszukitzeln«, hatte Thurgood gesagt. »Was sollte er einem alten Greis wie mir schon für Geheimnisse anvertrauen? Das würde er im besten Fall tun, weil er denken würde, ich könnte sie ohnehin nicht mehr lange verraten, weil ich bald das Zeitliche segne.« Thurgood hatte gekichert und Christine hatte die Augen verdreht. Es gab Situationen, in denen sie seinen schwarzen Humor ziemlich unangebracht fand, aber sie hatte nichts gesagt, sondern getan, was der Antiquar von ihr verlangte. Immerhin war er ihr einziger Vertrauter in dieser ganzen Sache.

Tatsächlich schien sich seine Idee zu bewähren. Der Uhrmacher stand von seinem Arbeitstisch auf und ging zu einem alten Schrank, dessen rechte Tür er öffnete. Darin befanden sich Uhrwerke, Spieluhren, Einzelteile. Der junge Mann nahm eine besonders kostbar wirkende Spieluhr heraus, auf deren aufwendig verziertem Podest eine kleine Ballerina stand.

Der Klassiker unter den Spieluhren, dachte Christine. Nur tausendmal schöner, als jede, die sie bis dahin gesehen hatte.

»Wow!« Ihr Staunen war echt, als der junge Handwerker das kleine Kunstwerk aufzog und auf den Tisch stellte. Die Tänzerin begann, sich zu einer zarten, klassischen Melodie im Kreis zu drehen, und Christine konnte ihre Augen nicht von ihr abwenden. Sie war wunderschön, fein und filigran gearbeitet. Jede kleine Falte ihres Tutus war sorgfältig ausgearbeitet und ihre Gesichtszüge waren so klar, dass Christine den einen oder anderen Moment dachte, sie würde sie tatsächlich ansehen.

»Ein wahres Schmuckstück.« Der Uhrmacher nahm Christines Staunen befriedigt zur Kenntnis.

»Ich kann kaum glauben, dass so etwas Wunderschönes von groben Menschenhänden angefertigt wurde.« Christine wusste, dass sie dick auftrug, aber es war ihr egal, wenn sie so an die Information kam, die sie benötigte.

»Ja, der Meister hier verstand etwas von seinem Handwerk, das muss man ihm lassen.« Der Uhrmacher stellte die Ballerina zurück in den Schrank und holte weitere Schätze hervor. Einen nach dem anderen. Christine bedachte jedes einzelne Teil mit einem gebührend respektvollen »Aaah« oder »Oooh« und überlegte unterdessen fieberhaft, wie sie das Gespräch unauffällig auf die Pläne lenken konnte, die sie suchte.

Plötzlich kam ihr der rettende Gedanke. »Sagen Sie … Entschuldigung, ich meine, sag ... und noch mal Entschuldigung, wenn ich schon wieder indiskret werde … Dieser Plan, den ich neulich angesehen habe. War das der Plan für eine solche Spieluhr? Ich meine, ich konnte nicht das kleinste bisschen darauf erkennen, geschweige denn Dinge zuordnen. Und ich kann nicht glauben, dass aus einer solch komplizierten, fast schon mathematischen Zeichnung, etwas so Wundervolles wie das hier entsteht. Das passt in meinem Kopf gar nicht zusammen.«

Der Uhrmacher lächelte und antwortete: »Nun, es ist auch nicht ganz das, was du hier siehst. Die Pläne, die du gesehen hast, sind Pläne für ein Glockenspiel, das ich gerade angefertigt habe.«

Christine klopfte sich innerlich selbst auf die Schulter. Das hatte doch großartig funktioniert.

Sie hatte niemals angenommen, ihn wirklich unbemerkt ausfragen zu können. Jetzt nur nicht den Faden verlieren. »Was ist denn der Unterschied zwischen einem Glockenspiel und einer Spieluhr?«

»Nun«, begann der junge Mann, »ein Glockenspiel ist eine

mechanische Konstruktion, die zu festgesetzten Zeiten oder auf Anforderung Melodien durch Glocken erzeugt. Häufig verfügt sie über eine mechanisch bewegte, figürliche Darstellung und ist in historischen Gebäuden angebracht. Aus historisch technischen Gründen findet man Glockenspiele auch häufig an astronomischen Uhren oder in Verbindung zu Glockentürmen. In der Regel dienen sie aber nicht dem manuellen Spiel – und die Klangerzeugung mittels Glocken anstelle von Zungen grenzt sie außerdem von der volkstümlichen Spieluhr, die man auch Spieldose nennt, ab.«

»Oh … wow …« Christine war ehrlich beeindruckt. »Verstehe. Hast du so ein Glockenspiel schon mal gebaut? Wenn man so etwas in historische Gebäude einsetzt, ist es doch viel größer als so eine Spieldose, oder?«

»Das kommt drauf an.« Der Uhrmacher schüttelte den Kopf. »Das Letzte, das ich gebastelt habe, war nicht viel größer als eine Handtasche.«

»Und hast du auch eins für ein Gebäude gemacht?« Christine fühlte sich wie Sherlock Holmes und wünschte, Thurgood wäre hier, um sie zu unterstützen. Diese subtile Fragerei war einfach keine ihrer Stärken.

»Ja, das Letzte soll auf dem Turm der …« Er erschrak und brach mitten im Satz ab. Dann beeilte er sich, die Spieluhr in den Schrank zu räumen und schloss die Tür. Christine wurde hellhörig.

»In welchen Turm denn? Wer erteilt denn einen solchen Auftrag? Die Queen?« Sie kicherte ein bisschen, um dem Uhrmacher das Gefühl zu geben, sie nähme nun kaum etwas von dem ernst, was er ihr erzählte. Doch vergeblich. Plötzlich wirkte er fahrig und nervös.

»Ich würde wirklich gern noch weiter mit dir plaudern, aber ich habe noch eine Menge zu tun. Warte, ich hole eben deine Taschenuhr.« Damit verschwand er hinter dem Vorhang, hinter dem bei ihrem letzten Besuch schon das Telefon geklingelt und ihn aus dem Laden gelockt hatte.

Einige Sekunden später kam er zurück, Thurgoods Uhr in der Hand. »Geht wieder. Sie musste nur gründlich gereinigt und nachjustiert werden. Manchmal passiert es, dass sich Zahnrädchen verhaken, wenn sie ein gewisses Alter erreicht haben.«

»Oh.« Christines Begeisterung hielt sich in Grenzen. »Toll, da wird er sich freuen. Ohne seine Taschenuhr ist er ja vollkommen hilflos.« Sie dachte, ein kleiner Scherz auf Thurgoods Kosten würde an dieser Stelle nicht schaden und die Stimmung wieder entkrampfen. Falsch gedacht. Der junge Uhrmacher grinste schief, packte die Uhr ein und murmelte: »Das macht dann zwölf Pfund, bitte.«

Zähneknirschend zählte Christine ihm das Geld auf den Tisch und nahm Thurgoods Uhr entgegen. Für den Moment blieb ihr nichts anderes übrig, als den Laden zu verlassen, wenn sie nicht wirklich auffällig werden wollte. Aber sie würde herausfinden, was es mit diesem Uhrwerk auf sich hatte. Und wenn es das Letzte war, was sie tat. Immerhin war das laut Christophers Brief ihre einzige Chance, zueinanderzufinden.

Es war schon eine Herausforderung gewesen, die schmierige alte Flasche, die den Brief und die Skizze beinhaltete, aus dem See im Hyde Park zu fischen, der der nächste Punkt auf der Karte des Verborgenen gewesen war. Doch das hier würde noch deutlich schwieriger werden. Klar war, dass ihr nichts anderes übrig blieb, als sich etwas einfallen zu lassen, denn dass die Zeichnung aus Christophers Nachricht, der Zeichnung aus Thurgoods Buch und ihren Fotos entsprach, war eindeutig.

Christine verließ den Laden des Uhrmachers und blieb unschlüssig im Hinterhof des Pubs stehen.

»Christopher, hilf mir, was soll ich nur tun? Hilf mir, hilf mir …«, flüsterte sie fieberhaft vor sich hin. Und plötzlich sah sie die großen Mülltonnen, fast verdeckt von dem wuchernden

Rosenstrauch, der sich über die Mauern dieses Hinterhofs rankte. Christine überlegte nicht lange und spurtete hinter eine der großen Tonnen, so, dass sie die erleuchteten Fenster der Uhrmacherwerkstatt im Blick hatte.

Sie wusste nicht, worauf genau sie wartete.

Sie ging lediglich einem vagen Gefühl nach, das von einem zweiten Gefühl begleitet wurde: Sie musste jetzt sehr geduldig sein.

Christopher

An diesem frühen Morgen lag der Hyde Park verlassen im bleichen Licht. Das würde sich bald ändern. Das gewaltige Gebäude der ersten Weltausstellung würde auch heute wieder unzählige Besucher anziehen, würde so viele Kutschen, Einspänner und sonstige Fahrzeuge durch den Park schleusen, dass man schon in wenigen Stunden kein Grün mehr sehen würde.

Schweigend liefen Christopher und Thurgood durch den kühlen Morgen. Graue Wolken krochen über den Himmel, Regentropfen stoben wie orientierungslose Feen durch die Luft. Diesmal hatte der Antiquar Christopher auf dem Weg zum nächsten Punkt auf der Karte des Verborgenen begleitet – eine Überraschung, die keinesfalls unwillkommen gewesen war. Christopher war in letzter Zeit bei Weitem zu oft allein mit seinen Gedanken gewesen, da konnte ein wenig Abwechslung nicht schaden.

Sie hatten seinen Brief samt der Skizze in die alte Flasche gesteckt, die mit einem Seil irgendwo im dichten Schilfgras des Serpentine-Sees angebunden war. Was sie dort zu suchen hatte, wie sie überhaupt dorthin gekommen war oder wieso sie noch in 163 Jahren dort baumeln sollte, konnte Christopher nicht sagen.

»Diese Karte«, begann er, als sie das Ausstellungsgebäude, den Crystal Palace, passierten. »Nun ja … wie funktioniert sie eigentlich?«

Thurgood hob die Brauen. »Wie meinst du das, mein Junge?«

»Ich kann mir einfach nicht erklären, woher sie wussten, welche Punkte auf dieser Karte …« Wie sollte man das nur erklären? »Na, welche Punkte eben keinerlei Rücksicht auf die Zeit zu nehmen scheinen.«

Thurgood blieb ihm eine Antwort schuldig, und eine Weile liefen sie schweigend weiter. Ein Batallion Straßenfeger säuberte die Zugänge zur Ausstellung, Fensterputzer brachten die Glasfassade auf Vordermann. Und das war bei einem Bauwerk, das größtenteils aus Glas bestand, eine echte Herausforderung.

Christopher drängte seinen alten Freund nicht. Er wusste, dass Thurgood manchmal etwas länger für eine Antwort brauchte.

Irgendwann räusperte sich der Buchhändler. »Ich denke, es ist an der Zeit, dir etwas zu gestehen.«

Jetzt war es an Christopher zu schweigen. Erwartungsvoll blickte er Thurgood an. Sein Herz begann schneller zu schlagen.

»Du musst wissen«, begann Thurgood, »dass ich dir in dieser Sache anfangs nicht alles erzählt habe. Nicht jedoch«, fügte er nach einem Seitenblick auf Christopher rasch hinzu, »weil ich dir nicht vertraue, sondern, um dich zu schützen. Denn weißt du, anfangs konnte ich nicht ahnen, wie ernst dir diese Sache ist. Wie ernst du es mit ... ihr meinst.«

»Mit Christine.«

Thurgood nickte. »Bitte nimm es mir nicht übel, Christopher, ich wollte dich lediglich nicht noch mehr in diese Angelegenheit hineinziehen.« Er hielt inne. »Aber dafür ist es wohl längst zu spät, also kannst du auch wissen, was ich weiß.«

Christopher hielt den Atem an.

»Diese Karte«, fuhr der Alte fort. »Sie stammt nicht von mir. Ich weiß weder, wer sie angefertigt hat, noch, wann oder wo das genau gewesen sein soll. Sie kam auf merkwürdigen Umwegen zu mir, die ich kaum für Zufall oder Glück halten möchte. Etwas anderes hat sie mir in die Hände gespielt, Christopher, dessen bin ich mir sicher.«

»Etwas … anderes?«

Thurgood legte die Stirn in Falten. »Eine andere Macht, wenn du so willst. Kein Hokuspokus, versteh mich nicht falsch, aber eben etwas, das über Zufall hinausgeht. Weit hinausgeht, um genau zu sein.«

Sie verließen den Park an der Kensington Road. Schon jetzt strömten ihnen Menschen entgegen, in wenigen Stunden würde es hier kein Durchkommen mehr geben. Thurgood schien von all dem Trubel nichts mitzubekommen.

»Du musst wissen, mein Junge, ich interessiere mich schon seit geraumer Zeit für die Zukunft. Ich, das heißt in diesem Fall ich und einige andere Kollegen, Bekanntschaften und Personen auf der ganzen Welt. Diese Weltausstellung bietet einigen von ihnen die Gelegenheit, nach London zu kommen – um über Entwicklungen und Geschehnisse zu sprechen, die sich in der Zwischenzeit zugetragen haben.«

»Und so kamen Sie an die Karte des Verborgenen?«

»Nein.« Thurgood schüttelte den Kopf. »Die verwahre ich schon länger. Erst durch euch habe ich aber den wahren Zweck dieser Karte erkannt. So wie ich überhaupt erst durch euch neue Hoffnung geschöpft habe.«

»Neue Hoffnung? Wofür?«

Thurgoods Augen nahmen ein seltsames Leuchten an. »Um die Zeit zu überwinden.«

Christopher war sich nicht sicher, ob er folgen konnte. »Aber … aber wieso wollen Sie das denn auch?«

Der alte Mann lächelte. »Ah, ich verstehe. Du hast recht, Christopher, auf mich wartet in der Zukunft kein junges Mädchen. Doch ob du es glaubst oder nicht: Die Vergangenheit beginnt mich zu langweilen. Ganz recht, dein erstaunter Blick ist gewiss nicht ganz unberechtigt. Ich, der alte Thurgood, der Büchernarr, ist der Vergangenheit überdrüssig.«

»Überraschend ist das schon«, gab Christopher zu.

»Nun, das war es anfangs auch für mich. Ich, der sein ganzes Leben der Vergangenheit gewidmet hatte. Doch nach all den alten Büchern, die ich gelesen hatte, nach all den Ländern, die ich besucht hatte, nach all den Ereignissen, über die ich mich informiert hatte, wuchs in mir der Drang nach etwas Neuem. Nach einem Abenteuer, wenn du so willst.«

»Aber wieso haben Sie das Geheimnis der Karte dann nicht selbst gelüftet?«, fragte Christopher.

»Das konnte ich nicht.« Thurgood hielt inne, um eine besonders prächtige Kutsche zu bewundern. Eine offensichtlich gut situierte Dame entstieg dem schwarzen Gefährt und ließ sich von einer Schar zerlumpter Jungs den Boden von Schmutz, Unrat und Dung befreien. »Bis die Zukunft selbst bei uns anklopfte. Euch ist es zu verdanken, dass wir jetzt kurz davor stehen, etwas Außergewöhnliches zu vollbringen. Etwas, an dem ich und andere schon viele Jahre arbeiten.«

Christopher erinnerte sich an etwas. »Aber wieso habe ich den ersten Brief bei Ihnen im Antiquariat gefunden, Mister Thurgood? Auf der Karte des Verborgenen ist es nicht eingezeichnet.«

»Ah, ja, das ist wahrhaft interessant und hat mir lange Zeit Kopfzerbrechen bereitet.« Er pausierte einmal mehr. »Ich denke, es hängt mit dem Buch zusammen, das du mir vor einigen Wochen, es kommt mir vor wie Jahre, beschafft hast. Du erinnerst dich? Dieses Buch, bei dessen Ablieferung du zum ersten Mal verfolgt wurdest.«

Christopher nickte stumm. Wie sollte er das vergessen?

»Jedenfalls war es ebenjenes Buch, das wir nun durch die Zeit zu Christine geschickt haben. Ein altes Buch, ein mächtiges Buch, das viele Geheimnisse der Zeit enthält. Es nur herumliegen zu lassen, bleibt nicht ohne Folgen ...«

»Sie meinen also, dieses Buch hätte diese ... diese Zeitbrücke überhaupt erst geschaffen?«

Thurgood fuhr sich über den Bart. »In der Tat, mein Junge.« Sie waren vor einem gedrungenen Gebäude zum Stehen gekommen. *Naturhistorische Gesellschaft* stand in dunklen Lettern an einem Tor. »Hier wollen sie anscheinend bald ein Museum errichten«, spuckte Thurgood abfällig aus. Dabei gibt es doch schon einen Zoo in dieser Stadt. Na, es ist nicht zu ändern. Komm«, meinte Thurgood und öffnete das quietschende Tor. »Ich möchte dir etwas zeigen, das dir gewiss gefallen wird.«

Sie passierten dunkle Flure, leere Räume und mit Büchern und Papieren vollgestopfte Büros. Anwesend war scheinbar niemand.

»Nur der alte Nick ist noch hier«, las Thurgood Christophers Blick. »Nicht sehr glanzvoll für eine naturhistorische Gesellschaft, oder? Doch die anderen sind alle bei der Weltausstellung.« Er bemaß Christopher mit einem verschwörerischen Blick. »Umso besser für uns.«

»Wieso? Dürfen wir denn nicht hier sein?«, flüsterte Christopher. Von unerlaubtem Eindringen hatte er bis auf Weiteres genug.

»Aber natürlich dürfen wir das. Ich bin Gründungsmitglied dieser Gesellschaft! Sie sehen es nur nicht allzu gerne, wenn Fremde in ihren Sachen herumschnüffeln. Hier, dort hinein.«

Thurgood deutete auf einen Raum, über dem eine goldene Plakette angebracht war. »Raum der Karten« war darauf zu lesen.

Sogleich machte sich der Antiquar an einer Schublade zu schaffen, förderte jede Menge Stadtpläne, Landkarten und Skizzen zutage und schichtete sie fein säuberlich auf einem Tisch übereinander. Christopher sah sich um. Die Wände waren über und über mit weiteren Karten behängt. Hier London, dort der Verlauf der Themse, hier eine Karte des antiken England, dort ein Grundriss für ein großes Gebäude.

Ein Bild war anders als die anderen. Es war weniger eine Landkarte und mehr ein Gemälde. Ein beunruhigendes Gemälde. Es zeigte eine brennende Stadt. »London 2014« stand in blutroten Lettern darunter. Christopher ging ganz nah an das Bild heran, sah viele unbekannte, aber auch einige bekannte Gebäude. Flammen verzehrten alles, gezeichnet auf derart reale Weise, dass Christopher regelrecht das Feuer prasseln hörte und verbranntes Holz roch. Was hatte das zu bedeuten? Wenn diese Ziffer tatsächlich eine Jahreszahl war, so war es das Jahr, in dem Christine lebte.

»Hier, ich habe es!«, rief Thurgood triumphierend. Christopher konnte seine Augen nicht von dem Flammeninferno abwenden. »Herrje, diese Apokalyptiker mit ihren lächerlichen Visionen«, meinte Thurgood abfällig und zog Christopher von dem Bild weg. »Ein paar geistig nicht ganz klare Verschwörungstheoretiker unter uns malen gern den Teufel an die Wand.«

»Ich verstehe nicht ganz.«

»Musst du auch nicht«, erwiderte der alte Mann brüsk und drehte das unheilvolle Bild kurzerhand um. »Wirrköpfe gibt es selbst hier, mein lieber Christopher. Lass dich davon nicht beunruhigen. Hier.« Er hielt Christopher eine zusammengerollte Karte hin. »Das dürfte dich viel eher interessieren.«

»Was ist das?«

»Das einzige Relikt aus der Zukunft, das wir bisher besitzen. Na los, öffne sie.«

Christopher legte die Karte auf den Tisch und rollte sie behutsam auf. Sie fühlte sich seltsam an, als wäre es kein Papier, sondern eine Art beschichtetes Material. Wie Wachs, lediglich fester. »Was ist das?«, wiederholte er.

»Das, mein lieber Junge, ist ein Stadtplan von London.« Der Antiquar zwinkerte ihm zu. »Jedoch nicht von dem London, wie wir es kennen. Hier, schau, dieses Riesenrad zum Beispiel wurde im Jahr 2000 vollendet. Sie nennen es ›London Eye‹, weil man daraus über die ganze Stadt blicken kann. Oder diese Brücke hier neben dem Tower, die gibt es erst seit 1894.«

Christopher blickte ihn ratlos an.

»Das ist das London der Zukunft, mein Junge. Christines London! Du musst dich schließlich vorbereiten!«

Christine

Es war kalt und Christine spürte jeden einzelnen Muskel ihres Körpers. Sie saß zusammengekauert im Hinterhof des Pubs hinter den Mülltonnen und versuchte, keinen Mucks von sich zu geben, während sie wartete, dass der Uhrmacher endlich Feierabend machte und seinen Laden verließ.

Ganz offensichtlich hatte er es damit nicht sehr eilig. Christine hatte ihrer Mutter bereits eine Nachricht geschickt, nicht mit dem Abendessen auf sie zu warten.

Wie sie in den Laden kommen sollte, wusste Christine noch nicht, aber das war ein Problem, über dessen Lösung sie zu gegebener Zeit nachdenken würde. Zuerst musste der Uhrmacher aus dem Weg sein.

Ein weiteres Mal war sie froh über ihren gefütterten Parka und dessen Kapuze, die sie jetzt wenigstens notdürftig vor dem gerade einsetzenden Nieselregen schützte. Was tat sie hier eigentlich? Diese ganze Geschichte kam ihr im Moment so absurd und surreal vor, dass sie sich fragte, ob das nicht alles nur ein böser Traum war.

Nur der warme Gedanke an Christopher erinnerte sie daran, dass es ein Ziel gab. Einen Grund, wofür sie hier saß und sich vermutlich den Tod holte. Doch im Moment tröstete sie das nur unzureichend. Sie dachte an den Vorabend und musste unwillkürlich grinsen. Thurgood und sie hatten über den Skizzen aus dem alten Buch, ihren Fotos auf dem Smartphone und den Zeichnungen aus Christophers letztem Brief gesessen und alles akribisch miteinander verglichen.

Je näher sie der Tatsache kamen, dass es sich tatsächlich um ein und dasselbe Uhrwerk handelte, desto aufgeregter war der

Antiquar geworden. Er hatte Christine ein bisschen an einen Fünfjährigen erinnert, der sich nachts auf die Lauer legte, um Father Christmas durch den Kamin rutschen zu sehen.

Christine hob ruckartig den Kopf, als das Licht hinter den Fenstern der Uhrmacherwerkstatt gelöscht wurde. Sie versuchte, ihre eingeschlafenen Beine zu bewegen, ohne ihre Deckung zu verlassen. Falls sie entdeckt werden sollte, wollte sie in der Lage sein loszurennen und nicht, gefesselt an gelähmte Beinmuskeln, hinter den Mülltonnen dem Feind ausgeliefert sein.

Dem Feind ausgeliefert sein …

Wer genau war eigentlich der Feind? Gab es überhaupt einen? Und worum ging es hier letztendlich?

Doch nur um Christopher und sie selbst.

Vielleicht auch ein bisschen um Thurgood, der aber auch kein Feind, sondern ihr einziger Vertrauter in dieser Sache war. Woher also tauchte in ihrem Kopf immer wieder der Gedanke auf, dass sie irgendwen oder irgendetwas gegen sich hatte? Lag es an diesen merkwürdigen Schatten, die sie sich eingebildet hatte, solange sie noch im Besitz des Amuletts gewesen war?

Sie hatte das irgendwann als Spinnerei abgetan, weil sie nicht mehr aufgetaucht waren, seit Christine das Schmuckstück aus der Hand gegeben hatte. Oder lag es an der fahrigen Nervosität des Uhrmachers, als er sah, wie sehr sie die Pläne gefesselt hatten? Christine konnte nicht sagen, woher das Gefühl kam, aber es war kein gutes. Eher so, als wolle sie irgendetwas in ihrem Unterbewusstsein warnen. Wovor, war jedoch nicht greifbar.

Der junge Mann kam aus seiner Werkstatt und schloss die Vordertür sorgfältig ab. Christine fluchte innerlich. Sie hatte nicht damit gerechnet, dass er die Tür sperrangelweit offen stehen ließ, aber sie hatte trotzdem auf ein kleines Wunder gehofft. Der Uhrmacher ging auf die Hintertür des Pubs zu und verschwand dahinter, ohne in Christines Richtung zu sehen. Sie wartete zwei weitere Minuten, die ihr vorkamen wie Stunden.

Doch sie wollte sichergehen, dass er nicht zurückkam, wenn sie gerade versuchte, in seine Werkstatt einzubrechen.

Wie sich das anhörte: In seine Werkstatt einbrechen.

Noch vor ein paar Wochen hätte sich Christine nie träumen lassen, dass sie eines Tages genug kriminelle Energie würde aufbringen können, um überhaupt etwas zu tun, das außerhalb der gesetzlichen Norm lag. Während ihre Klassenkameraden bereits sämtliche altersüblichen Sünden von »heimlich und ohne Führerschein Auto fahren«, bis hin zu »nachts aus dem Fenster steigen, um eine Party zu besuchen« abgefrühstückt hatten, war sie immer der langweilig brave Bücherwurm gewesen, der sich nichts aus Adrenalinkicks durch Verbotsmissachtungen und Grenzüberschreitungen gemacht hatte.

Und jetzt? Jetzt kauerte sie in der Dunkelheit hinter einer stinkenden Mülltonne mit der Absicht, in eine Werkstatt einzubrechen, um ein Glockenspiel zu stehlen. Ein Glockenspiel, von dem sie gar nicht wusste, wo sie es suchen sollte … genau genommen ein Glockenspiel, von dem sie nicht einmal wusste, wie es aussah. Sie konnte nicht ganz dicht sein.

»Wenn ich nicht weiß, wie es aussieht …«, murmelte sie leise vor sich hin, während sie langsam aufstand, »... dann kann ich es auch nicht klauen. Das dürfte sich vor Gericht strafmildernd auswirken.« Christine versuchte, sich selbst Mut zu machen, indem sie die Situation ins Lächerliche zog, doch die kleine Selbstüberlistung war so gut wie wirkungslos.

Das Herz schlug ihr bis zum Hals, als sie ihren Platz hinter den Rosensträuchern verließ und geduckt über den Hinterhof zur Uhrmacherwerkstatt huschte. Sie unterzog die Türklinke einem kurzen Test, doch wie sie bereits gesehen hatte, war die Vordertür fest verschlossen.

Die Fenster waren also ganz offensichtlich ihre einzige Chance. Christine hielt den Atem an und huschte zum ersten Fenster: auch verschlossen. Ebenso wie das zweite und dritte. Auch das vierte und letzte Fenster ließ sich nicht aufdrücken. Christine schlug vor Wut und gegen alle Vorsichtsmaßnahmen gegen den Fensterrahmen.

»Verdammt, verdammt, verdammt ...«, fluchte sie leise.

In diesem Moment geschah es: Eine der kleinen bunten Scheiben, die auf der rechten Seite dieses Fensters den Abschluss bildeten, löste sich und fiel nach innen in die Werkstatt, wo sie laut zersprang.

Christine erschrak und hielt die Luft an. Ihr Herz klopfte bis zum Hals. Beinahe rechnete sie damit, dass sich die Hintertür des Pubs öffnen und der Uhrmacher sie erwischen würde.

Doch nichts rührte sich.

Christine verharrte noch einen Moment in ihrer erstarrten Position und handelte plötzlich, als wäre sie ferngesteuert. Sie schob den Arm bis zum Ellenbogen durch das Quadrat, aus dem die kleine Scheibe gefallen war, und versuchte, den Riegel zu erreichen. Es war mit ziemlicher Sicherheit nicht ihre leichteste Übung und wahrscheinlich hätte ihr jeder renommierte Einbrecher für diese Performance einen nicht zu unterschätzenden Abzug in der B-Note gegeben. Doch in diesem Fall zählte lediglich das Ergebnis: Das Fenster schwang auf und Christine beeilte sich, sich auf den Sims hochzuziehen, in die Werkstatt zu klettern und das Fenster von innen zu schließen. Dann duckte sie sich aus dem Sichtfeld, setzte sich unter dem Fenster auf den Boden und lehnte sich an die Wand.

»Scheiße, was mache ich hier eigentlich?«, murmelte sie zum wiederholten Mal und schüttelte den Kopf. Nach einer kurzen Atempause stand sie auf und schlich sich mithilfe ihres leuchtenden Smartphones zu dem schweren grünen Vorhang. Wie sie bereits wusste, führte er zum Hinterzimmer des Ladens. Christine schlüpfte hinter das Samt-Ungetüm und sah sich um, soweit es die Lichtquelle ihres Telefons zuließ. Der Raum war nicht sehr groß, doch man konnte auf den ersten Blick erkennen, dass er als Lagerraum für Papiere, Pläne und halbfertige Aufträge diente – eine unaufgeräumte Mischung aus Büro, Material- und Zwischenlager.

Na herrlich, dachte Christine. Hier kann ich mich dumm und dämlich suchen und werde alles oder gar nichts finden.

Zuerst untersuchte sie die Pläne, die auf einem großen Tisch an der Wand lagen. Diesmal waren es verschiedene Zeichnungen, soviel konnte sie erkennen. Aber um sicherzugehen, welcher Plan »ihrer« und ob er überhaupt dabei war, musste sie zuerst die Fotos auf ihrem Smartphone suchen.

Sie rief gerade das Fotoalbum ihres Telefons auf, als sie draußen im Werkstattraum ein Geräusch hörte. Ihr Puls raste. Da war eindeutig noch jemand im Laden. Gehetzt sah sie sich um und entschied sich für den Klassiker: Sie zog den Schreibtischstuhl heraus, kroch unter den Tisch und zog ihn wieder so zu sich hin, dass er sie verdeckte.

Einige Momente passierte gar nichts. Doch ein unbestimmtes Gefühl sagte ihr, sie sollte noch eine ganze Weile unter diesem Tisch sitzen bleiben. Sie begann langsam, diesem vagen Gefühl Vertrauen zu schenken.

Sie konnte den Vorhang von ihrem Versteck aus gut sehen, und ihr Atem stockte, als dieser sich plötzlich aufblähte, als würde jemand von vorne dagegenpusten. Das Nächste, was sie sah, ließ das Blut in ihren Adern gefrieren. Sie musste sich auf die Zunge beißen, um nicht zu schreien: Schatten.

Schwarze, körperlose Schatten glitten durch den Vorhang in den Raum. Es war, als suchten sie etwas.

Christine wurde beinahe schlecht vor Angst und sie schickte ein stummes Stoßgebet zum Himmel, in der Hoffnung, irgendwer würde sie erhören und retten. Die Schatten vermehrten sich und drangen immer tiefer in das Zimmer ein. Christine hörte von allen Seiten ein Kratzen und Wispern, konnte aber keine Silbe verstehen und kein Wort zuordnen. Sie presste sich mit dem Rücken gegen die Wand, machte sich so klein wie möglich und hielt den Atem an, solange sie konnte.

Was, zum Teufel, war das? Sie kam sich vor wie in einem sehr, sehr schlechten Kinofilm. Hätte sie in diesem Moment einen Wunsch frei gehabt, hätte sie sich weit weg, am besten auf den Mond, gewünscht. Zum Kratzen und Wispern gesellte sich jetzt ein weiteres Geräusch, das aber wieder aus dem Verkaufsraum kam: Christine war sich ganz sicher, dass sie die Eingangstür hörte.

Das wird ja immer besser, dachte sie bei sich. Sollte ich hier ungeschoren rauskommen, verspreche ich, dass ich in Zukunft die Nase nicht mehr in fremder Leute Angelegenheiten stecke. Sonst stecke ich nur wieder selbst mittendrin. Verdammte Scheiße.

Plötzlich wurde der Vorhang zur Seite geschoben und das Licht ging an. Die Schatten verschwanden, als hätte das Licht sie einfach verschluckt oder zu Staub zerfallen lassen, wie in einem billigen Vampirstreifen.

Moment mal ... schaltete sich Christines ironischer Humor wieder ein. Wie immer tat er das in den unpassendsten Momenten. Heutzutage zerfielen Vampire ja nicht mehr zu Staub, sondern sie glitzerten im Sonnenlicht. Erbärmlich.

Sie musste ein bisschen grinsen, obwohl die Angst ihr bis tief in die Knochen fuhr, als der junge Uhrmachermeister das Hinterzimmer betrat. Er hatte ein Telefon am Ohr und wartete ganz offensichtlich auf eine Verbindung.

Bitte setze dich auf keinen Fall an den Schreibtisch, flehte Christine im Stillen. Und er tat ihr den Gefallen, während er offenbar Erfolg und seinen Gesprächspartner in der Leitung hatte.

»Ich bin es noch mal«, hörte Christine ihn sagen. »Was genau soll ich denn tun? Es ist noch nicht fertig.«

Die Stimme am anderen Ende schien aufgeregt, denn Christine konnte ihre Klangfarbe bis unter den Schreibtisch hören. Der Uhrmacher versuchte offenbar, die Person am anderen Ende der Leitung zu besänftigen.

»Ja … ja … natürlich, ich verstehe. Ja, sicher kann ich das tun. Ja … gut. Natürlich passe ich auf. Es ist bei mir in sicherer Obhut, keine Sorge. Ich bin gerade noch einmal zurück in den Laden gekommen, weil ich es doch lieber mit nach Hause nehme. Ich hatte bereits eine Kundin, eine junge Dame, die sehr daran interessiert zu sein schien, aber ich denke, ich konnte ihr Interesse im Keim ersticken.«

Christine wurde hellhörig. Meinte er etwa sie? Von wegen Interesse ersticken. Wer saß denn hier gerade unter seinem Schreibtisch?

Er beendete das Gespräch und öffnete die knarzende Tür eines alten Holzschranks. Heraus nahm er ein Konstrukt, das wahnsinnig kompliziert aussah. Zumindest, soweit sie es von ihrem Platz aus beurteilen konnte. Es ließ sich nicht behaupten, dass das hier ein Logenplatz war, doch sie konnte zumindest erkennen, dass das Ding quasi nur aus Zahnrädern bestand, die alle ineinanderliefen.

»Ich hab es«, nuschelte er in sein Telefon, das er zwischen Schulter und Ohr eingeklemmt hatte. »Und ich werde es natürlich nicht aus den Augen lassen, Madam. Ja … natürlich … das geht in Ordnung. Wiederhören.«

Er stellte die Konstruktion ab, schob sein Telefon in die Hosentasche und holte einen großen Koffer vom Schrank.

»Hinein mit dir, Baby«, murmelte er. »Offenbar bist du für Großes vorgesehen und ich werde dich hüten wie meinen Augapfel. Ganz wie es meine Auftraggeber wünschen. Der Kunde ist König … und in diesem Fall offenbar noch etwas mehr.«

Damit packte er sein Bauwerk in den Koffer, löschte das Licht und verließ den Raum.

Christine hörte die Außentür ins Schloss fallen. In diesem

Moment brach es los: Die schwarzen Schatten lösten sich aus den Wänden, als könnten sie hindurchgehen, und gaben ein merkwürdiges Getöse von sich. Christine hatte das Gefühl, die wütenden Schreie wurden nur in ihrem Kopf lauter und lauter. Sie hielt sich die Ohren zu, doch das machte alles nur noch schlimmer. Sie sah die Schatten vor sich, ihr Gebrüll jedoch spürte sie innerlich.

Panik stieg in ihr hoch und sie musste sich konzentrieren, nicht in die Schreie einzustimmen. Irgendetwas sagte ihr, dass sie damit in eine Falle tappen und sich verraten würde, auch wenn sie längst das Gefühl hatte, die Schatten hätten ihren Geist vereinnahmt und sie damit ohnehin entdeckt.

Das Getöse endete so schnell, wie es eingesetzt hatte. Christine kauerte noch eine Weile bewegungslos unter dem Schreibtisch, bis ihr Puls sich wieder normalisiert hatte. Sie lauschte in die Dunkelheit, doch im Hinterzimmer blieb alles ruhig.

Keine Schatten, keine Geräusche.

Zitternd schob sie den Stuhl heraus und kroch aus ihrem Versteck. Sie wagte es nicht, das Licht an ihrem Smartphone anzumachen, obwohl sie sich damit eigentlich sicherer fühlen sollte. Immerhin hatte das Licht vorher auch die Schatten »gefressen«, als der Uhrmacher zurückkam. Doch jetzt wollte sie nur noch schnell und unentdeckt hier raus, sich in der Dunkelheit verstecken und ihre Angst unter Kontrolle bekommen.

Sie huschte so leise und gleichzeitig so schnell wie möglich zum Vorhang und spähte hinaus in den Verkaufsraum. Als sie sich vergewissert hatte, dass niemand mehr da war, eilte sie weiter zum Fenster, durch das sie diesen Wahnsinn betreten hatte.

Kurz vor dem rettenden Ausgang stieß sie einen spitzen Schrei aus, denn das Mondlicht schien schräg durch das Fenster und beleuchtete ein gespenstisches Bild, das direkt an der Wand daneben hing: Ein alter Mann mit einer Augenklappe und einem zähnefletschenden Hund, der eher einem Werwolf glich, starrte sie an.

Was ist das hier für eine Freakshow? Ich muss hier raus.

Christine beeilte sich, auf den Fenstersims zu klettern, um den Schauplatz dieses Horrors endlich zu verlassen.

Als sie auf das Kopfsteinpflaster des Hinterhofs sprang, war es ihr egal, dass sie das Fenster offen ließ. Sie wollte nur weg. Sie rannte auf die Hintertür des Pubs zu und stieß einen lauten Schrei aus, als etwas sie von hinten an den Haaren zog. Sie fuhr herum und sah eine Fledermaus davonflattern, die sich beim Tiefflug auf ihrem Kopf verfangen haben musste.

»Fledermaus …«, keuchte Christine, »... Fledermaus. Beruhigen, Christine. Die hat genauso viel Angst wie du. Vielleicht noch mehr. Nur eine kleine Fledermaus. Scheiße …«

Sie rutschte an der Hauswand hinab und begann zu weinen.

Christopher

Schatten. Überall Schatten. Atemlos sah Christopher zu, wie sie von allen Seiten angekrochen kamen. Schemen aus purer Dunkelheit, als hätte jemand entfernt menschliche Formen aus einem Stück absoluter Lichtlosigkeit herausgeschnitten.

Er sah sich um. Er hatte keine Ahnung, wo er war, wie er hierhergekommen war, was er hier sollte. Und dann sah er sie.

Christine.

Sie stand inmitten der Schatten. Rührte sich nicht. Christopher gefror das Blut in den Adern. Sie blickte ihn an, die Augen schreckensstarr geöffnet, den Mund zu einem stummen Schrei aufgerissen. Kein Laut drang daraus hervor, als die Schatten näher kamen. Wie ein tödlicher Nebel umschlangen sie Christine, verhüllten sie mehr und mehr.

Christopher versuchte, sich loszureißen, doch er kam nicht von der Stelle. Er blickte an sich herab. Schattenfinger hielten ihn zurück, fesselten ihn, machten ihn zum unbeteiligten Beobachter. Er konnte nur noch Christines Gesicht erkennen. So, wie er es sich immer vorstellte. Mit den dunklen langen Haaren, die diese wunderbar tiefen Augen umrahmten. Ein letztes Mal trafen sich ihre Blicke. Dann wurde sie von den Schatten verschluckt.

»Neeein!«, brüllte Christopher endlich.

Und erwachte schweißgebadet.

Hastig kleidete er sich an. Er hatte genug davon. Das war nicht der erste Traum dieser Art gewesen. Nur der schlimmste. Realistischste. Er spritzte sich kaltes Wasser ins Gesicht, versuchte, die Phantome der Traumwelt endlich abzuschütteln.

Vergeblich.

Was, wenn Christine wirklich in Gefahr war? Würde er es merken? Wer könnte es ihm mitteilen? Wie ihren Hilferuf erhören?

Seit zwei Tagen wartete er nun schon auf ihre Antwort, war mindestens zweimal täglich an der Fassade der Bank of England vorbeispaziert. Eine Nische in der Threadneedle Street war das nächste Versteck auf der Karte des Verborgenen. Nichts. Kein Brief, keine kurze Notiz, kein Hinweis auf Christine. Und das ausgerechnet jetzt, da sie sich auf die Spur dieses Uhrmachers begeben hatte. Wer wusste schon, was das für ein Kerl war?

All ihre Briefe bewahrte Christopher in einer alten Zigarrenkiste auf. Nervös suchte er ihre letzte längere Nachricht, versank wieder nach wenigen Zeilen in ihren Worten.

Nein. Nicht jetzt!

Er musste den Hinweis finden. Irgendwo hatte Christine doch erwähnt, wo dieser dubiose Uhrmacher seine Werkstatt hatte.

Da!

Er hat seine Werkstatt im Hinterhof eines unangenehmen Pubs namens „George Inn“.

Christopher war klar, dass es diese Werkstatt im Jahre 1851 vielleicht noch gar nicht gab. Im Moment war ihm das egal. Er hatte es satt, einfach nur herumzusitzen. Und wenn es nur war, um sein Gewissen zu beruhigen. Weiterhin Nichtstun kam für ihn zumindest nicht infrage. Die nächste Vorstellung war erst morgen, neuen Text hatte er auch nicht zu lernen. Immerhin: Den Pub kannte er. Es konnte also nicht schaden, dort vorbeizuschauen.

»Bis später, John, ich gehe ein bisschen an die frische Luft«, rief Christopher seinem Schauspielerfreund so unbekümmert wie möglich zu. Diese Scharade, so viel stand fest, würde er nicht mehr allzu lange aufrechterhalten können.

»Dafür befindest du dich eindeutig in der falschen Stadt«, entgegnete John grinsend und beugte sich wieder über einige neue Kostümentwürfe. Nur zu gern hätte sich auch Christopher damit befasst, wäre leidenschaftlich in der Welt des Theaters aufgegangen. Er würde jedoch keine ruhige Minute finden, bis er Christine endlich gegenüberstand. So klein die Chance auch war. So irrsinnig der Plan auch klang.

Den Pub hatte er schnell gefunden. Ob das im Jahre 2014 auch der Fall wäre? Ob er sich auch in der Zukunft noch blind in dieser Stadt zurechtfinden würde? Und nicht nur das: Würde er in ihrer Zeit leben? Oder sie in seiner? Fragen wie diese schossen ihm durch den Kopf, als er den Pub umrundete und sich durch ein paar morsche Zaunlatten Zutritt zum Hinterhof verschaffte.

Er entschied, dass das keine Rolle spielte. Noch nicht. Zunächst wollte diese unerklärliche Zeitbrücke erschaffen werden. Dann würden sie weitersehen.

Der Hinterhof war verlassen. Ein paar leere Weinfässer, ein kaputter Karren und jede Menge Unrat machten aus ihm mithilfe von ein wenig Unkraut, unverputzten Mauern und kleinen Bäumen einen typischen kleinen Londoner Schandfleck. Auf der gegenüberliegenden Seite erkannte Christopher ein gedrungenes Gebäude. Es wirkte, als würde es sich ducken. Blinde Fenster starrten ihn an, über der schief in den Angeln hängenden Tür war ein Schild angebracht:

Dunham Smythe. Uhrmacher,
Entrepreneur, Importeur

»Na, wer sagt's denn«, murmelte Christopher. Allzu viel schien sich in 160 Jahren gar nicht zu verändern.

Die Tür war nicht verschlossen. Ohne genau zu wissen, was er tat, schlüpfte er in den schummrigen Laden. Wenn man angesichts des Durcheinanders überhaupt von einem Laden sprechen konnte: Papiere, Pläne, Zeichnungen, Bücher ... überall lag etwas herum. Sämtliche Stühle und Tische waren von Papierkram jedweder Art belagert, selbst auf dem Boden türmten sich Mappen und Bücher bis zu Christophers Brust. Uhren sah er dafür ziemlich wenige. Hier und da ein paar Taschenuhren, an der Wand die eine oder andere, in der Ecke eine große Standuhr und eine wunderschöne Spieluhr auf einer Fensterbank.

»Ziemlich zeitlos für einen Uhrmacher«, murmelte Christopher leise vor sich hin.

Er durchblätterte einige Manuskripte, studierte Bauzeichnungen, Pläne und Skizzen. Das war merkwürdig. Die meisten Skizzen sahen ähnlich aus, wurden entweder niemals vollendet oder energisch korrigiert. Jetzt entdeckte er überquellende Papierkörbe, in denen er noch mehr verworfene Zeichnungen fand. Es mussten Hunderte sein. Stirnrunzelnd wühlte er durch die zusammengeknüllten Skizzen.

Und erstarrte.

Ein leises Grollen erfüllte den Raum. Das bedeutete in den seltensten Fällen etwas Gutes.

Langsam, ganz langsam, legte Christopher das Blatt Papier zurück. Dann drehte er sich zögerlich um.

»Und jetzt sagst du mir besser ganz schnell, was du hier zu suchen hast, Bürschchen. Sonst wird dir mein Freund hier zeigen, was er von Eindringlingen hält.«

Am anderen Ende des Raumes hatte sich ein sehr alter Mann aufgebaut. Sein offensichtliches Alter änderte jedoch nichts daran, dass seine Stimme so eisig wie ein Gletscher klang, seine Augen Feuer spuckten und an der Leine in seinen Händen ein monströser Hund zähnefletschend Geifer versprühte.

»Ich … die Tür …«, stammelte Christopher nervös, ohne den Blick von diesem Ungetüm zu nehmen. »Die Tür war offen.«

»Und das ist Grund genug, mich auszuspionieren?« Der Alte kam langsam näher. Lange weiße Haare fielen ihm strähnig auf die Schultern, das eine Auge saß tief in der Höhle, das andere schmückte eine Augenklappe, Wangen und Kinn waren von einem zerzauselten weißen Bart bedeckt. Außerdem war der Greis ziemlich klein. Dennoch war sich Christopher sicher, dass er den Hund gar nicht brauchte, um bedrohlich zu wirken.

»Natürlich nicht.«

Der Hund zerrte an der Leine. Für Christophers Geschmack war sie viel zu dünn. »Ich warte. Allerdings würde ich mich an deiner Stelle mit der Erklärung beeilen. Camelot kann dich nicht leiden, du Dieb.«

Ein wenig Wut mischte sich in Christophers Angst. Wieso musste er sich das alles anhören? Er hatte nichts getan. »Ich bin kein Dieb«, begann er energisch.

»Und was bist du dann?«

Christopher seufzte. Manchmal war es am besten, gar nicht erst nach einer Geschichte zu suchen. Die Wahrheit war derzeit bereits Geschichte genug.

Als Christopher wieder verstummte, schaute ihn der Uhrmacher lange an. Dann schickte er Camelot mit einem kurzen Pfiff ins Hinterzimmer und kam auf Christopher zu. »Du bist also Thurgoods Zeitreisender«, begann er. »Ich habe schon viel von dir gehört.«

»Thurgoods *was*? Ich …«

»Schon gut, schon gut, ich weiß Bescheid. Der alte Bücherwurm ist nicht der Einzige, der nach der Zukunft trachtet.«

Christopher erinnerte sich an das, was Thurgood ihm im Hyde Park anvertraut hatte.

Die Vergangenheit beginnt mich zu langweilen.

»Wie lange versuchen Sie schon, die Zeit zu überwinden?«

Meckerndes Lachen drang aus dem Uhrmacher hervor. »Lange. Sehr lange. Zu lange.« Er deutete auf seine Augenklappe. »Länger als ich dieses Andenken trage.«

Christopher besaß den Anstand, den alten Mann nicht nach der Ursache dafür zu fragen. Außerdem verspürte er nicht die geringste Lust, einen Blick darunter zu werfen.

Der Uhrmacher sah Christophers Gesichtsausdruck und verzog die Lippen zu einem spöttischen Lächeln. Es waren wohl nicht alle alten Männer so sympathisch und herzlich wie Thurgood. »Es scheint also, als wärt ihr unsere letzte Hoffnung.« Er bemaß Christopher mit einem suchenden Blick. »Was mir noch immer nicht erklärt, weshalb du hergekommen bist.«

»Oh. Das …« Wenn der Alte mit Thurgood gemeinsame Sache machte, konnte er ihm wohl ebenfalls vertrauen. »Christine …«

»Das Mädchen aus der Zukunft?«

»Ganz recht. Sie erwähnte diesen Laden in einem ihrer Briefe. Sie meinte, dass sie in ihrer Zeit dort Pläne gefunden hat. Pläne für ein Uhrwerk. Also wollte ich mich mal umsehen, nichts weiter.«

»Welch faszinierende Erkenntnis«, brummte der Uhrmacher. »Es scheint, als würde sich einer meiner nichtsnutzigen Söhne eines Tages doch noch meines Handwerks annehmen.«

»Wissen Sie, was es mit diesen Plänen auf sich hat?«

Jetzt war es der Uhrmacher, der zögerte. »Nun ja, in gewisser Weise schon. Alte Überlieferungen sprechen von einem Glockenspiel, dessen Klang in der Lage ist, die Zeit außer Kraft zu setzen. Ein Glockenspiel, dessen Bestandteile bislang keinen Sinn ergaben. Nun scheint es aber, als hätte man eine Lösung dafür gefunden: Ein Bestandteil muss aus der Vergangenheit stammen, ein anderer aus der Zukunft.« Seine Augen nahmen einen entrückten Ausdruck an. »Dann wird sie erweckt.«

Christopher stutzte. »Sie? Wer wird erweckt?«

»Oh. Nun, das ist nicht ganz klar. Die Übersetzung weist Lücken auf, verstehst du? Es sind uralte Texte, teils geschrieben in vergessenen Sprachen. Wahrscheinlich ist die Zeit damit gemeint. Eine Personifizierung.«

»Sicher.« Christopher nickte. »Ich gehe dann besser.«

»In Ordnung.« Der Uhrmacher wandte sich zum Gehen. »Bestell dem alten Narren, dass er sich geschnitten hat, wenn er denkt, er müsse mich nicht auf dem neuesten Stand halten. Bestimmt weiß er nicht einmal, wo das Glockenspiel eingesetzt werden muss.«

Christopher wurde hellhörig. »Ach das«, begann er und winkte ab. Er würde sich an einer List versuchen müssen. »Das wissen wir längst.«

Smythe fuhr herum. »Was?«, zischte er. »Wie will der Alte herausgefunden haben, dass es Westminster Abbey ist?«

Christopher traute seinen Ohren nicht. Hatte er den alten Uhrmacher tatsächlich überlistet? »Das war ja wohl nicht allzu schwer«, meinte er beiläufig und hoffte, dass seine Aufregung unbemerkt blieb. Westminster Abbey!

Der Alte zeigte erneut auf seine Augenklappe und lächelte diebisch. »Wenigstens hat Thurgood diesmal nicht versucht, mir dieses Geheimnis zu entlocken. Das letzte Geheimnis, das ich ihm anvertrauen musste, hat mich das Auge gekostet. Frag ihn aber besser nicht, wie er dafür bezahlt hat. Du bist zu jung dafür.«

Grausam lachend verschwand der Uhrmacher im Hinterzimmer.

Christine

Grundgütiger Himmel, kleine Miss, was ist geschehen? Du bist leichenblass, Kind. Herein mit dir, herein ...«

Thurgood öffnete die Hintertür des Antiquariats und Christine schlüpfte hindurch. Sie steuerte direkt auf den bequemen Ohrensessel zu und ließ sich hineinfallen. Lancelots Gekreische beruhigte sie. Es war laut, doch zumindest war das ein Geräusch, das ihr vertraut war. Thurgood schloss die Tür zweimal von innen ab und schlurfte auf Christine zu.

»Meine Güte, meine Güte ...«, murmelte er besorgt und zog sich unentwegt am linken Ohrläppchen.

»Kleine Miss ...«, begann er. »... bist du in Ordnung? Du siehst aus, als sei dir Londons gesammelte Gespensterwelt begegnet.«

Christine wollte lachen, doch aus ihrem Mund drang nur ein trockener, kehliger Laut. Noch immer zitterten ihre Hände, ihre Haare waren nass vom Regen und sie konnte sich nur bruchstückhaft an den Weg von der Uhrmacherwerkstatt zu Thurgoods Laden erinnern.

»So rede doch, Kind. Was ist nur geschehen? Ach nein – warte, warte – ich will dir erst eine Tasse Kaffee holen. Die wird dich wärmen. Und du musst heraus aus dieser nassen Jacke. Hier, nimm ein Handtuch für deine Haare ... großer Gott ... so verstört habe ich dich noch nie erlebt. Am besten rufe ich gleich deine Eltern an.«

»NEIN! Nicht meine Eltern!«, unterbrach Christine seinen Redeschwall, während sie sich zitternd aus dem Sessel erhob und den nassen Parka auszog.

»Aber kleine Miss, so sei doch vernünftig. In diesem Zustand werde ich dich keinesfalls alleine nach Hause fahren lassen.«

Der Antiquar schien ehrlich besorgt und nicht weniger entschlossen zu sein.

»Ja, okay, gut, Mister Thurgood. Aber bitte noch nicht jetzt. Bitte … geben Sie mir eine Stunde Zeit, bis ich mich erholt habe. Was soll ich denn meinen Eltern erzählen? Dass ich in eine Uhrmacherwerkstatt eingebrochen bin, um Pläne zu stehlen, weil ich in einen Jungen aus der Vergangenheit verliebt bin? Ach scheiße.« Christine begann zu weinen und ließ sich wieder in den Sessel fallen.

»Du hast was getan?« Die Kanne, mit der er gerade im Begriff gewesen war, Christine eine Tasse Kaffee einzuschenken, blieb in der Luft hängen. Er sah sie entgeistert an. »Du bist in der Uhrmacherwerkstatt … Kind, das kann doch nicht dein Ernst sein.«

»Haben Sie vielleicht eine bessere Idee? Was hätte ich denn tun sollen? Wie an diese bescheuerten Pläne herankommen? Nur raus damit, wenn Sie eine Lösung dafür haben!« Christine schluchzte und der Antiquar setzte die Kanne ab.

»Nicht weinen, kleine Miss. Um Himmels willen, nicht weinen. Wir finden eine Lösung für dich und deinen Christopher, das verspreche ich. Aber bitte hör auf zu weinen. Was ist das nur für eine hanebüchene Sache … ei der Daus.«

Unter Tränen musste Christine grinsen. Thurgoods verstaubte Ausdrücke waren so witzig, wenn er fluchte. In dieser Sekunde war sie ihm unendlich dankbar dafür, dass er sie nicht alleine mit dieser irrsinnigen Geschichte ließ. Ihr wurde bewusst, dass sie einen leiblichen Großvater nicht mehr hätte lieben können, als den alten Antiquar.

»Nun trink, kleine Miss, trink.« Er hielt ihr eine Tasse mit dampfendem Kaffee unter die Nase und Christine trank, dankbar für den vertrauten, bitteren Geschmack. Dann setzte er sich an den Schreibtisch und sah sie aufmerksam an.

»Ich bin ganz Ohr …«, ermunterte er sie. »Du warst also in der Werkstatt des Uhrmachers. Hat er dich erwischt?«

»Ja … nein … also …« Christine stotterte. Und Thurgood schwieg. Er schwieg so lange, bis sie sich gefangen hatte und ihre Geschichte erzählen konnte. Er unterbrach sie nur durch gelegentliche Ausrufe des Staunens, als könne er nicht fassen, was sie ihm schilderte.

Als Christine geendet hatte, saßen beide eine Weile schweigend in ihre eigenen Gedanken versunken da.

Thurgood ergriff als Erster das Wort. »Du musst ihm schreiben, kleine Miss. Schreib ihm, was passiert ist. Vielleicht kann er aus seiner Zeit helfen und irgendetwas herausfinden. Woher diese Schatten kommen, zum Beispiel.«

Christine sah den alten Mann an. Auf einmal fiel ihr auf, wie müde und ausgezehrt er aussah. Sie war die ganze Zeit so mit sich selbst beschäftigt gewesen, dass sie das vollkommen übersehen hatte.

»Ja, das mache ich, Mister Thurgood«, begann sie. »Aber zu Hause. Sie sehen schrecklich müde aus und ich …«

»Ach papperlapapp«, unterbrach der Alte sie ungewöhnlich schroff. »Natürlich bin ich müde. Ich bin keine sechzehn mehr, den ganzen Tag auf den Beinen und mein Rheuma macht mir dieser Tage sehr zu schaffen. Ich mache dir einen Vorschlag, kleine Miss: Du schreibst Christopher jetzt in Ruhe hier einen Brief, danach rufen wir deine Eltern an, damit dich jemand abholt. Und ICH werde den Brief morgen früh gleich zum nächsten Punkt auf der Karte bringen. Du brauchst ein wenig Ruhe und Normalität um dich, junge Dame. So romantisch und aufregend dieses ganze Spektakel sein mag: So wie vorhin möchte ich dich nie wieder vor meiner Tür stehen sehen.«

Er hob den Zeigefinger wie ein alter Lehrer und Christine grinste.

»Aye, Sir! Ich schreibe. Hätten Sie denn bitte Papier und Stift für mich?«

»Aber natürlich.« Thurgood grinste ebenfalls und reichte ihr mit einer übertrieben feierlichen Geste das Gewünschte.

»Danke.« Christine lächelte und begann zu schreiben. Der Antiquar beugte sich mit einer Lupe unter der Schreibtischlampe über alte Bücher, deren Echtheit er prüfen musste, bevor er sie zum Verkauf anbot. Damit vergaß er für gewöhnlich die Welt um sich herum und Christine hatte Ruhe, um zu schreiben:

Geliebter Christopher,

bitte entschuldige vielmals, dass ich erst jetzt schreibe. Ich wünschte, mein Plan, Dir zu sagen, das Warten hätte sich gelohnt, weil ich das Uhrwerk an mich nehmen konnte, wäre aufgegangen. Ist aber leider nicht so.

Ich war in der Uhrmacherwerkstatt bei diesem Adrian Smythe. Um genau zu sein, bin ich eingebrochen. Leider konnte ich weder die Pläne, noch das Glockenspiel in meine Finger bekommen. Du wirst sagen, ich soll es noch einmal versuchen. Das werde ich, liebster Christopher. Aber erst, wenn ich meine Angst und meine zitternden Hände wieder im Griff habe.

Ich kann Dir nicht genau erklären, was in dieser Werkstatt passiert ist, deshalb möchte ich es eigentlich gar nicht erst versuchen. Doch diese Schatten lassen mir das Blut in den Adern gefrieren, vor allem, da ich nicht weiß, ob ihre stummen und gleichzeitig lauten Schreie von außen in mich – oder aus mir nach draußen dringen.

Ich weiß, das alles hört sich verworren an, aber ich finde keine anderen Worte, um es zu beschreiben. Ich wünschte, Du wärst hier. Allein Deine Hand zu halten, würde mir sicher jede Angst nehmen. Aber mach Dir bitte nicht zu viele Sorgen. Mister Thurgood kümmert sich gut um mich und wir werden eine Lösung finden. Ich beeile mich.

Bald sind wir für immer zusammen. Bis dahin lege ich Dir meine Lieblingskette bei. Bitte hüte sie wie Deinen Augapfel. Sie ist das Wertvollste, was ich besitze. Meine Großmutter hat sie mir vor ihrem Tod geschenkt. Doch ich möchte, dass Du sie hast. So lange, bis Du sie mir persönlich zurückgeben kannst.

In Liebe,
Christine

Christine faltete den Brief und steckte ihn in einen Umschlag, den Thurgood ihr wortlos reichte. Dann öffnete sie den Verschluss ihrer Lieblingskette. Der Anhänger war eine silberne, geöffnete Lilienblüte mit drei kleinen Mondsteinen in der Mitte. Christine war sieben Jahre alt gewesen, als ihre Großmutter starb. Es war das erste Mal, dass sie einen Menschen gehen lassen musste, an dem sie mit so tiefer Liebe hing. Sie fand es irgendwie passend, Christopher ausgerechnet diese Kette zu schicken. In der Hoffnung, ihn nicht auch gehen lassen zu müssen. Bangend, ihn eines Tages umarmen zu können.

Sie ließ die Kette in den Umschlag fallen und Thurgood wandte sich zu ihr um. »Die Kette deiner Großmutter? Bist du sicher, kleine Miss?«

»Ja, Mister Thurgood. Ich bin sicher.« Christine nickte. »Sie ist nur eine Leihgabe, wissen Sie? Nur so lange, bis ich selbst bei ihm sein kann.«

Der Antiquar lächelte weich. »Tja ja, die Liebe, kleine Miss, die Liebe. Sie ist die Macht, die uns gleichermaßen befreit und in Ketten legt.« Er schüttelte den Kopf.

Christine wurde nicht schlau aus dem Gesagten, doch auch das war nichts Außergewöhnliches bei Thurgood.

Er stand auf und schlurfte zum Telefon. »Ich rufe deine Eltern an, damit dich jemand abholt, in Ordnung?«

»In Ordnung, Mister Thurgood. Danke.«

Die Erschöpfung übermannte Christine und sie schlief ein, noch bevor Thurgood sein Telefonat beendet hatte.

Eine halbe Stunde später drangen die Worte ihrer Mutter wie durch dicke Watte in ihr Bewusstsein. »Mister Thurgood, guten Abend. Ich möchte meine Tochter abholen. Danke, dass Sie mich angerufen haben. Was hat sie denn? Ist etwas passiert?«

»Oh, keine Sorge, es ist nichts passiert. Vielleicht hat sie sich eine Erkältung zugezogen, oder der Stress dieser Hüpferei in der Schule ist ihr auf den Magen geschlagen. Ein paar Tage Ruhe werden ihr guttun.«

»Ja, das denke ich auch. Ich stecke sie zu Hause gleich ins Bett. Sie sehen aber auch nicht aus wie das blühende Leben, wenn ich mir die Bemerkung erlauben darf.«

»Ach, Sie wissen ja, das Rheuma, das Rheuma.«

»Ich bringe Ihnen demnächst wieder ein paar Salben vorbei. Christine? Christine, Schatz, wach auf. Wir fahren nach Hause.«

Christine war noch nie so erleichtert gewesen, von der Stimme ihrer Mutter geweckt zu werden. Im Moment sehnte sie sich nur nach diesem Gefühl, das sie als kleines Kind hatte: Wärme, Geborgenheit und vor allem Sicherheit. Zu Hause. Bei Mum und Dad.

Sie ließ sich bereitwillig von ihrer Mutter ins Auto setzen und war beinahe schon wieder eingeschlafen, bis diese ihr Mountainbike in den Kofferraum verfrachtet hatte. Das beruhigende Motorengeräusch tat sein Übriges, und zum ersten Mal löste ein anderer Gedanke den an Christopher ab, bevor sie einschlief: Einen Tag, nur einen Tag wieder vier Jahre alt sein und vor nichts Angst haben müssen.

Christopher

Christopher blickte auf die Kette mit der silbernen Lilie. Seine Augen füllten sich mit Tränen, als er begriff, was er in den Händen hielt. Christines Großmutter hatte ihr diese Kette vermacht. Und jetzt hatte Christine sie zu ihm geschickt. In die Vergangenheit. Er wusste, was das bedeutete. Er wusste, welch wertvolles Erbstück seine Faust fest umschloss. Sein Herz überschlug sich beinahe vor Rührung.

Der Brief hatte zwar nicht den erhofften Inhalt gehabt, dennoch war Christopher heilfroh, endlich wieder ein Lebenszeichen von Christine erhalten zu haben. Diese Schatten jedoch beunruhigten ihn und er beschloss, Thurgood nach ihnen zu fragen. Schon bei seiner ersten Begegnung mit den körperlosen Schemen, in jener Nacht, als er das Amulett in das Antiquariat brachte, schien Thurgood ganz genau zu wissen, was dort draußen gelauert hatte. Der alte Mann hatte offensichtlich mehr Geheimnisse, als Christopher bisher angenommen hatte.

»Also gab es endlich eine Antwort von ihr?«, begrüßte ihn der Antiquar, als Christopher den Weg von der Bank of England zu Thurgoods Laden im Eiltempo hinter sich gebracht hatte. »Du strahlst zumindest wie ein Honigkuchenpferd.« Er schnalzte mit der Zunge. »Ein solches könnte ich jetzt gut vertragen, muss ich zugeben. Komm ... komm herein, ich habe Tee aufgesetzt. Geht es Christine gut?«

Christopher nickte. »Es geht ihr gut. Sie ...« Er nestelte in seiner Jackentasche herum. »Sie gab mir das.«

Fasziniert betrachtete Thurgood den Anhänger. »Eine Lilienblüte mit Mondsteinen. Außerordentlich schön gearbeitet. Es gibt also noch Hoffnung für die Menschheit der Zukunft.«

»Das Glockenspiel besitzt sie allerdings noch nicht. Sie erwähnte wieder diese merkwürdigen Schatten, die sie verfolgten. Mister Thurgood, was hat es damit auf sich? Auch ich wurde ...«

»... von ihnen verfolgt, ich weiß.« Thurgood blickte ihn ernst an. »Ich weiß es nicht, Christopher, ich weiß es einfach nicht. Es gibt Theorien, sicher gibt es die, doch erwiesen ist nichts. Ich möchte niemanden zu Unrecht beschuldigen, doch du musst wissen, mein Junge, es gibt unter uns Zukunftsinteressierten, wie ich uns nennen möchte, noch andere. Andere, die andere Wege und Ziele verfolgen ... drastische Wege.« Er senkte die Stimme. »Verbotene Wege.«

»Verboten?« Auch Christophers Stimme war zu einem Flüstern geworden.

»Ja.« In Thurgoods Miene zogen dunkle Wolken auf. Mit zitternder Hand goss er Tee in zwei kleine Tassen. »Insbesondere einer bereitet mir seit geraumer Zeit Magengrimmen. Einst ein Vorzeigemitglied unserer kleinen Gesellschaft. Bis er, nun, bis er glaubte, seinen eigenen Weg gehen zu müssen. Beinahe ein Luzifer im Kleinformat, wenn du mir die biblische Anspielung verzeihst.«

Christopher hatte die Bibel nie gelesen und verzieh ihm. »Was passierte dann?«

»Ach«, winkte Thurgood nach einem geschlürften Schluck Tee ab. Er war viel zu stark, doch Christopher erwähnte es nicht. »Er verkroch sich in seine Uhrmacherwerkstatt und versucht von dort wahrscheinlich noch immer, die Zeit allein in die Knie zu zwingen. Oder sagen wir: hoffentlich allein.«

Christopher wurde hellhörig. »Aber doch nicht dieser Dunham Smythe?«, fragte er.

Thurgood fuhr aus seinem Sessel hoch. »Du kennst ihn?«

Oje, dachte Christopher. »Ich war bei ihm. In seinem Laden«, antwortete er kleinlaut.

»Wann?« Der Antiquar schoss die Frage ab wie eine Feuerwaffe.

»Vor ein paar Stunden. Ich …«

Thurgood sah ihn mit stechendem Blick an. »Was hast du ihm erzählt?«, fragte er mit eisiger Stimme.

Für Ausflüchte war es jetzt zu spät. Also blieb Christopher wieder einmal nur die Wahrheit.

»Ach du lieber Himmel!« Thurgood ließ sich schwer in den Sessel sinken. Einige Zeit sagte er gar nichts, und als er begann zu sprechen, schien es, als sei der alte Mann gerade eben noch älter geworden. »Es ist schlimmer, als ich befürchtet habe. Smythe hat die ganze Zeit weitergeforscht, hat sein Netz weitergesponnen. Wer weiß, wen er auf seine Seite gezogen hat? Wen er … erweckt hat?«

»Ich wollte das nicht, Mister Thurgood, ehrlich«, jammerte Christopher. »Er schien mich nur so gut zu kennen und meinte, von Ihnen längst alles über mich gehört zu haben.«

»Elender Blender!«, brummte Thurgood. Er stand auf und schlurfte in das Hinterzimmer. »Du entschuldigst, ich glaube, ich brauche jetzt etwas Stärkeres als Tee.«

Als der Antiquar wiederkam, war etwas Farbe in sein verrunzeltes Gesicht zurückgekehrt. »Ich mache dir keinen Vorwurf, Christopher. Wäre ich in deiner Situation, würde ich auch nach jedem Strohhalm greifen.« Er lief unruhig auf und ab. »Das Verflixte ist jetzt nur, dass er weiß, was wir wissen.«

Christophers Miene hellte sich auf. »Aber ja, das hätte ich fast vergessen«, stieß er aus.

Thurgood blickte ihn verwundert über die Ränder seiner Brille hinweg an.

»Smythe hat mir in seinem Laden versehentlich etwas anvertraut, von dem er dachte, dass wir es längst wissen müssten. Sie meinten doch, dass das Glockenspiel in irgendeinen Turm eingesetzt werden muss.«

»Ja doch, so sagen es die Schriften. Ich konnte bislang allerdings nicht herausfinden, welcher Turm gemeint ist.«

Christopher grinste. »Nun … ich denke, ich weiß es jetzt.«

»Du … was?« Thurgood fehlten die Worte.

»Es ist Westminster Abbey, Mister Thurgood! Westminster Abbey! Jetzt brauchen wir nur noch dieses verdammte Glockenspiel.«

»Westminster Abbey?«, wiederholte der Alte leise. »Kann das sein? Moment. Wie lautete noch gleich der Hinweis?«

Erneut schlurfte er murmelnd aus dem Raum. *Kein Wunder, dass er so ausgezehrt wirkt*, dachte Christopher. *Bei der Wegstrecke, die er allein in seinem Laden zurücklegt.*

»Wollen mal sehen«, meinte er, als er mit einem alten Schriftstück zurückkam. Er rückte seine Brille zurecht und räusperte sich. »Hier steht: Über toter Dichterseele, auf dem linken Turm. Oder zumindest so ähnlich. Die Übersetzung ist fragwürdig, und ursprünglich sollte das wohl ein Gedicht sein. Aber passt das denn?«

Christopher zuckte mit den Schultern. »Zwei Türme hat Westminster …«

Auf einmal wurden Thurgoods Augen groß. »Das ist es, mein Junge! Das ist es! Tote Dichterseele! Wie konnte ich nur so blind sein? Damit ist natürlich Poet's Corner gemeint. Die letzte Ruhestätte unserer großen Schreiber!«

Jetzt erinnerte sich auch Christopher an den Bereich in Westminster Abbey, der Englands großen Dichtern, Denkern und Schriftstellern vorbehalten war. »Also stimmt es?«

Thurgood setzte ein bedeutungsvolles Gesicht auf. »Es stimmt.« Wieder sprang er auf und scheuchte auch Christopher aus seinem Sessel. »Husch, husch, du musst sofort Christine schreiben. Wir dürfen keine Zeit mehr verlieren! Oh, und bitte frag sie auch, ob Westminster Abbey in ihrer Zeit überhaupt noch steht.« Er strahlte – ein seltener Anblick in letzter Zeit. »Wir stehen kurz davor, Christopher, ich fühle es!«

Rasch suchte sich Christopher Stift und Papier zusammen und verkroch sich in eine ruhige Ecke. Die Kette legte er beim Schreiben neben sich. Er würde sie nie aus den Augen lassen.

Christine, meine Liebe,

die Ereignisse überschlagen sich. Auch ich habe Smythe aufgesucht. Oder besser gesagt den Vorfahren Deines Adrian Smythe. Bitte sei vorsichtig. Thurgood meint, Smythe wäre nicht auf unserer Seite. Gut möglich also, dass das in Deiner Zeit ebenfalls der Fall ist. Ich konnte herausfinden, dass das Glockenspiel in den linken Turm von Westminster Abbey eingesetzt werden muss. Ist das zu fassen, geliebte Christine? Wir stehen kurz davor, die Zeit zu überlisten. Alles, was wir nun noch brauchen, ist das Glockenspiel. Doch ich bitte Dich: Riskiere nichts. Ich bin krank vor Sorge um Dich, wenn ich nicht weiß, ob es Dir gut geht. Bitte melde Dich rasch. Dies ist der letzte Punkt auf der Karte des Verborgenen, ich schlage deswegen vor, dass wir uns ab sofort wieder über das Obergeschoss in Thurgoods Antiquariat austauschen.

In Gedanken bin ich bei Dir. Unentwegt.

Dein Christopher

P.S.: Deine Kette trage ich ganz nah an meinem Herzen. Ich weiß, was sie Dir bedeuten muss. Ich werde sie hüten wie meinen Augapfel. Sie bei mir zu tragen, gibt mir Mut und Zuversicht. Bald schon werde ich sie Dir zurückgeben, geliebte Christine.

Christine

Der Duft von warmem Kakao und frischen Croissants stieg Christine in die Nase. Langsam öffnete sie die Augen. Ihr Vater saß mit einem reich gefüllten Tablett am Rand ihres Bettes und lächelte.

»Na endlich. Wenn dich dieser Duft jetzt nicht geweckt hätte, hätte ich mir ernsthaft Sorgen gemacht. Das hat schon funktioniert, als du klein warst.«

Christine grinste müde. Sie dachte gerne an früher und ihren »Ferienfrühstücksservice« zurück. Ihr Dad hatte ihr an jedem Morgen der Schulferien ein Tablett mit warmem Kakao und einem Croissant ans Bett gestellt. Sie hatten ein paar Minuten geplaudert, bis Christine fertig war, dann hatte sie sich wieder schlafen gelegt und ihr Dad war ins Büro gefahren. Als Kind hatte sie dieses kleine Ferienritual geliebt, und sie fragte sich in diesem Moment, wann sie eigentlich damit aufgehört hatten. Und warum?

Hungrig machte sie sich über die süße Mahlzeit her, während ihr Vater stumm zusah. Sie konnte ihm ansehen, dass ihn etwas bedrückte, doch sie war zu erschöpft, um danach zu fragen.

»Christine, willst du mir nicht sagen, was eigentlich los ist?«

Christine hörte abrupt auf zu kauen und sah ihren Vater erstaunt an. »Was meinst du, Dad? Was soll los sein?«

Er seufzte. »Das wüsste ich gerne von dir. Deine Mutter und ich machen uns Sorgen.«

»Worüber?« Christine ahnte, was jetzt kommen würde, und schickte ein Stoßgebet zum Himmel, dass sie sich irrte.

»Seit einiger Zeit bist du so merkwürdig. Wir kriegen dich kaum noch zu Gesicht, du erzählst uns nicht, was du treibst, du wirkst abwesend und nervös und von Alexa wissen wir, dass du auch in der Schule gefehlt hast.«

»Bitte was?« Christine blieb der letzte Bissen ihres Croissants beinahe im Hals stecken. Sie hatte mit Alexa schon so einiges erlebt. Aber dass sie sie bei ihren Eltern verpfiff, das schlug dem Fass den Boden aus. Und vor allem passte es nicht zu ihr, denn egal was zwischen ihnen vorgefallen war: Vor anderen – und vor allem vor ihren Eltern – hatten sie immer zusammengehalten.

»Bevor du jetzt über Alexa herfällst …«

Das wird ja immer besser. Ich glaube, ich träume. Jetzt ist Lex auch noch Opfer statt Petze.

»... sie hat versucht, dich zu decken, solange es ging.«

»Dad, wovon redest du überhaupt? Ich verstehe nur Bahnhof.« Christine runzelte die Stirn.

»Ich rede davon, dass du dich in den letzten Wochen sehr merkwürdig verhalten hast und deine Mutter mir gegenüber bereits die Vermutung geäußert hat, dass unsere Tochter sich ganz offensichtlich verliebt hat.«

»Bitte?« Die Geschwindigkeit ihres Herzschlages verdoppelte sich.

»Christine, wir sind deine Eltern. Natürlich bekommen wir mit, wenn etwas nicht stimmt. Und die Anzeichen deuteten alle darauf hin, dass da etwas Ernstes im Busch ist. Doch als Mum dich in diesem schlimmen Zustand beim alten Thurgood abgeholt hat, haben wir angefangen, uns Sorgen zu machen. Du hast zwölf Stunden durchgeschlafen, hattest Albträume und warst kaum ansprechbar. Und was mir am meisten Kopfzerbrechen bereitet hat, war, dass du nicht einmal für Kakao und Croissants aufwachen wolltest.« Er grinste gequält, doch der Versuch, die Situation aufzulockern, ging gründlich schief.

»Zwölf Stunden?« Christine starrte ihren Vater an und versuchte angestrengt, sich an irgendetwas zu erinnern. Träume, Gefühle, irgendwas … doch alles war schwarz. Das Letzte, was sie in Erinnerung hatte, war ihr Brief an Christopher und dass sie ihre Kette mit hineingelegt hatte. Oder war das ein Traum gewesen? Fahrig fuhr sie über die Stelle an ihrem Hals, wo sie den Anhänger ihrer Großmutter sonst spürte, und stellte mit erstaunlicher Beruhigung fest, dass er nicht da war.

»Hast du Grannys Kette verloren?« Christine unterschätzte die Beobachtungsgabe ihres Vaters immer wieder.

»Nein. Sie ist bei Mister Thurgood. Er wollte sie zu einem Goldschmied mitnehmen, weil der Verschluss kaputt ist.«

Sie erschrak darüber, wie leicht ihr die Lügen mittlerweile über die Lippen kamen.

»Das ist nett von ihm.« Ihr Vater lächelte. »Du fühlst dich sehr wohl bei dem alten Kauz, nicht?«

Christine nickte, auch wenn sie weiterhin keine Ahnung hatte, worauf ihr Vater eigentlich hinauswollte.

»Christine ...«, begann er zögernd.

»Dad, was ist denn los?« Sie wollte die Standpauke ihres Vaters hinter sich bringen.

»Christine, bist du in irgendwelchen Schwierigkeiten? Sind Drogen im Spiel oder irgendetwas Kriminelles? Du kannst es uns sagen. Wir finden für alles eine Lösung, aber bitte rede mit uns.«

Christine starrte ihren Vater an, als hätte er gerade gesagt, die Queen sei am Telefon und wolle sie sprechen. Ihre Gedanken überschlugen sich und plötzlich fing sie beinahe hysterisch an zu lachen. »Dad, ist das dein Ernst? Etwas Kriminelles?«

Sie dachte kurz an ihren Einbruch in der Uhrmacherwerkstatt, verwarf den Gedanken aber gleich wieder. Schließlich hatte sie nichts mitgehen lassen, also konnte man diesen Ausrutscher getrost unter den Tisch fallen lassen. Außerdem wusste ihr Vater offensichtlich nichts davon.

»Und Drogen? Willst du mich auf den Arm nehmen?«

Drogen ... ihre einzige Droge war Christopher und man hatte sie bereits auf Entzug gesetzt, noch bevor sie davon probiert hatte.

Ihr Vater schien verunsichert.

»Das war die einzige Erklärung, die ich mir zusammenreimen konnte. Deine Mutter bleibt felsenfest bei ihrer Theorie, du hättest dich verliebt, weil ihr diese Variante deutlich lieber ist als Drogen und sie behauptet, das Verhalten sei in beiden Fällen dasselbe. Du hast dich wirklich seltsam benommen. Nicht einmal Alexa weiß, was mit dir los ist. Sie sagt, sie hat dich seit eurem Turnier nicht mehr gesehen.«

»Seit wann mutiert Alexa eigentlich zur Musterpetze?« Christine konnte sich nicht zurückhalten und ihre Frage klang schärfer als beabsichtigt.

»Wie gesagt …« Ihr Vater seufzte. »Sie hat dich gedeckt, so lange sie konnte, aber als es dir so schlecht ging, haben wir versucht, herauszufinden, was los ist, und sie angerufen. Sie war zehn Minuten später hier, hat sofort das Date mit ihrem Freund, diesem Danny, abgesagt. Aber du warst nicht ansprechbar. Sie konnte unseren Fragen irgendwann nicht mehr ausweichen.«

Christine schämte sich sofort, dass sie Alexa unrecht getan hatte. Eigentlich hätte ihr klar sein müssen, dass die Freundin sie nur verpetzte, wenn sie keine andere Möglichkeit mehr sah. Egal was vorher zwischen ihnen passiert war. »Dad, hör zu: Ja, ich habe mich verliebt. Ich habe euch nichts gesagt, weil die Geschichte ziemlich kompliziert und so gut wie aussichtslos ist. Ich wollte einfach alleine damit fertigwerden und war ein bisschen durch den Wind, das ist alles. Aber ich schwöre bei allem, was mir heilig ist, dass weder Drogen noch irgendwelche kriminellen Dinge im Spiel sind, okay?«

»Okay.« Christines Vater fiel ganz offensichtlich ein riesiger Stein vom Herzen. Er lächelte, als er sagte: »Wenn wir dir irgendwie helfen können, oder du reden willst, dann komm bitte zu uns, hörst du? Wir sind zwar nur deine doofen Eltern, aber auch wir waren mal jung und schwer verliebt. Du bist der beste Beweis dafür.« Er zwinkerte ihr zu. »Und bei aller Romantik oder Dramatik, die dich umtreibt: Bitte geh trotzdem zur Schule, ja?«

»Ja, Dad. Versprochen. Es tut mir leid.«

»Geschenkt.« Er winkte ab. »Ich bin nur froh, dass es dir besser geht. Und jetzt sehe ich nach deiner Mutter. Ich musste sie ins Bett zwingen, weil sie die ganze Nacht und den halben Tag an deinem saß.«

Christine packte das schlechte Gewissen. Sie war so gefangen gewesen in dieser ganzen Sache, dass sie nicht einmal bemerkt hatte, welche Sorgen sie ihrer Umwelt bereitete.

Ihr Vater stand auf und nahm ihr das Tablett ab. »Oh, hier, das hätte ich beinahe vergessen ...« Er zog einen zerknitterten Umschlag aus seiner hinteren Hosentasche. »Das hat der alte Thurgood für dich abgegeben. Auch er hat sich Sorgen gemacht und wollte nach dir sehen. Er sagte, das hier würde dir sicher Freude bereiten. Keine Panik ...« Er grinste, als er ihren erschrockenen Gesichtsausdruck bemerkte. »Ich bin dein Vater und nicht die CIA. Natürlich habe ich das Postgeheimnis ge- und deinen Brief nur verwahrt.«

»Danke, Dad.« Christine nahm erleichtert den Briefumschlag entgegen und erkannte darauf ihren Namen in Thurgoods Handschrift.

Im Hinausgehen murmelte ihr Vater vor sich hin. Christine verstand jedoch nur Bruchstücke: »... ziehe ich dem Burschen die Ohren lang ... Liebeskummer mit Albträumen ... wo gibt's denn so was?«

Christine grinste und wartete, bis ihr Vater aus dem Zimmer war, bevor sie den Umschlag öffnete. Was konnte Thurgood nur wollen?

Aus dem Umschlag fielen ein zweiter Umschlag und ein Notizzettel. Die kurze Nachricht von Thurgood lautete:

Kleine Miss,

ich habe mir erlaubt, Christophers Brief abzuholen und an Dich zu übermitteln. Auch wenn ausgerechnet dieser Punkt der Karte mir sehr zu schaffen gemacht hat. Diesen Brief im Treppenhaus des Monument zu verstecken, wo es keinen Aufzug für alte Greise wie mich gibt ... Jedoch machen wir uns alle große Sorgen um Deine Gesundheit und mir wird angst und bange, wenn ich darüber nachdenke, dass dieser ganze Firlefanz in meinem Antiquariat angefangen hat. Ich fühle mich verantwortlich und habe deshalb beschlossen, Euch zu helfen und ein paar meiner Kontakte zu nutzen. Bitte melde Dich, sobald Du wieder auf den Beinen bist. Bis dahin verbleibe ich besorgt und hochachtungsvoll,

Dein ergebener Alfred C. Thurgood

Christines Herz schlug bis zum Hals, als sie Christophers Handschrift auf dem zweiten Umschlag erkannte.

»Danke, Mister Thurgood«, flüsterte sie, als sie ihn aufriss. Sofort umschlangen Christophers Worte sie wie die warmen Strahlen der Sommersonne und sie vergaß alles um sich herum. Sie las den Brief immer und immer wieder, bis sie schließlich ihren Block und einen Kugelschreiber zur Hand nahm und ihm antwortete.

Geliebter Christopher,

bitte mache Dir nicht zu viele Sorgen. Mir geht es gut. Ich war nur ziemlich k.o. und musste ein bisschen zur Ruhe kommen. Gott sei Dank ist die Gegend um den Holland Park, wo ich wohne, sehr ruhig, und ich konnte ein wenig Kraft tanken. Die Idee mit dem Obergeschoss des Antiquariats ist super. Das hat am Anfang auch funktioniert. Warum sollte es jetzt anders sein? Ich vertraue Dir und bin sicher, dass Du gut auf meine Kette aufpassen wirst. Sie ist das Wertvollste, was ich besitze, doch dass ich sie so schnell wie möglich zurückmöchte, liegt in erster Linie daran, dass ich sie aus Deiner Hand bekomme, die ich dann endlich berühren kann. Ich kann es kaum abwarten, Dir in die Augen zu sehen und den Klang Deiner Stimme zu hören. Diese Sehnsucht nach jemandem, von dem ich nur eine Vorstellung, aber kein reales Bild vor Augen habe, macht mich noch wahnsinnig.

Ich küsse Dich in Gedanken und warte ungeduldig
auf Deine Nachricht,
in Liebe,
Christine

Sie las ihren Brief nicht mehr durch, sondern steckte ihn in einen neuen Umschlag und machte sich auf den Weg ins Bad. Dort nahm sie eilig eine heiße Dusche und zog sich an, so schnell es ihr geschwächter Kreislauf zuließ. Dann holte sie den Brief aus ihrem Zimmer und machte sich auf die Suche nach ihrem Vater. Er stand im Wohnzimmer und goss die Blumen am Fenster.

»Dad?«

»Christine, was hast du vor?«

»Könntest du mich vielleicht eben rüber zu Mister Thurgood fahren? Ich muss mich ja sicher noch ein paar Tage schonen und würde mir gerne ein paar Bücher holen, damit ich mich nicht langweile. Aber mit dem Rad zu fahren, traue ich mich noch nicht … Mein Kreislauf ist ein bisschen schlapp.«

»Na klar, kein Problem. Deine Mutter schläft ohnehin noch.«

Als sie etwa fünfzehn Minuten später vor dem Antiquariat hielten, versuchte Christine, ihren Vater davon zu überzeugen, im Auto zu warten. Doch vergeblich.

Jetzt kann ich nur auf Thurgoods Improvisation hoffen, dachte sie im Stillen. Und der Antiquar enttäuschte sie nicht. Er stellte ihrem Vater Lancelot vor, der sich sogleich mit Schimpftiraden ins beste Licht rückte. Christines Vater war begeistert, was ihr genug Zeit verschaffte, ins Obergeschoss zu laufen und den Brief unter der Bodendiele zu verstecken. Als sie wieder nach unten kam und sich im Vorbeigehen irgendwo drei Alibi-Bücher schnappte, rief Thurgood ihr laut zu: »Kleine Miss, warte, ich hab da noch ein besonderes Buch für dich.«

Er zog sie aus dem Hinterzimmer, in dem ihr Vater immer und immer wieder versuchte, Lancelot neue Wörter beizubringen. Erst auf dem Treppenabsatz nach oben machte er halt. »Kleine Miss, ich muss dir noch etwas sagen. Aber bitte, versprich mir, dass du Haltung und Ruhe bewahrst.«

»Klar, Mister Thurgood, was ist denn?«

»Das Glockenspiel, es ist so gut wie unseres.«

»WAS?«

»Pssst! Nicht so laut, sagte ich doch.«

»Aber wie ...«

»Spielt das denn eine Rolle? Ich habe das, sagen wir, organisiert. Ich kenne eine Menge Leute, die wiederum kennen auch eine Menge Leute. Leute, die den Unterschied zwischen ›mein‹ und ›dein‹ entweder nicht kennen oder schlichtweg nicht so genau nehmen.«

»Wann bekommen wir es, Mister Thurgood?« Christine spürte vor Aufregung die Schlagader an ihrem Hals pochen.

»Also so etwas. Da gestehe ich dir gerade, dass ich das Ding diesem Uhrmacher gegen Geld entwenden lasse – und dich interessiert nur, wann es endlich so weit ist.« Thurgood kicherte. »Gedulde dich noch einen, zwei, maximal drei Tage, kleine Miss. Bis dahin sollte es in unseren Händen sein. Wir müssen nur noch herausfinden, was wir dann damit zu tun haben.«

»Es muss im linken Turm der Westminster Abbey eingesetzt werden!«

»Woher …« Thurgood stockte mit aufgerissenen Augen und Christine gab ihm Christophers Brief mit der Information.

Der Antiquar überflog ihn und hob danach langsam den Kopf. Er blickte ihr fest in die Augen und sagte dann feierlich: »Tja dann, kleine Miss, so holen wir also deinen Christopher her, sobald sich die Gerätschaft in unserem Besitz befindet.«

»Danke, Mister Thurgood. Danke.« Christine spürte Tränen in sich aufsteigen und versuchte, sie zurückzudrängen. Sie konnte die dazugehörige Emotion in diesem Moment nicht genau einordnen. Sie wusste nur, dass sie sie gerade zu überwältigen drohte. Maximal drei Tage, dann würde sie Christopher endlich gegenüberstehen. Ihn berühren, ihn riechen, seine Stimme hören können.

»Ich muss es ihm sagen.« Christine versuchte, sich in den Griff zu bekommen. »Können Sie meinen Dad noch fünf Minuten hinhalten?«

»Natürlich, kleine Miss. Geh nur. Wie ich das sehe, hat Lancelot deinen Vater ohnehin in Beschlag.«

Christine nahm immer zwei Stufen auf einmal. Oben angekommen, schnappte sie im Vorbeigehen den Bleistift von dem kleinen Tischchen und beeilte sich, den Brief an Christopher noch einmal aus dem Loch unter dem losen Dielenbrett zu holen. Hastig kritzelte sie einen Nachtrag darunter:

P.S.: Thurgood sagt, er bekommt das Glockenspiel. In spätestens drei Tagen. Ich habe keine Ahnung, wie er das gemacht hat, aber es ist mir egal. Drei Tage, Christopher, vielleicht früher. Ich beginne genau jetzt, die Sekunden zu zählen.

Christopher

Es war erstaunlich. Das London der Zukunft mochte noch so viel größer, dichter bebaut und vollgestopft mit Gebäuden und Konstruktionen sein, von denen Christopher noch nie etwas gehört hatte: Im Kern war die Stadt dieselbe geblieben. Er saß über Thurgoods wunderliche Karte der Zukunft gebeugt, der Tee auf dem Tischchen neben ihm längst kalt, die Welt zusammengeschmolzen auf die gezeichnete Stadt vor ihm.

Vieles von dem, was er auf dem Stadtplan entdeckte, war ihm vertraut, viele Straßen nahmen auch nach all den Jahren noch denselben Verlauf. Gut, anscheinend gab es sein Theater nicht mehr. Auch der eine oder andere Pub schien merkwürdig gläsernen Bauwerken gewichen zu sein und überhaupt fragte sich Christopher, weshalb es so viele Brücken über die Themse geben musste. Wenn sein Auge die Straßen von Kensington, von Christines Zuhause absuchte, wusste er aber instinktiv, dass er auch das London der Zukunft lieben würde. So wie alles, was mit Christines Leben zusammenhing.

Christopher fragte sich gerade, was die merkwürdig bunten Linien zu bedeuten hatten, die Namen wie »Bakerloo Line«, »Circle Line« oder »Victoria Line« trugen, als Thurgoods Stimme aus dem Obergeschoss zu ihm hinunterdrang.

»Christopher, bist du da unten etwa eingeschlafen?«

Erst jetzt wurde ihm bewusst, dass Thurgood wohl schon eine ganze Weile nach ihm gerufen hatte. Er war so versunken in Christines London gewesen, dass er es nicht gehört hatte. »Ich komme, Mister Thurgood!«, rief er und rappelte sich auf.

Der Antiquar empfing ihn am Treppenabsatz, die Hände in die Hüften gestemmt, und musterte ihn gespielt vorwurfsvoll über die Ränder seiner Brille hinweg. »Man könnte meinen, dich interessiere es, wenn ein Brief deiner Herzdame eintrifft.«

Sofort waren die Straßen Londons vergessen. Die letzten Stufen nahm Christopher auf einmal und eilte zu der losen Diele, bei der alles begonnen hatte. Es fühlte sich unwirklich an, dass das erst vor Kurzem passiert sein sollte.

Thurgood schmunzelte, als Christopher Christines Brief mit fahrigen Händen aus der Versenkung holte. Seine Augen zuckten nervös hin und her, als er ihre Zeilen in sich aufsog wie ein Schiffbrüchiger, dem das erste Mal seit Tagen frisches Wasser gereicht wird. Als er bei ihren letzten Worten ankam, wurden seine Lippen sogar ähnlich trocken.

Thurgood sagt, er bekommt das Glockenspiel.

Er schluckte, doch seine Kehle war wie zugeschnürt. Er rieb sich die Augen, las die Stelle wieder und wieder. Nein, er hatte es nicht missverstanden. Stockend atmete er ein und aus.

Thurgood sagt, er bekommt das Glockenspiel.

»Geht es dir nicht gut, Junge?« Thurgood beugte sich besorgt über ihn. »Keine guten Nachrichten?«

Wortlos reichte ihm Christopher den Brief. Als der gebrechliche alte Mann am Ende angelangt war, ging eine wundersame Wandlung in ihm vor sich. Mit einem überraschend lauten »Hossa!« sprang er auf – und das war tatsächlich noch nicht einmal das Wundersamste. Er tanzte! Christopher traute seinen Augen kaum, als Thurgood etwas aufführte, was ihn entfernt an mittelalterliche Feste erinnerte. Endlich fiel auch von ihm die Starre ab und er fiel seinem laut lachenden Freund erleichtert in die Arme.

»Was ist Ihre Familie nur für eine Bande, Mister Thurgood!«, brachte Christopher mit einem riesigen Grinsen hervor.

Zufrieden strich sich der Antiquar über seinen Bart. »Fürwahr, fürwahr, wir Thurgoods waren schon immer dafür bekannt, wahre Teufelskerle zu sein. Mein Nachfahre ist aus dem gleichen Holz geschnitzt wie ich, so viel steht fest!« Er legte Christopher die Hand auf die Schulter. In seinen Augen blitzte etwas auf, das längst erloschen zu sein schien: Leidenschaft. »Wir haben Vorkehrungen zu treffen, mein Junge. Ich schlage vor, du ...«

Weiter kam er nicht. Christopher war schon dabei, die Treppe hinunterzupoltern. »Ich gehe schnell ins Theater und packe meine Sachen zusammen, Mister Thurgood. Ich bin gleich zurück!«

»Aber es kann doch noch ein paar Tage dauern«, protestierte der Alte noch. Doch Christopher hatte die Tür bereits hinter sich zugeworfen.

Als er mit seinen wenigen Habseligkeiten eine Stunde später wieder in Thurgoods Antiquariat stand, hatte er sich noch immer nicht beruhigt. Es würde Wirklichkeit werden! Viel schneller als gedacht würde es Wirklichkeit werden!

Thurgood musterte ihn amüsiert und reichte ihm eine dampfende Tasse Tee. »Du hast den Brief aber schon zu Ende gelesen, oder?«

Christopher blickte ihn fragend an.

»Nun«, begann der Antiquar und ließ sich mit einem genussvollen Seufzen in den Sessel fallen. »Es kann gut und gerne noch einige Tage dauern, bis es so weit ist.«

Christopher winkte ab. »Und wenn schon. Ich werde mich im Obergeschoss niederlassen, wenn es recht ist. Ich möchte um jeden Preis in der Nähe sein, wenn ihr entscheidender Brief kommt.« Er atmete tief durch. »Dass das wirklich passiert. Ist das nicht wahnsinnig, Mister Thurgood?«

Der Alte lachte leise. »Das kannst du laut sagen. Dass das Leben auf meine alten Tage noch mal so spannend wird ... du meine Güte, damit hätte ich nun wirklich nicht gerechnet. Die Zukunft – kaum zu glauben.«

»Wie sie wohl ist?«

»Wer?«

»Na, die Zukunft natürlich.«

»Oh, natürlich, ich dachte nur ... ach, weißt du, sie wird vieles sein. Laut, chaotisch, beängstigend, unverständlich, verwirrend. Vor allem aber wird sie eines sein.« Wieder stieg das Leuchten in die Augen des Alten. »Unsagbar spannend!«

Eine Weile saßen sie schweigend da, nur die Scheite im Kamin durchbrachen knackend die Stille. »Und was machen wir jetzt?«, fragte Christopher irgendwann. Lange stillsitzen war noch nie etwas für ihn gewesen.

»Etwas, das ich ausgezeichnet gut kann«, meinte Thurgood augenzwinkernd. »Wir warten. Wie wäre es mit einer Partie Schach?«

Ein Geräusch weckte Christopher. Einen Augenblick wusste er nicht, wo er sich befand. Der Geruch der alten Bücher verriet es ihm, noch bevor er die Öllampe entzünden musste. Er war nicht mehr im Theater. Leider. Er war bei Thurgood. Leise huschte er zu der losen Diele. Nichts. Thurgood hatte wohl recht. Es würde noch paar Tage dauern. Doch ausgerechnet jetzt konnte es Christopher nicht schnell genug gehen.

Da war es wieder, das Geräusch!

Jemand machte sich an der Eingangstür zu schaffen. Christopher beschlich ein ungutes Gefühl. Auf Zehenspitzen schlich er zum Treppenabsatz und spähte in den Laden hinunter. Eindeutig, da war ein Schemen vor der Tür! Vorsichtig, Schritt für Schritt, stieg Christopher die Treppe hinab. Einem Einbrecher würde er mehr oder weniger unbewaffnet gegenüberstehen. So wertvoll all die Bücher um ihn herum auch sein mussten – im Zweikampf gaben sie keine allzu gute Figur ab.

»Geh endlich auf, du Mistding!«, hörte er jetzt eine gepresste Stimme. Er horchte auf: Sie kam ihm bekannt vor. Wo hatte Christopher diese Stimme schon einmal gehört? Schneller als erwünscht bescherte ihm ein tiefes Knurren die unangenehme Antwort. Die Umrisse eines kolossalen Hundes zeichneten sich vor dem Laden ab. Smythe, der Uhrmacher, und sein ganz persönlicher Zerberus! Eines stand fest: Wenn diese Bestie den Laden stürmte, würde er durch das Fenster im Obergeschoss türmen.

»Ruhig, Camelot, ruhig. Wir wollen ihn ja nicht wecken.« Smythe lachte kehlig. »Mal sehen, wer hier wen überraschen kann.«

Christopher überlief ein eiskalter Schauer. Woher wusste der Uhrmacher, dass er hier war? Was wusste er noch? Und was sollte er nur tun?

In diesem Moment geschah etwas Unerwartetes. Durch eines der Schaufenster sah Christopher mit wild pochendem Herzen, wie sich ein Schatten von der gegenüberliegenden Häuserfassade löste und bedrohlich langsam auf Smythe und seine Höllenbestie zuschwebte.

»Was zum ...«, entfuhr es Smythe keuchend. Camelot begann wie wild zu kläffen. Sein Gebell hätte wohl einen Toten aufwecken können, doch als der Schatten blitzschnell auf ihn zuschoss, winselte dieser Berg von einem Hund wie ein Welpe und schoss davon.

»Bleib weg von mir!«, schrie Smythe heiser. Christopher sah verschwommen, wie sich der Uhrmacher mit etwas verteidigte, das aussah wie ein Regenschirm. »Immer noch die gleichen Tricks, was?«, hörte Christopher ihn noch von sich geben, dann suchte auch der Uhrmacher das Weite.

»Na toll, und jetzt bin wahrscheinlich ich an der Reihe«, murmelte Christopher in die staubige Dunkelheit. Doch wieder passierte etwas Überraschendes: Der Schatten verschwand so lautlos, wie er gekommen war. Zuerst Christines frohe Botschaft, dann ein tanzender Thurgood und jetzt ein Schatten, der ihm offensichtlich zu Hilfe kam. Das war deutlich zu viel für einen Tag. Kopfschüttelnd stieg er die Treppe nach oben. Es war höchste Zeit, dass dieser ganze Zirkus endete!

An Schlaf war nicht zu denken, also beschloss er, Christine eine kurze Antwort zukommen zu lassen. Im Licht einer Öllampe setzte er sich an den kleinen Tisch im Obergeschoss und begann zu schreiben.

Geliebte Christine,

noch nie hat mich etwas in meinem Leben derart erfreut wie Deine heutige Nachricht. Es fällt mir schwer, es zu glauben, und doch ist es die Wahrheit.
Einmal mehr sind kuriose Dinge vorgefallen, doch weißt Du was, Christine? Ich werde sie Dir nicht in diesem Brief schreiben, sondern persönlich erzählen, wenn wir uns endlich in den Armen halten können. Macht, so schnell Ihr könnt, ich flehe Dich an. Die Warterei bringt mich um.

Dein rastloser
Christopher

P.S.: Noch immer weiß ich nicht, wie ich mich für die Kette bedanken soll. Ich lege diesem Brief meinen Schal bei, der mich schon durch mehr als einen Londoner Winter gebracht hat.
Ich fürchte, er ist weder so wertvoll noch so schön wie deine wundervolle Kette, doch etwas anderes von persönlichem Wert besitze ich leider nicht.

Christine

Das Telefon schrillte durch den Hausflur. Kurz darauf hörte Christine ihre Mutter sprechen. Alexa saß neben ihr auf dem Bett, feilte sich die Fingernägel und brachte Christine auf den neusten Stand bezüglich Schule, Danny und allerlei Gossip.

Sie hatten sich endlich ausgesprochen – die Sorge um die Freundin hatte Alexa nachgiebig werden lassen und Christine war froh, durch Alexa wieder einen kleinen Teil Normalität in ihren Alltag zurückzubekommen. Gleichzeitig nagte ein Gefühl von schlechtem Gewissen an ihr, als sie bemerkte, dass sie Alexa nur oberflächlich zuhörte und sich immer wieder fragte, warum die anderen Teenager ihres Alters so ganz anders waren als sie selbst. Christine verstand so wenig von dem, was Alexa erzählte. Sie begriff nicht einmal mehr im Ansatz ihre Art und Weise, Prioritäten zu setzen und Wichtiges von Unwichtigem zu unterscheiden. Sicher, wichtig und unwichtig waren sehr subjektive Faktoren; sich jedoch eine knappe halbe Stunde darüber auszutauschen, ob Nagellack in Altrosa besser zum Schuljahresabschlussballkleid passte als Pink, war Christine eindeutig zu viel. Oder auch zu wenig. Wie man es eben betrachten wollte.

Sie war beinahe froh über die Unterbrechung durch ihre Mutter. Alexa war mittlerweile bei möglichen Frisuren für das gesellschaftliche Highlight dieses Schuljahres angelangt. »Christine, Schatz, Mister Thurgood ist am Telefon. Möchtest du kurz runterkommen? Ich glaube, mit der Umstellung auf deine Leitung hier oben stimmt etwas nicht.«

»Ja, Mum, natürlich, ich komme. Lex, entschuldige mich kurz, bitte.«

»Klar.« Alexa nickte und widmete sich weiter der Form ihrer Nägel, während Christine ihrer Mutter aus dem Zimmer folgte.

Auf dem Treppenabsatz drehte die sich zu ihr um und flüsterte: »Verzeih die kleine Notlüge, Schatz. Aber irgendwie dachte ich, du würdest in Ruhe mit Mister Thurgood sprechen wollen.«

Sie zwinkerte ihr lächelnd zu und Christine küsste sie auf die Wange, bevor sie an ihr vorbei die Treppe nach unten lief und das Telefon vom Tisch nahm.

»Hallo, Mister Thurgood.«

»Kleine Miss …« Der Antiquar klang sonderbar. Ein Mix aus Aufregung, Kurzatmigkeit, Ungeduld und Freude schwang in seiner Stimme.

»Ist etwas passiert?«

»Das kann man wohl sagen.« Der Alte kicherte. Christine fand, es klang beinahe diabolisch. Sie musste grinsen, als sie sich eine Mischung aus Thurgood und Rumpelstilzchen am anderen Ende der Leitung vorstellte.

»Nun, kleine Miss, wie geht es dir?« Alles klar. Er spannte sie auf die Folter. Christine kannte das bereits.

»Mir geht es viel besser, Mister Thurgood, danke. Aber was ist denn nun passiert?«

»Ich sehe, du lässt dich nicht mehr so leicht ablenken wie früher.« Der Antiquar kicherte erneut. »Nun denn, meine liebe Christine …« Jetzt klang er feierlich. »Nun denn, es ist vollbracht.«

Christines Herz schlug so laut, dass sie das Rauschen ihres Blutes in den Ohren hören konnte.

»Morgen Abend ist es so weit. Meine Kontaktmänner bekommen dieses Glockenspiel. Es geht los.«

Christine wurde schwindlig.

Ihre Mutter, die gerade aus der Küche kam, sah sie besorgt an und zog fragend die Augenbrauen nach oben. »Geht es dir nicht gut, Schatz?«

»Nein, alles in Ordnung, Mum. Wirklich.«

»Wie bitte?« Thurgood klang verwirrt am anderen Ende der Leitung.

»Nichts, ich habe mit meiner Mutter gesprochen.« Sie atmete tief durch. Es wurde Wirklichkeit! »Also, wann geht es los?«

»Morgen Nachmittag zur Teezeit, also Punkt fünf. Kannst du es einrichten, vorher hier zu sein? Wir müssen Christopher Bescheid geben und vielleicht dauert das alles auch die ganze Nacht, also lass dir – man möge mir verzeihen – eine Geschichte für deine Eltern einfallen.«

»Kein Problem, Mister Thurgood. Nichts in der Welt wird mich davon abhalten, pünktlich bei Ihnen zu sein.«

»Wunderbar, kleine Miss. Dann bis morgen.«

So höflich er sonst war – am Telefon wartete Thurgood nie Christines Verabschiedung ab, sondern legte gleich auf. Sie schob es darauf, dass er diesen unangenehmen Apparat nicht länger benutzen wollte als unbedingt nötig. Und in diesem Fall hielt er jede Höflichkeitsfloskel für vergeudete Zeit.

»Ist etwas passiert?« Ihre Mutter kam wieder aus der Küche und sah noch immer besorgt aus.

»Nein, Mum. Mister Thurgood hat nur ein unglaublich spannendes, uraltes Buch bekommen. Mit alten Schriftzeichen, deren Bedeutung er nicht kennt, und mystischen Zeichnungen. Das ist ziemlich aufregend und ich würde ihm gerne bei seinen Recherchen helfen. Ist es okay, wenn ich morgen Nachmittag zu ihm fahre und vielleicht über Nacht bleibe, falls wir uns in unsere Untersuchungen verbeißen?«

Chapeau, Christine. Deine Lügen werden immer besser. Andererseits: War das überhaupt eine Lüge? Eigentlich war es die Wahrheit. Nur nicht die ganze und zudem aus dem Zusammenhang gerissen, doch das konnte man wohl unter den Tisch fallen lassen.

Christines Mutter lächelte. »Ihr beiden mit euren wurmstichigen Büchern. Natürlich kannst du über Nacht bleiben. Ich habe nur eine Bedingung.«

»Welche?«

»Erzähl mir, was ihr rausgefunden habt, wenn es spannend ist.«

»Abgemacht, Mum.« Christine küsste ihre Mutter erneut auf die Wange und beeilte sich, die Treppe nach oben zu kommen. Ihr Herz raste, als sie die Tür zu ihrem Zimmer öffnete.

»Lex, dieser Superfriseur, von dem du gerade gesprochen hast: Wie schnell kann man bei ihm einen Termin bekommen?«

Alexa sah sie erfreut an. »Eigentlich frühestens in drei Monaten, doch meine Mum ist mit ihm befreundet. Wir könnten sicher gleich heute gehen … Gott sei Dank, Christine, endlich bist du wieder die Alte!«

Christine grinste innerlich. Wenn Alexa wüsste, wie weit sie im Moment davon entfernt war, die »alte Christine« zu sein. Doch es war ihr egal. Das Einzige, was sie jetzt mit den anderen Mädchen ihres Alters verband, war, dass sie schön sein wollte. Schön für Christopher. Und wenn dieser Starfriseur eine Königin aus ihr zaubern würde, sollte es ihr recht sein.

»Okay, Lex, ruf ihn an.«

Stunden später saß Christine alleine in ihrem Zimmer am Schreibtisch und starrte in die Dunkelheit vor ihrem Fenster. Alexa und der Friseur hatten alles gegeben und sie beinahe rundum erneuert. Natürlich war ihre Freundin neugierig gewesen und wollte wissen, ob dieser geheimnisvolle Typ dahintersteckte. Doch Christine hatte verneint. Sie wollte mit Alexa nicht über Christopher sprechen.

Stattdessen stieg sie auf deren Vermutung ein, sie habe Liebeskummer. Dann würde auch ihr ganzes Verhalten der letzten Zeit Sinn ergeben. Merkwürdigerweise fiel Christine dieses Spiel nicht schwer, obwohl sie ihr Glück am liebsten jede

Sekunde in die Welt hinausschreien wollte. Jedoch nicht in diese, ihre und Alexas Welt. Sondern in Christophers Welt. In eine Welt, in der sie sich schon jetzt viel mehr zu Hause fühlte, als sie es in ihrer eigenen je getan hatte.

Geliebter Christopher,

es ist so weit. Wenn ich diese Worte schreibe, kommen sie mir unwirklich vor, aber es ist wahr: Es ist so weit.
Morgen bekommt Mister Thurgood das Glockenspiel. Wie er das geschafft hat, wollte er nicht verraten, doch morgen zur Teestunde, Punkt fünf geht es los. Ich werde um vier einen Brief für Dich hinterlegen und wir brechen auf, sobald wir das Glockenspiel haben. Ich denke, das wird etwa gegen fünf Uhr dreißig sein.
Und dann ... dann sind es nur noch Minuten, Sekunden, Momente. Wenn ich daran denke, will mein Herz aus meiner Brust springen und ich kann nicht mehr richtig atmen. Ich denke ununterbrochen an Dich und bin sicher, dass diese letzten Stunden die längsten meines Lebens werden. Ich freue mich so sehr auf Dich.

In unendlicher Liebe,
Christine

Christopher

Die Fassade von Westminster Abbey ragte vor Christopher auf wie die mahnende Gestalt eines Lehrers. Die Fenster der Westseite blickten streng auf ihn herab, als wollten sie ihm sagen, dass Straßenjungen wie er in solch ehrwürdigen Gebäuden nichts zu suchen hatten.

Was den Tatsachen entsprach. Christopher hatte die Abtei noch nie betreten. Nur einmal, als sie eine Gedenktafel für Emily Brontë angebracht hatten, war er in die Nähe des Gebäudes gekommen – und das nur, weil er mit großer Begeisterung ihr letztes Werk *Sturmhöhe* gelesen hatte. Seine Eltern waren nie besonders gläubig gewesen. Stets hatte sein Vater betont, dass Fleiß, harte Arbeit und ein ordentliches Handwerk mehr zu essen auf den Tisch brachten als irgendein Gott. Und zumindest in diesem Punkt hatte Christopher ihm nie widersprochen.

Er nahm den linken Turm genauer unter die Lupe. Auf seine berechtigte Frage, von welcher Seite das Links denn zu gelten habe, konnte Thurgood glücklicherweise eine Antwort finden. Die betreffende Aufzeichnung, so war sich der Antiquar sicher, sprach von dem Turm mit der Uhr. Und das war eindeutig genug.

Auf einer Bank nahm Christopher Platz, die Augen fest auf den Turm gerichtet, als wolle er Christine mit bloßer Gedankenkraft herbeizaubern. Thurgood hatte ihn irgendwann aus seinem Laden geschmissen. Wahrscheinlich war Christopher ihm mit seinem konstanten Auf- und Ablaufen auf die Nerven gegangen. »Vertrete dir um Himmels willen ein wenig die Beine, Junge«, hatte er gesagt, »ich muss … gewisse Vorkehrungen für unsere Reise treffen.«

Dass Thurgood in die Zukunft mitkam, erleichterte Christopher. Mehr als er sich das eingestehen wollte. Längst war der alte Mann sein einziger Vertrauter geworden, sein Komplize, sein bester Freund. Als der Antiquar beinahe schüchtern gefragt hatte, ob Christopher sich vorstellen könnte, einen gebrechlichen alten Zukunftsspinner mitzunehmen, war Christopher ihm kurzerhand um den Hals gefallen.

Sein Blick streifte Kutschen, Menschen, Bauwerke. Das mit der Zukunft war eine komplizierte Angelegenheit. Westminster Abbey gab es noch, das hatte Thurgoods Stadtplan ihm verraten.

All die Menschen hier jedoch, all das, was London mit Leben erfüllte, war in Christines London längst tot. Vergessen. Oder, wenn man es zu etwas gebracht hatte, von einer einfachen Gedenkplatte in Erinnerung gehalten. Was würde von ihm bleiben? Wer würde ihn vermissen?

Er konnte seinen Gedanken kaum folgen. Sicher, sie weilten bei Christine, bei der ungeheuerlichen Tatsache, dass sie und er schon bald der Zeit ein Schnippchen schlagen und vereint sein würden. Jetzt, da dieser Moment unmittelbar bevorstand, musste Christopher aber an seine Eltern denken. Er hatte nicht die geringste Ahnung, wie diese Zeitbrücke funktionierte, wusste nicht, ob er jemals wieder in seine Zeit zurückkehren würde.

Und es war ihm egal.

Betont langsam schlenderte er auf den Eingang zu. Mal sehen, ob er einen Blick ins Innere erhaschen konnte – einen Hinweis vielleicht, wo sich das Treppenhaus befand.

»Scher dich weg, du Lümmel!« Aus dem Schatten des Tores trat ein bulliger Wachmann hervor. »Straßenköter wie dich wollen wir hier nicht, also verschwinde, bevor ich dir Beine mache!«

Reaktionen dieser Art waren nichts Neues für Christopher,

längst ließen sie ihn kalt. Heute jedoch lösten die Worte des Wächters etwas in ihm aus.

Bestürzung.

Er blickte an sich herab. Was hatte er sich dabei nur gedacht? So konnte er Christine unmöglich unter die Augen treten! Sein Mantel wurde nur noch von Londons Staub und Ruß zusammengehalten, seine Hose hatte mittlerweile mehr Löcher als Pips Zähne. Einzig seine Schuhe blitzten unter dem Hosensaum hervor. Wer kaputte oder schmutzige Schuhe trug, hatte auf der Straße jegliche Anerkennung verloren!

Christopher sprintete los. Ein Schneider in der Saville Road schuldete ihm noch einen Gefallen. Das würde ihm an der Zukunft fehlen: So gut wie überall kannte er jemanden, der ihm noch den einen oder anderen Gefallen schuldete. Er wischte den Gedanken beiseite. Wieso sollte so etwas nicht auch im Jahr 2014 möglich sein? Menschen, da war sich Christopher sicher, änderten sich nicht.

Im Eiltempo durchquerte er sein London.

Schon von Weitem sah Christopher, wie Thurgood vor dem Laden auf und ab lief. Das geschah nur, wenn er ein besonders kostbares Buch erwartete – oder wenn sich seine Teelieferung verspätete.

Christopher beschleunigte seine Schritte. Sein Anzug saß nicht perfekt, war an den Armen zu kurz und an den Schultern zu weit. Etwas anderes hatte Mister Fitzpatterley jedoch nicht auf Lager gehabt. Es musste reichen. Und sein Erscheinungsbild hatte Christopher damit bereits zweifellos aufpoliert.

»Da bist du ja endlich, Junge«, begrüßte ihn Thurgood ungeduldig.

»Ist etwas passiert, Mister Thurgood?«

»Na, was schon, du Rumtreiber. Ein Brief ist passiert. Er kam schon vor weit über einer Stunde. Wo warst du nur?« Der

Antiquar musterte ihn, als sähe er ihn zum ersten Mal. »Und wie siehst du überhaupt aus?«

»Ein Brief?« Christopher ignorierte Thurgoods Frage und stürmte an ihm vorbei ins Antiquariat. Tische, Kommoden und Regale waren abgedeckt, die Fensterläden allesamt geschlossen, viele Bücher stapelten sich in Reisekoffern.

»Reine Vorsichtsmaßnahmen«, meinte Thurgood beiläufig. »Man weiß ja nie …«

Christopher hörte es nicht. Er war längst im Obergeschoss angelangt und hielt Christines Brief in den Händen. Er verschlang ihn so schnell, dass die Bedeutung ihrer Zeilen erst in seinen Verstand rieselte, als er ihn zum dritten Mal las.

»Was gibt es?«, fragte Thurgood, zwei dampfende Teetassen in der Hand.

Christopher wandte sich zu seinem alten Freund um und blickte ihn fassungslos an. Er wollte etwas sagen, doch seine Stimme versagte. »Morgen«, brachte er irgendwann mühsam hervor. »Morgen Nachmittag ist es so weit.«

Die Teetassen zerschellten klirrend auf dem Boden.

Christine & *Christopher*

Christines Hände waren schweißnass und zitterten, als Thurgood ihr feierlich das Glockenspiel übergab.

»Lass es nicht fallen, kleine Miss. Das hier ist nicht nur Christophers Zukunft, sondern auch deine.«

Der Antiquar kannte sie mittlerweile zu gut und hatte ihre Aufregung sofort wahrgenommen. Christine hielt den Atem an und drehte die Konstruktion in ihren Händen hin und her. Die Aussparung, in die das Amulett eingesetzt werden sollte, war klar erkennbar, und Christine bewunderte die filigrane Arbeit, die der Uhrmacher geleistet hatte.

Die Frage, in welchen Schwierigkeiten er jetzt stecken mochte und wie Thurgood es geschafft hatte, das Glockenspiel an sich zu bringen, war ihr nur einen kurzen Augenblick in den Sinn gekommen. Doch sie wollte nicht weiter darüber nachdenken. Jetzt zählten nur noch Christopher und Christine. Christine und Christopher. Sie stellte das Konstrukt vorsichtig in den ausgepolsterten Lederkoffer, den Thurgood bereits auf seinem Schreibtisch zum Transport vorbereitet hatte, und der Antiquar legte das Amulett andächtig daneben.

Er sah Christine an. »Jetzt beginnt die Zukunft, kleine Miss. Lass uns deinen Christopher aus der Vergangenheit holen.«

Christine konnte nichts sagen, nickte nur und strich kurz über Christophers rauen, zerschlissenen Schal, den sie um den Hals trug. Thurgood verpackte die wertvolle Fracht in eine Decke und schloss den Kofferdeckel.

Aus Christines Jackentasche klang dumpf der Klingelton von »Miss Marple«, doch sie hatte jetzt keinen Nerv, sich mit Alexa zu beschäftigen. Sie musste sich um ihre Zukunft kümmern.

Als Thurgood die Hintertür der Antiquariats abschloss, wartete das Taxi bereits. Der Antiquar gab den Koffer nicht aus der Hand, als der Fahrer ihm anbot, ihn im Kofferraum zu verstauen. Die kurze Fahrt zur Westminster Abbey verlief still. Beide hingen ihren Gedanken nach. Thurgood drückte lediglich für einen Moment Christines Hand, wofür sie sehr dankbar war.

Als das Taxi hielt, bezahlte der alte Mann den Fahrer, während Christine ausstieg und an den Türmen emporblickte, die herrschaftlich auf sie herabsahen. Schweigend lösten sie an der Kasse ihre Eintrittskarten und betraten das Gebäude.

Christine wurde nervös, als sie all die Touristen sah, doch Thurgood nahm sie an der Hand und flüsterte: »Keine Angst, keine Angst, kleine Miss. Ich habe alles im Vorfeld geregelt. Wir müssen hier entlang.«

Seine beruhigenden Worte dämmten ihre Nervosität ein wenig ein und sie ließ sich bereitwillig von ihm zu einer Treppe ziehen, vor der ein Wachmann stand. »Harold.« Thurgood nickte ihm verschwörerisch zu.

»Thurgood.« Der Wachmann trat zur Seite, um sie durchzulassen. Christine dachte nicht darüber nach, wie der Antiquar auch das bewerkstelligt hatte. Alles, was für sie zählte, war, dass sie schnell nach oben kamen.

Sie erklomm die Treppenstufen beinahe im Laufschritt und nahm Thurgood den Koffer ab, als sie bemerkte, dass der alte Mann zwar ungewöhnlich schnell, jedoch nicht schnell genug nachkam.

Beide waren außer Atem, als sie endlich auf dem Dach des Turmes ankamen und der Wind ihnen scharf ins Gesicht blies.

»Hier, hier ist es, kleine Miss. Die Aussparung für das Glockenspiel«, rief Thurgood aufgeregt und blieb an einem der vier Pfeiler stehen. Die Öffnung für das Glockenspiel war unverkennbar. Christine stellte den Koffer ab und Thurgood öffnete ihn vorsichtig. Er schlug die Wolldecke zurück und nahm die

Konstruktion des Uhrmachers heraus. Dann stellte er sie in die Aussparung des Pfeilers. Sie fügte sich perfekt ein, als würde sie mit dem Stein verschmelzen.

Christine hielt den Atem an, als Thurgood ihr das Amulett in die Hand gab.

»Bist du bereit, kleine Miss? Bereit für dein großes Abenteuer und deine große Liebe?«

»Ja, Mister Thurgood. Ich bin bereit.«

Diesmal stellte der Wachmann vor dem Eingangstor kein Problem dar. Er nickte Thurgood und Christopher lediglich kurz zu und war gleich wieder in seiner *Illustrated London News* versunken. Der Großvater, der den Enkel mit in die Kirche nahm, das war nicht weiter ungewöhnlich. Was ein paar neue Kleider ausmachen konnten, wunderte sich Christopher.

Auch Thurgood hatte sich fein gemacht. Er trug einen grauen Anzug und Schuhe, die vorne merkwürdig spitz zuliefen. Christopher hatte es für sich behalten, doch wirklich zusammen passte das alles nicht. Völlig egal. In diesem Moment zählte nur noch eines.

Christine.

»Sieh mal, mein Junge, da hinten«, raunte Thurgood ihm zu und zeigte in das dämmrige Halbdunkel vor sich. »Poet's Corner, die letzte Ruhestätte unserer großen Wortschmiede. Chaucer, die werte Jane Austen, Lord Byron ...«

»Ja, Mister Thurgood«, meinte Christopher abwesend. Dafür war jetzt keine Zeit! Längst war seine Welt auf das zusammengeschmolzen, was jetzt vor ihm lag. Er hatte seinen Eltern einen kurzen Brief geschrieben, den Umschlag adressiert und gut sichtbar in Thurgoods Laden hinterlegt. Wenn ihnen etwas zustoßen sollte, würde er hoffentlich irgendwie in ihre Hände gelangen. Alles andere hatte er ausgeblendet.

»Dort entlang.« Thurgood führte Christopher durch die hohe Halle. Selbst ihr leises Flüstern hallte von den alten Wänden wider. »Hier müsste das Treppenhaus sein.«

Mit jeder weiteren Treppenstufe wuchs Christophers Anspannung. Was, wenn er ihr nicht gefiel? Wenn sie sich jemand anderen vorgestellt hatte? Würde sie ihn tatsächlich lieben können, einen einfachen Boten? Er fuhr sich durch die Haare. Von einer Frisur konnte man da auch nicht sprechen.

Thurgoods schweres Schnaufen holte ihn zurück in die Wirklichkeit. »Wieso muss dieses vermaledeite Glockenspiel ausgerechnet auf einem der höchsten Türme dieser Stadt eingesetzt werden? Hätte es nicht ein ebenerdiges Gebäude getan?«

Christopher musste grinsen. »Wir haben es gleich geschafft, Mister Thurgood. In der Zukunft können wir Treppen wie diese vielleicht hochschweben.«

Thurgood verzog das Gesicht zu einer Grimasse und kämpfte sich weiter. »Wer's glaubt, mein Junge.«

Als Christopher die Tür zur Plattform aufstieß, schlug ihm ein eisiger Wind entgegen. Turmhohe Wolken rasten über den Himmel. Es roch nach Herbst. Nach Wandel. Er machte einige unsichere Schritte und beugte sich über die Brüstung. Unten, weit unter ihm, zog das Leben dahin. Er hatte die Stadt noch nie aus solcher Höhe betrachtet.

»Und jetzt?«, fragte er.

Thurgood lehnte an einem der Pfeiler und rang nach Atem. »Wir tun, was wir immer tun.« Er keuchte. »Wir warten.«

Die Glocke von Westminster Abbey schlug. Es war halb sechs.

Der letzte Glockenschlag zur halben Stunde hing noch über ihnen in der Luft, als Christine das Amulett in ihren Händen hielt und zögerte.

»Was ist, kleine Miss? Warum setzt du es nicht ein?«, fragte Thurgood besorgt.

»Ich weiß nicht. Ich ... ich habe Angst.«

»Angst wovor?«

»Was, wenn ich ihm nicht gefalle, Mister Thurgood? Was, wenn er ein ganz anderes Bild von mir im Kopf hat und enttäuscht ist?«

Der Antiquar lächelte. »Christine ...«, begann er. »Abgesehen davon, dass du eine der attraktivsten jungen Ladys bist, die ich kenne, und er ein Narr wäre, würde er das nicht genauso sehen – nun, abgesehen davon spielen diese Äußerlichkeiten bei euch beiden doch keine Rolle. Was euch verbindet, ist ein Herz, das in euer beider Brust schlägt. Nicht mehr, aber vor allem auch nicht weniger. Denn das ist es, was man Liebe nennt.«

Er sah sie beschwörend an und Christine nickte langsam. Er hatte recht und sie schämte sich für ihre Zweifel. Christopher war niemand, der sich in Äußerlichkeiten verliebte. Sie war sich sicher: Christopher liebte nicht mit den Augen, sondern ganz allein mit dem Herzen und Christine vertraute ihm.

Entschlossen setzte sie das Amulett an die richtige Stelle des Glockenspiels und drehte es nach rechts.

Christophers Blick wanderte über die Welt unter ihm. Sein London. Die Stadt, die er besser kannte als seine Westentasche. Er fühlte ein merkwürdiges Hochgefühl, eine Aufbruchsstimmung, die er das letzte Mal gefühlt hatte, als er das kleine Haus seiner Eltern verlassen hatte und nach London gekommen war. Eine Ewigkeit war seither vergangen.

»Christopher!«

Thurgoods Tonfall ließ ihn herumfahren. Zunächst sah er gar nichts. Doch dann ... dann erschien ein Glimmen in der Luft. Wie ein Stein, der die spiegelglatte Oberfläche eines Sees erzittern lässt, war etwas in der Luft vor ihnen. Etwas, das ganz offensichtlich nicht von dieser Welt war.

»Was ist das?«, hauchte Christopher.

»Ich ... ich denke, es ist ein Portal. Es ist so weit, Christopher. Die Zukunft wartet.«

Christopher schluckte. Seine Beine zitterten und vor seinen Augen verschwamm alles. Er machte einen vorsichtigen Schritt auf das Glimmen zu. Dann, nach einem Seitenblick auf Thurgood, noch einen.

»Bist du bereit, mein Junge?«

Christopher lächelte schief. »Wenn ich das wüsste.«

Gemeinsam traten sie durch das schimmernde Portal.

Der Pfeiler verschwamm – und mit ihm das Glockenspiel und das Amulett. Die Luft schimmerte. Hätte Christine Worte dafür finden müssen, hätte sie es beschrieben, als ob sich die Luft teilte und eine Art Durchgang freigab. Eine Tür in eine andere Welt. Eine Tür, aus der sie, wie aus weiter Ferne, zwei verschwommene Gestalten auf sich zukommen sah. Je näher sie kamen, desto deutlicher wurden sie und Christines Herz schlug bis zum Hals.

»Christopher ...«, flüsterte sie, als er durch das Portal auf sie zutrat.

Er trug die Kette ihrer Großmutter.

Zunächst erkannte Christopher gar nichts. Angestrengt starrte er in den Nebel, vor Aufregung völlig gelähmt.

Da! Vor sich erkannte er, wie sich eine Gestalt aus dem trüben Schleier herausschälte. Nein, zwei Gestalten! Er wischte mit der Hand vor seinen Augen durch die Luft, als wolle er eine lästige Fliege verscheuchen.

Und dann sah er sie. Christine. Zunächst noch undeutlich, wie durch dickes Glas. Dann stand sie urplötzlich vor ihm, als hätte sich aller Nebel dieser Welt endlich gelichtet. Christophers Verstand weigerte sich zu akzeptieren, was vor seinen Augen lag. Doch es war wahr. Da stand sie, kaum drei Schritte von ihm entfernt, lächelte ihn schüchtern an. Und trug seinen Schal.

Das Blut schoss ihm ins Gesicht und er lächelte verlegen zurück. Im Lächeln war er nie besonders gut gewesen, also unterließ er es wieder und konzentrierte sich darauf, sie anzusehen. Er konnte es sich nicht erklären, doch Christine sah genauso aus, wie er sie sich all die Wochen vorgestellt hatte. Ihre dunklen Haare fielen über ihre Schultern, scheu strich sie sich eine Strähne aus dem Gesicht.

Sie war wunderschön. Nein, das war Unfug. Sie war das Schönste, was Christopher je erblickt hatte.

Er tat einen Schritt auf sie zu, wollte etwas sagen, doch er brachte keinen Ton heraus. Was, zum Teufel, sollte man in solch einer Situation auch Angemessenes von sich geben?

Erst jetzt bemerkte er die Gestalt hinter Christine. Für einen Moment dachte er, dass es Thurgood war, der aus irgendeinem Grund plötzlich hinter Christine stand. Doch er stand auch noch immer neben ihm, hatte ein merkwürdiges Glänzen in den Augen und rührte sich nicht. Thurgood starrte auf die Person hinter Christine – und diese Person war auch Thurgood! Christopher blickte verwirrt zwischen den beiden hin und her, bis er begriff, dass die andere Gestalt der Thurgood aus Christines Zeit sein musste. Der Nachfahre seines Freundes.

Das Merkwürdige war, dass sich die beiden ähnelten wie ein Ei dem anderen – sah man einmal davon ab, dass Christines Thurgood andere Kleidung trug und einen gestutzten Bart hatte. Auch Christine hatte es bemerkt. Verwirrt blickte sie zwischen den beiden alten Männern hin und her. Da geschah es. Die beiden Thurgoods flackerten kurz, verschwammen, verschwanden für einen Augenblick völlig …

Dann war nur noch einer übrig.

»Was passiert hier, Christopher?« Es waren Christines erste Worte.

Christopher hob die Schultern und schüttelte stumm mit dem Kopf.

»Ach«, säuselte urplötzlich eine Stimme aus dem Nichts. »Er hat es euch also nicht gesagt?«

Christine sah verwirrt um sich. Thurgood stand zwischen ihnen, aber sie konnte beim besten Willen nicht sagen, ob sich ›ihr‹ Thurgood in Christophers verwandelt hatte, oder umgekehrt. Klar war nur, dass aus zwei Personen eine geworden war. Sogar die Kleidung hatte sich vermischt und ergab einen merkwürdigen Stilmix zwischen alt und neu, der Christine unter anderen Umständen ganz sicher belustigt hätte, doch im Moment gab es Wichtigeres.

Christine sah unsicher zu Christopher, dessen Miene ähnlich fragend war. Er sah genauso aus, wie sie ihn sich vorgestellt hatte, doch ihr blieb keine Zeit, sich damit zu beschäftigen, denn plötzlich erschien noch eine Gestalt aus dem Nichts. Es war die Dame, die sie bereits mehrere Male in Thurgoods Antiquariat gesehen hatte und an deren stechendes Parfum sie sich erinnerte. Sie lächelte warm und sah von Christine zu Christopher und zurück, als sie sprach: »Da seid ihr also. Christine und Christopher, endlich vereint. Gut gemacht, Ael-fred … oder soll ich dich lieber Alfred nennen?«

»Asmodea …« Thurgoods Gesicht verzog sich zu einem schiefen Grinsen. »Schön, dich zu sehen.«

»Natürlich«, erwiderte die elegant gekleidete Dame und lächelte spöttisch. »Natürlich freust du dich, mich zu sehen.

Nicht zuletzt deshalb, weil du dir einen Nutzen davon versprichst, nicht?«

»Nun …« Der Alte wiegte den Kopf hin und her. »Nutzen, Nutzen, das ist ja immer so eine Sache. Ich habe meinen Teil der Abmachung erfüllt. Hier sind sie. Es wäre also an der Zeit, meine Belohnung einzustreichen. Allerdings haben sich die Dinge etwas geändert.« Die Dame, die Thurgood Asmodea nannte, lachte laut. »Geändert? Ich denke nicht, dass du derjenige bist, der hier die Rahmenbedingungen ändert.«

Christine traute sich kaum zu atmen und versuchte, in Christophers Blick zu lesen. Doch das Einzige, was sie darin sah, war die gleiche Unsicherheit, die sie selbst verspürte.

»Oh doch, das denke ich schon.« Thurgoods Stimme war kalt. So kalt, wie Christine sie noch nie gehört hatte.

»Weißt du, Asmodea, für meine Begriffe sind vierhundert Jahre in deinem Dienst genug. Ich beanspruche selbst ein Stück des großen Ganzen … wenn nicht sogar alles davon. Zumal ich ohnehin den größten Teil der Arbeit erledigt habe.«

Asmodeas Lachen wurde schrill. »Du? Du beanspruchst das große Ganze? Wie soll ich das verstehen? Du bist nichts weiter als ein Halbdämon. Ein Lakai, der nicht einmal in der Lage ist, mehr zu erschaffen als einen Schatten ohne Gestalt. Ach ja, richtig: Einmal konnten sie sogar wispern. Oh und nicht zu vergessen, das Vorhängeschloss an diesem Spind … immerhin hast du wenigstens geschafft, es zu verbiegen.« Ihr Tonfall wurde spöttisch. »Und bereits das zehrt dermaßen an deinen Kräften, dass von dir selbst kaum mehr als ein Schatten übrig geblieben ist. Sieh dich an, Thurgood! Du bist nur noch eine kraftlose, ausgemergelte Gestalt, nichts weiter. Du wärst nicht einmal in der Lage, das große Ganze ansatzweise im Zaum zu halten. Und ausgerechnet du willst mich herausfordern? Mich, die Mächtigste von allen? Denkst du nicht, du überschätzt dich?«

Thurgoods Miene verzog sich zu einer Grimasse, einer Fratze, die Christine das Blut in den Adern gefrieren ließ. Instinktiv trat sie einen Schritt zurück.

Was geschah hier? Christopher hatte zwar keinerlei Vorstellung davon gehabt, was ihn auf diesem Turm erwarten würde. Doch damit hätte er als Letztes gerechnet. Sollte es hier nicht um Christine und ihn gehen? Stattdessen standen sie einem alten Mann und einer rätselhaften Dame gegenüber, die vollkommen alberne Dinge von sich gaben. 400 Jahre? Halbdämon? Was wurde hier eigentlich gespielt? Er hätte am liebsten lauthals gelacht, so absurd und unwirklich war das alles.

Ohne dass er es gemerkt hatte, hatte sich Christine neben ihn gestellt und suchte nach seiner Hand. Er ergriff sie, drückte sie fest. »Bleib bei mir«, raunte er ihr zu.

»Du verlogenes Weib«, spuckte Thurgood aus. Wut und Zorn huschten über das Gesicht des Antiquars. Das war nicht der Thurgood, den Christopher kannte! »Was erlaubst du dir?«

Die Dame lachte. Doch es schwang keine Freude darin mit. Eher boshafter Hohn. »Das, was ich mir immer erlaubt habe, du Wurm. Du müsstest wissen, mit wem du es zu tun hast. Nach all den Jahren!« Sie schmatzte abfällig mit den Lippen. »Und jetzt rate ich dir zu verschwinden, bevor ich es mir anders überlege.«

Was dann geschah, würde Christopher nie vergessen. Thurgood ... veränderte sich. Sein Gesicht wurde zu einer fürchterlichen Fratze, seine Augen sanken tiefer in ihre Höhlen zurück. Er hob die Arme und spie Worte in einer fremden Sprache aus – Worte, die Christopher nicht verstand, die aber so böse und alt klangen, dass ihm jedwede Zuversicht aus dem Herzen gesaugt wurde.

Er drückte Christines Hand, wollte ihr Halt geben und sich

aber gleichzeitig vergewissern, dass sie bei ihm blieb. Er durfte sie nicht loslassen!

Schwarze Fäden flossen aus Thurgoods Händen. Wie Tinte, die im Wasser verläuft, schwebten sie auf Asmodea zu, veränderten ihre Form und wurden zu Schattengestalten. Christophers Herz setzte aus. Er kannte diese Schatten! Es konnte keinen Zweifel daran geben: Das waren die Schatten, die ihm seit einiger Zeit den Schlaf raubten.

»Mister Thurgood!«, brachte er keuchend hervor. »Was tun Sie da?«

Der Antiquar – oder das, was Christopher bisher für den Antiquar gehalten hatte – wandte den Kopf ruckhaft zu Christopher um. Er grinste wölfisch. »Was denkst du denn, mein Junge?«, zischte er. »Was denkst du, habe ich die ganze Zeit getan? Mich mit einem nervtötenden kleinen Rotzlöffel wie dir abzugeben, weil ich dich mag?« Er lachte meckernd. »Du Fantast!«

Die Schatten umkreisten Asmodea, kamen bedrohlich langsam auf sie zu. Christopher blickte zur Tür, und für einen kurzen Moment dachte er daran, einfach mit Christine zu fliehen.

Thurgood durchschaute ihn. »Ihr geht nirgendwo hin, wenn euch euer lächerliches Leben etwas wert ist. Um euch kümmere ich mich gleich.«

Da war es wieder, Asmodeas Lachen. Christopher hatte noch nie etwas Grausameres gehört. »Narr!«, keifte sie. Eine schnelle Handbewegung, und Thurgoods Schatten lösten sich auf wie Spinnen, die vor dem Licht flohen. Mit einem Satz war sie hinter dem Alten, packte ihn mit unglaublicher Stärke am Hals und hob ihm hoch. »Deine letzte Chance, alter Mann. Meine Spielregeln – oder gar keine.«

»Niemals«, brachte Thurgood krächzend hervor. »Ich werde …«

Weiter kam er nicht. Mit einem gleichgültigen Gesichtsausdruck warf Asmodea ihn über die Brüstung. »Dann eben nicht«, meinte sie emotionslos, warf einen prüfenden Blick auf ihre Fingernägel und wandte sich zu Christine und Christopher um. Sie lächelte. »Und jetzt zu euch, meine Süßen.«

Mister Thurgoooood …«

Christine schrie und ihr Herzschlag setzte für eine Sekunde aus. Sie konzentrierte sich einzig auf Christophers Hand, die die ihre fest umschlossen hielt. Nicht genug damit, dass die ganzen letzten Wochen schon absurder waren als alles, was sie jemals erlebt hatte. Doch dieses Szenario glich einem Horrorstreifen, den sie sich im Kino nicht schlimmer hätte ausmalen können.

Asmodea sah sie an und ihre Gesichtszüge wurden weich. »Christine …« Ihre Stimme schlängelte sich durch das Grauen in Christines Kopf. »Beruhige dich. Thurgood hat euch nicht die Wahrheit gesagt. Er hat euch benutzt. Ihr habt es selbst gesehen – die Schatten, die euch verfolgten, hat er heraufbeschworen. Ich aber bin hier, um euch und zugleich die Welt zu retten. Ich weiß, es hört sich merkwürdig an. Doch das Portal, das nur ihr imstande wart zu öffnen, ist die einzige Möglichkeit, die Zeit für immer zu überwinden.«

»Aber wie …« Christine konnte den Satz nicht vollenden. Sie war vollkommen durcheinander und die Gedanken überschlugen sich in ihrem Kopf. Asmodea schien genau zu wissen, was sie dachte: »Nun, es ist eigentlich ganz einfach – und doch war es beinahe unmöglich. Die Zeit ist die Tür zur Unendlichkeit. Sie ist der Wächter über allem, der Torhüter zwischen Vergangenem, der Gegenwart und der Zukunft. Und sie ist das Einzige, das euch den Zugang zueinander verwehrt, euch trennt, eure Sehnsucht zur Qual werden lässt und damit das Tor zu eurer persönlichen Hölle wird. Die Zeit zu überwinden, eine Brücke zu schlagen, die euch für immer verbindet, das vermag nur der erste Kuss der reinen, unschuldigen Liebe. Und bei allen Höllenhunden … diese auf einer Welt wie der hier zu finden, war beinahe aussichtslos. Alles versinkt in Oberflächlichkeiten und profanen Bildern, Profitgier und Geltungsdrang. Doch ihr beide, ihr habt verstanden, was es heißt zu lieben, und das ohne all diese teuflischen Versuchungen. Ihr teilt euch ein Herz. Das ist alles, was zählt. Ihr könnt die Zeit mit eurem ersten Kuss überwinden und so für immer zusammen sein. Thurgood hatte andere Pläne. Auch er wollte Macht. Über die Zeit, die Welt und das Leben. Und er wollte zu diesem Zweck eure Liebe stehlen. Ich aber gebe euch die Chance, diese zu retten.«

Christines Unsicherheit schwand langsam. Sosehr sie der Verrat ihres großväterlichen Freundes schmerzte, so weich klangen Asmodeas Worte. Konnte es sein, dass ihr erster Kuss der Schlüssel war, für immer mit Christopher zusammen zu sein?

Sie sah ihn an, und sein Blick sagte mehr als tausend Worte.

Ein Blick in Christines wunderschöne Augen und alles war vergessen. Was mit Thurgood geschehen war, drang nur wie durch dicke Watte zu ihm hindurch, schmolz unter Christines durchdringendem Blick zu einer bloßen Nebensächlichkeit zusammen.

Ein Kuss? Ein Kuss, um die Zeit zu überwinden? Natürlich hatte er keine Ahnung, wie das funktionieren sollte. Natürlich ergab das eigentlich keinen Sinn. Doch Asmodeas Worte klangen in ihm nach wie die feierlichen Glocken von Westminster Abbey. Er wusste nicht, weshalb. Doch es fühlte sich so an, als würde sie die Wahrheit sagen. Oder wollte er nur, dass er ihr glaubte? Aber warum hatte Thurgood ihnen all das angetan? Sosehr es auch schmerzte – jetzt war nicht die

Zeit, darüber nachzudenken. Alles, was zählte, befand sich direkt vor ihm.

Langsam, ganz langsam näherte er sich Christine. Sie stand direkt an der Wand, in die das Glockenspiel eingelassen war. Wie wunderschön sie war! Er hatte noch nie ein Mädchen geküsst. Jetzt war er zum ersten Mal froh darüber. Es wäre es nicht wert gewesen. Christopher spürte ihren warmen Atem, konnte beinahe ihren Herzschlag fühlen. Ihre Hände berührten sich leicht. Ein Kribbeln überlief seinen gesamten Körper, und er schloss die Augen. Nur noch wenige Zentimeter trennten ihre Lippen.

»Nicht!«, durchbrach ein gellender Schrei die andächtige Stille. Verwirrt schnellte Christopher herum. Ein junger Mann stürmte auf die Plattform, packte Christopher unsanft an der Schulter und zog ihn von Christine weg.

»Was zum …«, keuchte Christopher, doch Asmodea war schneller. Sie stürzte sich auf den Fremden und presste ihn gegen die Wand. »Was hast du hier verloren?«, zischte sie gefährlich leise. Ihre Miene war ein Ozean voller Wellen puren Zorns. »Siehst du nicht, dass wir beschäftigt sind?« Dann, nach einem kurzen Seitenblick auf Christine und Christopher, glätteten sich ihre Züge.

»Anscheinend noch jemand, der etwas gegen eure Liebe hat«, meinte sie beinahe entschuldigend mit einem Blick über die Schulter und ließ den Neuankömmling sanft los. »Wer bist du? Sprich!«

Der Uhrmacher beachtete sie nicht. Wenn er Angst vor dieser rätselhaften Frau hatte, ließ er es sich nicht anmerken. »Christine, das ist ein Trick«, schrie er verzweifelt. Donner grollte über ihnen. »Ihr dürft euch nicht küssen!«

Christopher verstand die Welt nicht mehr. »Ihr kennt euch?«, fragte er verwirrt.

Ungläubig sah Christine Adrian Smythe an. Der verzweifelte Blick des jungen Mannes aus der Uhrmacherwerkstatt riss sie aus ihrer Lethargie. Christophers Frage drang wie aus weiter Ferne in ihre Gedanken.

»Ja, das ist Adrian Smythe ... er hat das ...«

»... Glockenspiel angefertigt«, beendete Asmodea ihren Satz. »Eine hervorragende Arbeit, Adrian. Du bist ein würdiger Nachfolger deines Vorfahren. Dieser alberne Kauz mit dem noch alberneren Hund.« Ein kehliges Lachen drang aus ihrem Mund und Christine bekam Gänsehaut.

»Nun, hast du noch etwas zu sagen, bevor die beiden ihre Liebe besiegeln?«

Eindringlich sah Adrian Christine und Christopher an und sagte: »Glaubt ihr nicht. Bitte. Glaubt ihr kein Wort. Das ist euer Untergang. SIE ist euer Untergang. Und nicht nur der eure. Sie reißt euch und die ganze Welt mit in den Abgrund.« Er fuchtelte mit einigen Blättern Papier vor ihren Augen herum. »Hier, hier steht alles. Sie ist eine Dämonin, die Mutter aller Dämonen. Und sie will Macht. Sie will die Herrschaft über alles: Diese, unsere Welt, das Universum und alles, was dazugehört. Einschließlich der Zeit und der Liebe. Bitte ... wenn sie den Schlüssel, die Zeit, in die Finger bekommt, dann wird sie alles auslöschen, was unser Leben hier lebenswert macht und die Welt wird versinken in Hass, Trauer und höllischen Qualen! Sie ist das personifizierte Böse und das Schlimmste ist: Sie braucht nicht einmal einen Grund. Sie will die Hölle auf Erden, einfach weil es ihre Natur ist. Ich habe alles recherchiert, monatelang, denn es gab einfach zu viele Ungereimtheiten mit diesem Auftrag und diesem Glockenspiel.«

Asmodeas Lachen durchschnitt den Donner über ihren Köpfen wie ein Messer. »Du Narr. Ich versuche, die Liebe der beiden zu retten. Was redest du da?«

»Ich habe herausgefunden, wer du wirklich bist«, keuchte Adrian. »Und du bist das Schlimmste, was uns allen passieren kann.«

»Wer hat dir nur einen solchen Unsinn erzählt?« Asmodea lächelte versöhnlich. »Thurgood? Nun, welche Beweggründe er hatte, wissen wir ja inzwischen.«

Adrian wich ihrem Blick aus und sah Christine an. »Bitte, Christine, ich weiß, du hast keinen Grund, mir zu vertrauen, aber ich bitte dich, tu es trotzdem ... sie lügt! Mit Thurgood hatte das nichts zu tun. Ich habe meine Informationen aus alten Aufzeichnungen meines Vorfahren, der mir meinen Laden vererbt hat, denn auch er wusste bereits, dass diese ... dieses Ding ...«, er deutete auf Asmodea, »... nichts Gutes im Schilde führt.«

Christine sah von einem zum anderen und suchte schließlich Halt in Christophers Blick. Halt und eine Lösung. Eine Lösung in Form von Wahrheit.

Christopher sah in Christines Augen, dass sie ihn um eine Lösung anflehte. Doch er hatte keine. Dafür hatte er Angst, und davon eine ganze Menge. Blitz und Donner zerfetzten den Himmel über ihnen, wütend spien die Wolken Regen auf sie hinab.

Er atmete tief durch, sah abwechselnd Asmodea und diesem Uhrmacher fest in die Augen. »Weshalb sollten wir das glauben? Weshalb sollten wir irgendetwas von dem, was ihr uns erzählt, glauben?« Er musste seine Stimme erheben, um gegen das Gewitter anzukommen. »Lasst uns doch einfach in Ruhe!«

»Oh, mein kleiner tapferer Christopher, so einfach ist das aber nicht«, ließ Asmodea Worte wie Honig in sein Ohr träufeln. »Sicher, ich kann euch in Ruhe lassen. Dann wirst du in deiner Zeit gefangen sein und Christine in der ihren. Eure unschuldige Liebe wäre dahin, und mit ihr jede Chance, einander wiederzusehen.«

Verzweifelt blickte Christopher zu Christine. Ihre Haare waren nass und sie zitterte. Nein, er würde sie niemals aufgeben!

»Beweise es!«, sagte er mit einer Stimme, die ruhiger war, als er das für möglich gehalten hätte. In ihm tobte ein Sturm, zerstörerischer und vernichtender als das Gewitter über Westminster Abbey.

Asmodea lachte schrill. »Und wie, bitte schön, soll ich das tun?«

»Sag, dass du an die Liebe glaubst«, schaltete sich der Uhrmacher ein. Furcht loderte in seinen Augen. »Sag, dass du immer an sie geglaubt hast.«

»Was für ein Unfug.« Asmodea winkte ab und wandte sich wieder Christopher und Christine zu. »Ich habe diese Zeitbrücke erschaffen. Ich habe euch vor Thurgood bewahrt. Habe ich es da nicht verdient, dass ihr mir glaubt?«

»Du hast sie vor Thurgood bewahrt? Ist es nicht vielmehr so, dass du das Glockenspiel in Auftrag gegeben hast und Thurgood es in deinem Namen abgeholt hat, damit du diesen Kuss der beiden stehlen kannst? Und wenn es nicht so ist, warum beweist du es dann nicht? Los! Sag es!«, beharrte der Uhrmacher. »Sag, dass die Liebe das höchste Gut dieser Welt ist.«

Wieder kicherte Asmodea, diesmal nervöser. »Was sollte das bezwecken? Ist es denn nicht offensichtlich, dass ich das tue, was, na was du da eben gerade gesagt hast?«

»Dann sag es«, schaltete sich jetzt auch Christine ein. »Sag es und ich glaube dir.«

Ein gleißender Blitz zerfetzte das Firmament. Christopher war sich nicht sicher, doch für einen Moment hatte es den Anschein, als bewegte sich etwas unter Asmodeas Haut. Ein Krabbeln, das ihn schaudern ließ.

»Wieso ist das so schwer?«, brüllte er gegen den Sturm an. »Wieso sagst du es nicht einfach?«

Der Uhrmacher blickte sie dankbar an. »Weil sie es nicht kann. Sie ... sie ist kein Mensch. Sie will euch nicht helfen. Wenn ihr euch küsst, wird sie die Liebe dieser Welt vernichten. Ich habe es herausgefunden, bitte frag nicht, wie. Ich weiß, was passiert. Ich habe alles recherchiert. Ich weiß, wer Christopher ist, wer Thurgood war und wer sie ist. Sie kann nicht lieben, sie ist ein Däm...«

»Schweig!«, keifte Asmodea. Ihre Gesichtszüge entgleisten, und für einen Moment erhaschte Christopher einen Blick auf etwas, das zu grässlich war, um auch nur für einen Moment darüber nachzudenken. Christopher hatte Angst, er würde sonst den Verstand verlieren. »Du machst mir das nicht kaputt!«, schrie sie mit einer unmenschlichen Stimme und stürzte sich auf den Uhrmacher.

»Halt!« Christines durchdringende Stimme zerschnitt das Durcheinander und Asmodea hielt inne. Christopher wandte den Kopf um – und begriff mit einem eisigen Frösteln, was Christine vorhatte.

Sie lügt, Christopher.« Christine weinte. »Sie will unseren Kuss stehlen. Unsere Liebe. Wir können das nicht tun. Nicht, wenn wir damit die Liebe aus der Welt verbannen.«

Christine sah ihm tief in die Augen. Tränen liefen über ihre Wangen. Christophers Blick stach ihr mitten ins Herz, doch sie sah, dass er verstand.

Wie gerne hätte sie all das, was sie gerade erlebte, ignoriert, auf ihr Herz gehört und ihn einfach geküsst. Doch sie wusste, dass dieses Glück nicht von langer Dauer sein würde. Sie musste Verantwortung übernehmen: für sich selbst, für Christopher und das ganze Universum. Sie musste ihre Liebe opfern, um sie zu retten. So absurd das klang und sich anfühlte.

»Nein ... nein ... NEIN ...«, hörte sie Asmodeas Stimme

schrill, als sie, die Augen fest auf Christopher gerichtet, das Amulett ergriff.

»Ich liebe dich. Für immer«, flüsterte Christine in den Sturm. Einen endlosen Augenblick lang versank sie in Christophers Augen, wünschte, die Zeit möge gefrieren, ihr diesen Moment niemals entreißen. Ein letztes Mal näherten sich ihre Lippen. So nah, sie waren sich so nah ... und doch so fern. Christine setzte das Amulett ins Uhrwerk und drehte es instinktiv gegen den Uhrzeigersinn.

Es knackte und knirschte, als die Zahnräder brachen, und mit einem Mal herrschte ohrenbetäubende Stille.

Der Sturm löste sich auf, schmolz dahin wie Schnee in der Sonne. Und mit ihm Asmodea, das Amulett im Uhrwerk – und Christopher.

Christine stand auf dem Dach der Westminster Abbey und Adrian Smythe sah sie an.

Doch Christine erkannte ihn nicht.

Eigentlich wusste sie nicht einmal, was sie hier oben zu suchen hatte, wie sie hierhergekommen war. Es war, als wäre ihr Gedächtnis gelöscht worden, und das Einzige das übrig war, war Schmerz. Ein Schmerz, der tief in ihrem Inneren begraben war und an dessen Auslöser sie keinerlei Erinnerung hatte.

»Komm ... komm mit mir«, sagte der junge Mann. Er nahm ihre Hand. »Ich bringe dich weg von hier.« Christine zog sich instinktiv den kratzigen Schal vom Hals, den sie noch nie zuvor gesehen hatte, und ließ sich willenlos vom Dach des Gebäudes führen.

Christopher

Er war allein. Das war nichts Neues für ihn, doch zum ersten Mal in seinem Leben begriff er das ganze Ausmaß dieser Tatsache. Er war allein. Für immer. Christine war verschwunden, und mit ihr die Liebe seines Lebens. Die einzige Liebe, die er je gekannt hatte. Die einzige Liebe, die er je fühlen würde.

Keine Träne lief über seine Wangen, kein Schmerz zerriss sein Herz. In ihm herrschte eine gähnende Leere, die durch nichts auf dieser Welt zu füllen war. Nicht einmal mehr durch Trauer.

Wie von einem Puppenspieler gesteuert, wankte er die Treppen herab, verließ Westminster Abbey und verlor sich in den Gassen Londons. Er hatte die Zukunft gesehen. Er hatte die große Liebe seines Lebens gesehen, hatte ihre Hand gehalten, hätte sie um ein Haar geküsst. Und stand nun doch mit leeren Händen da.

Sie hatten das Richtige getan, daran gab es keinen Zweifel. Und dennoch wusste Christopher, als er unter Londons grauem Himmel dahintrottete, dass an diesem Tag etwas in ihm zu Bruch gegangen war, das nie wieder repariert werden konnte.

Christine

Christine ließ sich von dem jungen Mann die Stufen des Turmes hinabführen, als hätte sie keinerlei Selbstbestimmung. Wie eine Marionette lief sie hinter ihm her, unwissend, wer er war, woher sie kamen, wohin sie gingen, oder was in den letzten Stunden passiert war. Er setzte sie in ein Auto, das irgendwo vor dem Eingang stand, und sie ließ es geschehen. Sie fragte nicht, wohin er sie brachte oder wer er war. Die innere Leere, die sie, zusammen mit einem dumpfen Schmerz, verspürte, hüllte sie vollkommen ein.

Sie wusste nicht, wie lange sie gefahren waren, als er parkte und den Motor abstellte.

»Komm mit. Ich muss dir etwas zeigen«, sagte er nur und stieg aus.

Christine öffnete die Tür des Wagens und erkannte einen ihrer Lieblingsorte: den Highgate Friedhof. Sie kam oft hierher, wenn ihr die Welt zu viel wurde. Woher er das wusste, war ihr nicht klar, doch sie war froh, dass er sie ausgerechnet zu diesem Platz gebracht hatte.

Wieder nahm er ihre Hand und sie betraten den Friedhof. Vorbei an Jacob, dem alten Friedhofsführer, der ihnen nur zunickte und keine Fragen stellte, als wüsste er mehr als sie selbst. Nach einer gefühlten Ewigkeit blieb der junge Mann vor einem Grabstein stehen.

»Hier, Christine, hier ist es.«

»Hier ist was?« Es waren ihre ersten Worte, seit sie sich auf dem Dach der Westminster Abbey wiedergefunden hatte.

»Lies. Lies den Grabstein.«

Christopher Blackpool,
Schauspieler

Sieh zu den Sternen
und du schaust in die Vergangenheit.

Etwas regte sich tief in ihrem Inneren, doch Christine konnte es nicht greifen. Es vermischte sich mit dem dumpfen Schmerz, den sie verspürte, doch sie fand keinen Zusammenhang, keine Antwort.

Sie sah den jungen Mann verständnislos an und seine Züge wurden traurig.

»Du erinnerst dich nicht«, flüsterte er. »Ich habe mir gedacht, dass das passieren wird.«

»Ich weiß nicht …« Sie war unsicher. »Ich will mich erinnern, aber ich weiß nicht, wo ich suchen soll.«

Mehr zu sich selbst als zu ihr sagte er: »Er erinnert sich, weil das Amulett, aus seiner Zeit, nicht kaputtgegangen ist. Doch das Glockenspiel, aus deiner Zeit, das ist kaputt. Darum erinnerst du dich an nichts … und das Amulett ist mit ihm verschwunden …«

»Wer? Von wem sprichst du? Und welches Amulett?«

»Vertraust du mir?«

Christine nickte. Sie hatte einerseits keinen Grund, ihm zu vertrauen. Andererseits hatte sie auch keinen, das nicht zu tun. Und im Moment hatte sie schlicht und ergreifend keine bessere Idee. Außerdem war sie müde. Todmüde.

Er brachte sie zurück zum Auto und fuhr mit ihr in die Stadt.

Sie betraten einen verrauchten Pub und er zog sie an der Hand durch die Hintertür in einen Hof, wo er die Tür zu einer kleinen Werkstatt aufschloss.

»Vielleicht legst du dich einfach eine Stunde aufs Ohr«, sagte er sanft und führte sie zu einem Sofa, das einladend in der Ecke stand.

Christine fragte sich, ob es gut war, was sie hier tat. Bei einem Fremden, ohne Erinnerung an die letzten Stunden. Doch sie war zu müde, um darüber nachzudenken. Außerdem sagte ihr irgendetwas, dass er ihr nichts tun würde. Sie legte sich auf das Sofa und war schon beinahe eingeschlafen, als der Uhrmacher sie mit einer Wolldecke zudeckte und diesen merkwürdigen, zerschlissenen Schal neben ihren Kopf legte

Tick tack tick tack tick tack …

Es musste das Ticken von tausend Uhren sein, das sich in ihr Bewusstsein schlich. Christine öffnete die Augen. Mittlerweile war es dunkel geworden und sie sah den jungen Uhrmacher an seinem Arbeitstisch sitzen, seine Lampe als einzige Lichtquelle im Raum.

Sie richtete sich auf und er hob den Blick von seiner Arbeit.

»Hey, du bist wieder wach.« Er lächelte.

»Ja … ich … was tue ich hier? Und – wer bist du?«

»Adrian. Ich bin Adrian. Und was ich hier tue … nun, ich versuche, deine Liebe zu retten, Christine.«

Er klopfte mit einem winzigen Hämmerchen auf eine Konstruktion, die vor ihm auf dem Tisch lag.

»Was ist das?«

»Ein Glockenspiel«, antwortete er. »Ich denke, ich bekomme es wieder hin. Und dann … dann müssen wir nur noch dieses Amulett finden.«

ENDE

Danke:
Björn: für eine ziemlich lustige und außergewöhnliche Zusammenarbeit, kreative Explosionen, ein großartiges Pilotprojekt, offene Ohren und Drahtseilnerven bei meinen Zickenanfällen.
Janni, Sofia, Lydia, Michi und den Reiskörnern: für Tischreservierungen, die gar nicht möglich waren, unglaubliches Essen, genug Sekt und einen Ort, an dem man Geschichten erfinden kann. Janni, du bist für immer in unseren Herzen … und in diesem Buch.
Sandra: für Liebe zu Geschichten, Vertrauen und unbürokratische, schnelle Entscheidungen.
Till, Jan und Erika: für Kaffee, Taschentücher, Essen, Liebe und Kraft in Zeiten, in denen alles zusammenbricht.
Martina: fürs Testlesen und Begeisterung, die Mut für neue Geschichten macht.
Meinen Freunden, jedem einzelnen: fürs Dasein, Helfen, Zuhören, Lachen, Tanzen … für euch.
(Susanne Glanzner)

Ich danke Susanne für eine ungemein aufregende Romanschöpfung, den lieben Reiskorn-Menschen für Obdach, Ideenraum und blubbrige Inspirationsgetränke, Charlotte für die Geduld, wenn es mal wieder später wurde bei einem Kapitel, meinen Freunden für Nachsicht, wenn ich mal wieder absagen musste, London für niemals versiegende Einfälle. Oh, den Lesern danke ich natürlich auch, immerhin gehe ich auf dieser Seite davon aus, dass sie das Buch vollendet haben. Wenn nicht: auf, auf, zurück zum Anfang, die Geschichte wartet!
(Björn Springorum)